polar
VERLAG

John Vercher

Wintersturm

Aus dem Amerikanischen von Sven Koch
Herausgegeben von Wolfgang Franßen

Polar Verlag

Originaltitel: Three-Fifths

Erste Ausgabe 2019 bei Agora Books, ein Imprint von Polis Books, LLC

Deutsche Erstausgabe, 1. Auflage 2022
Aus dem Amerikanischen von Sven Koch
Mit einem Nachwort von William Boyle (© 2022), übersetzt von Sven Koch

www.polar-verlag.de

Redaktion: Andrea Stumpf, Gabriele Werbeck
Umschlaggestaltung: Robert Neth, Britta Kuhlmann
Coverfoto: © misu/Adobe stock
Autorenfoto: © Rachel Kathryn
Satz/Layout: Martina Stolzmann
Gesetzt aus Adobe Garamond PostScript, InDesign
Druck und Bindung: CPI books GmbH, Leck, Deutschland

ISBN: 978-3-948392-62-8

Für Michelle, JJ und Miles
Ihr seid mein Ein und Alles

Kapitel 1

März 1995

Von den Mülltonnen her stank es nach Essensresten und abgestandenem Bier. Im Lichtkegel der Straßenlaternen wirkten die still wirbelnden Schneeflocken wie gefangene Glühwürmchen. Die kalte Luft schnitt in Bobbys Lunge, und er unterdrückte ein Keuchen. Er klemmte sich die Zigarette hinters Ohr und nahm einen Zug aus seinem Inhalator, dann steckte er sich die Zigarette in den Mund und zündete sie an. Der Schwefelgeruch des Streichholzes stach ihm in der Nase und ließ seine Augen tränen. Er wischte sich darüber und sah, dass hinter dem Zaun um die Ladezone jemand war.

»Wer zum Teufel ist das?«, fragte Bobby Luis.

Luis zuckte die Achseln. Bobby trat an den Zaun und schob die Finger durch den Maschendraht. Ein großer Weißer saß an der Ladekante eines roten Pick-ups im Schatten zwischen den Straßenlaternen. Er hatte die Knie an die Brust gezogen und seine kräftigen Arme darum geschlungen.

Bobby und Luis tauschten beunruhigt einen Blick. Bobby spürte die Geldrolle in seiner Hosentasche. Kurz musterte er Luis. Der dürre Aushilfskoch war einen Kopf kleiner und gut zehn Kilo leichter als er selbst. Wenn dieser Riese auf sie losging, war von ihm nicht viel Hilfe zu erwarten.

»Willst du wieder rein und vorne raus?«, fragte Bobby Luis.

»Nee, mein Auto steht hier hinten. Außerdem, Mann, sei keine Memme.«

Bobby zeigte ihm den Mittelfinger. *Scheiß drauf, wenn dieser*

Knilch schon keine Angst hat … Er drückte gegen das Tor, das quietschend aufging. Ruckartig hob der Mann den Kopf und sprang von der Ladefläche.

Bobby und Luis blieben kurz stehen, dann gingen sie weiter. Sie versuchten, möglichst unauffällig einen Bogen um den Mann zu schlagen. *Lass dir nichts anmerken, aber schau auch nicht hin.* Er nickte dem Fremden zu und sah aus dem Augenwinkel, dass er mit konsterniertem Blick die Hände ausstreckte.

Luis und Bobby beschleunigten ihren Schritt.

»Yo, Bobby«, sagte er. »Wo willst du denn hin?«

Bobby blieb wie angewurzelt stehen. Er drehte sich um, sein Mund klappte auf. Die Zigarette blieb an seiner Unterlippe kleben. Aaron hatte sich den Schädel rasiert. Seine blassen Arme waren mit Tätowierungen übersät, die im Dunkeln nicht genau zu erkennen waren. Als er ein Feuerzeug anschnippte und die Flamme sein Gesicht beleuchtete, wurden Spuren von Gewalt erkennbar. Eine wulstige Narbe verlief schräg unter dem Auge, eine zweite zog einen Bogen vom Mundwinkel bis zur Nase. Entgegen seinem ersten Impuls sah er nicht weg, sondern kniff die Augen zusammen, um besser zu sehen. Aaron ließ das Feuerzeug zuschnappen, und sein Gesicht verschwand wieder im Dunkeln.

»Heilige Scheiße«, sagte Bobby. »Jetzt schau dir diesen aufgepumpten Hulk an.«

Aarons Lächeln offenbarte große, strahlend weiße Zähne. Überrascht schnellte Bobbys Kopf nach hinten. Aarons Grinsen wurde schmaler.

»Jetzt schwing endlich deinen kleinen Arsch rüber«, sagte Aaron und breitete die Arme aus. Bobby trat näher und ließ sich von Aaron drücken. Bobby schlug ihm ein paarmal fest auf den Rücken, damit Aaron losließ, aber der drückte nur noch fester. Er stank nach Bier und Schweiß. Dann küsste er Bobby auf den Kopf. Bobby legte den Kopf in den Nacken, und Aaron sah ihm in die Augen.

»Ich hab dich echt vermisst, Mann«, sagte er.

»Schon gut, schon gut«, sagte Bobby. Mit einem Lachen schob er Aaron von sich weg. »Lass mich endlich los, du Schwuppe.«

»Hör mir bloß mit dem Scheiß auf«, sagte Aaron und versetzte Bobby einen spielerischen Stoß. Trotz Aarons halbherzigem Lächeln sah Bobby in dessen Augen etwas aufblitzen, und er erinnerte sich an den ersten Tag im Besucherzentrum. *Dämlich.* Er hatte schon den Mund geöffnet, um sich zu entschuldigen, als Luis von der offenen Fahrertür seines Wagens rief.

»Bobby! Bis morgen, oder?«

Lässig winkte ihm Bobby zu. Luis atmete scharf ein und stieg ein. Leicht schwankend ging Aaron zu seinem Pick-up, auf dessen Ladefläche ein leeres und ein halb volles Sixpack standen. Aaron setzte sich auf den Rand und malte mit der Stiefelspitze in den Schnee. Als Luis wegfuhr, setzte sich Bobby neben ihn.

»Hast du's jetzt mit den Bohnenfressern?«, fragte Aaron.

»Luis? Der ist okay«, sagte Bobby. Mit dem Ellbogen stieß er gegen Aarons Arm. »Einer von den Guten, Mann.«

»Aha.«

Bobbys Lächeln erlosch. Aaron zwinkerte und gab ihm den Ellbogenstoß zurück.

»Drei Jahre!«, rief Bobby und schlug ihm auf die Schulter. »Mein Gott, es ist echt gut, dich zu sehen.«

Mit einem Lachen griff Aaron hinter sich, um Bobby ein Bier zu geben. Der lehnte ab. »Wie, immer noch?« Bobby nickte. »Du bist doch volljährig geworden, Mann, und wir konnten's gar nicht feiern.«

»Ist besser für mich, Mann. Das weißt du doch.«

»Komm schon, eins bringt dich nicht um. Drei Jahre, du hast es selbst gesagt. Wie oft komm ich denn aus dem Knast?«

»Hoffentlich nur dieses eine Mal.«

»Genau. Also, lass uns anstoßen. Außerdem ist Alkoholsucht doch nicht erblich.«

»Bist du bekloppt? Natürlich ist sie das.«

»Echt? Wie das denn?«

Aaron trank sein Bier aus und warf die Flasche ans andere Ende des Parkplatzes, wo sie klirrend zerplatzte. Im Schein der Straßenlaterne konnte Bobby Aarons Gesicht genauer betrachten. Seine Nase sah aus, als wäre sie nicht nur einmal gebrochen gewesen, und die Narbe unter dem Auge war so dick und wulstig, als wäre sie mit Stacheldraht genäht worden. In seinem Gesicht spiegelten sich aber nicht nur körperliche Wunden. Ein Schleier der Traurigkeit lag darüber, ein Überzug aus vielen schmerzlichen und erzwungenen Lächeln. Er knibbelte am Etikett einer neuen Flasche. Bobby drückte seine Schulter und schüttelte sie.

»Hey, Junge, alles in Ordnung mit dir?«

»Sieht man doch, oder?« Ein weiteres schmales Lächeln.

Bobby zuckte die Achseln. »Na ja, schon irgendwie.« Er klopfte auf den Pick-up. »Tolle Karre übrigens.«

»Mein Alter hat sie mir verehrt. Ein Willkommensgeschenk.«

»Ziemlich geiles Geschenk.«

»Er meinte, ich hätte es verdient.«

Sie lachten. Solange sie sich kannten, hatte Aaron sich kaum was verdient. Sein Vater war Investmentbanker, der viel Geld für den Wahlkampf von lokalen Regierungsvertretern spendete. Dafür kamen Vater und Sohn in den Genuss erheblicher Vergünstigungen. Strafzettel für zu schnelles Fahren verschwanden. Das Klauen von Comics hatte keine juristischen Konsequenzen.

Doch bei Drogenbesitz in einer Menge, die Handel nahelegte, ließ sich kein Auge mehr zudrücken. Und dazu pöbelte Aaron den Richter an. Eine lange harte Zeit stand ihm bevor.

Doch wurden es nur drei Jahre. Dazuzugehören hatte auch da noch seine Vorteile.

»Hey, ich freu mich echt, dich zu sehen, aber es ist scheißkalt hier. Lass uns irgendwohin fahren. Aber gib mir lieber die Schlüssel, du hast ja schon ordentlich getankt.«

»Nur noch eine Minute, okay?«, bat Aaron. »Ich war jetzt über tausend Tage drinnen. Die Luft tut so gut, Mann. Selbst wenn wir Hofgang hatten, fühlte sich die Luft da anders an. Als würde sie dreckig, sobald sie durch den Zaun kommt.« Er strich den Schnee vom Rand der Ladefläche. »Auf dem Weg hierher kam mir diese Kiste vor wie ein Sarg. Verdammt, willst du sie? Ich schenk sie dir.«

Ein paar vom Küchenpersonal waren im offenen Vollzug oder auf Bewährung draußen. Russell, der Geschäftsführer, war als junger Mann selbst im Gefängnis gewesen. Er erzählte oft, wie er die Kurve gekriegt hatte, nachdem er wieder rausgekommen war, und dass sie nicht denselben Fehler zweimal machen durften. »Ihr müsst kapieren, dass dieses System euch Jungs gar nicht mehr rauslassen will. Wer mal den Stempel Knacki auf der Stirn hat, kriegt ihn kaum wieder weg. Vor allem, wenn er so aussieht wie wir. Da suchen die nur nach einem Grund, um einen wieder einzubuchten. Ihr könnt die Gerichtskosten nicht berappen, weil's für euren Putzjob nur Mindestlohn gibt? Zurück ins Loch. Ihr werdet mit einem Kumpel erwischt, der wegen irgendwas verknackt wurde? Zurück ins Loch. Und junge Schwarze haben nicht mal 'ne halbe Chance. Die Leute quatschen was von Verantwortung und wollen euch weismachen, dass ihr keine übernehmt. Dass ihr euch so ein Leben selbst ausgesucht habt. Und wenn ihr öfter in den Bau wandert, kann das auch passieren. Denn wenn ihr lang genug sitzt und richtige Scheiße erlebt, könnt ihr draußen nichts mehr mit euch anfangen, selbst wenn ihr euch was anderes einredet und meint, dass ihr auf gar keinen Fall mehr zurückwollt. Denn dann ist der Knast das einzige Zuhause, das euch bleibt.«

Bobby hatte ihm nie ganz geglaubt, wenn er sagte, das System wolle sie fressen. Aber immer wieder kamen die Cops und holten einen von Russells Zöglingen ab, und er blieb kopfschüttelnd in der Tür stehend zurück. Und jetzt, als Bobby auf der Ladekante des Pick-ups saß und Aaron beim Nägelkauen zusah, fielen ihm Russells Worte wieder ein. Aaron hatte keine lange Strafe erhalten, aber sein Leben vor dem Gefängnis war sehr bequem gewesen. Ein Telefonat seines Vaters hatte alle Schwierigkeiten beseitigt, die Aaron sich eingebrockt hatte. Vielleicht begriff Aaron jetzt bei seiner Rückkehr in die Welt, wie sehr er sich an die faulige Luft im Gefängnis gewöhnt hatte. Vielleicht bot es ihm sogar mehr Geborgenheit als das Draußen. Die Vorstellung war verrückt, aber dennoch war sie da.

Bobby schüttelte den Gedanken ab und streckte die Hand nach dem Schlüssel aus. Sie stiegen ein. Als Bobby unter den Sitz griff, um ihn zu verstellen, streifte seine Hand etwas Raues. Er zog einen schartigen Ziegelstein hervor.

»Hast du im Knast etwa Maurer gelernt?« Bobby stieß ein gezwungenes Lachen aus, aber Aaron verzog keine Miene. Er nahm Bobby den Stein aus der Hand und legte ihn neben die Biere in den Fußraum. »Ernsthaft, was willst du damit?«

»Weißt du noch, dass ich für den Fall der Fälle immer einen kleinen Schlagstock unterm Sitz hatte?« Bobby nickte. »Als ich aus dem Gefängnis kam, lag neben einer Mülltonne ein Haufen Ziegelsteine, und da hab ich einen mitgenommen. Wahrscheinlich freuen sich nicht alle so wie du, wenn sie mich sehen.«

»Okay, ich glaub, ich kapier's. Aber warum einen Ziegelstein?«

»Na ja, nur bis ich 'ne Pistole kriege.«

»Ach so, klar, du bist ja jetzt ein krasser Macker«, sagte Bobby. Er lachte, aber Aaron schwieg. Sie machten die Türen zu, und Bobby ließ den Motor an. Aaron zog die Knie an die Brust. In der engen Kabine vergrub er sich in sich selbst. Trotz der neuen Muskeln und seiner vielen Tattoos und Narben war er verunsichert und durcheinander. Er hatte Angst.

»Hey, das vorhin war nicht bloß so dahingesagt, oder? Dir geht's wirklich gut?«

Aaron streckte die Hand aus, um das Radio anzustellen. Bobby legte die Ohren an, um sich gegen das schwere Basswummern von Hip-Hop, mit dem Aaron ihn auf der Fahrt zur Schule gern gequält hatte, zu wappnen.

Doch stattdessen kam klassische Musik aus den Lautsprechern. Aaron ließ seine Knie los, hörte auf, an den Nägeln zu kauen, und sank in seinen Sitz. Bobby warf einen Blick hinüber. Aaron lachte.

»Okay, okay«, sagte er.

»Hör mal, wenn du mir was erzählen willst …«, sagte Bobby.

»Bleib cool. Es gibt schon einen Grund, das schwör ich.«

»Ich bin ganz Ohr.«

Kopfschüttelnd fädelte Bobby in den Verkehr auf der McKnight Road ein. Im Heckwind der Autos vor ihnen huschte die leichte Schneeschicht auf der Straße wie eine Geisterschlange hin und her. Das heiße Gebläse ließ die Scheibenwischer allmählich ruhiger über die Windschutzscheibe schaben. Als sie an einer Ampel hielten, endete das Musikstück. Der Sender brachte Nachrichten.

»Dieser Prozess geht mir so was von auf die Nerven«, sagte Bobby. »Ich hab nicht mal einen Fernseher, und trotzdem weiß ich alles darüber.« Aaron lachte kurz auf, starrte aber weiter aus dem Fenster. »Du solltest mal die anderen in der Küche hören, für die ist ganz klar, dass er unschuldig ist. Als ob sie einen Preis bekämen, wenn er freigesprochen wird. Das ist echt der Wahnsinn.« In Erwartung einer Antwort sah Bobby zu Aaron, aber der zeigte keine Reaktion. »Aha, *jetzt* sagst du nichts mehr? Das wär aber ganz gut, weil im Moment hab ich das Gefühl, als würdest du gleich ausflippen und mich umbringen, so Cluedo-mäßig – der Oberst mit einem Ziegelstein in dem roten Pick-up.«

Aaron wandte sich zu ihm und kniff die Augen zusammen. »Glaubst du etwa, ich könnte dir was antun?«

»Nein, nein, war nur ein Witz. Oder so. Du bist nur schon prall, was völlig okay ist, absolut verständlich, aber jetzt geigt hier diese traurige alte Kackmusik, deine Arme sind so dick wie meine Oberschenkel, und du redest auch noch komplett anders als früher. Mann, hey, woher soll ich da wissen, was als Nächstes kommt?«

»Wie hab ich denn früher geredet?«

»Komm schon, das weißt du doch. Diese Möchtegernnummer. Yo hier, yo da. Du warst doch der Wigger in Person.«

»Ja, weiß schon«, sagte Aaron. Er holte tief Luft und presste sie zwischen geschlossenen Lippen heraus. »Okay, also die Musik. Als ich eingefahren bin, hab ich einen kleinen Job in der Bibliothek bekommen. Du weißt ja, wie dünn ich war. Nachdem –«

Er brach ab. Bobby wandte den Blick von der Straße, um Aaron anzusehen. Die Scheinwerfer eines entgegenkommenden Autos beleuchteten sein Gesicht. Aarons Augen schimmerten feucht.

»Nachdem das passiert war, dachte man, dass es für mich sicherer wäre, wenn ich dort arbeite. Da gab's eine Abteilung, in der man sogar CDs hören konnte. Allerdings nur Klassik. Nichts Aggressives. Kein Metal. Absolut keinen Rap. Aber dann hab ich eins der Bücher da gelesen –«

»Der Knast hat dich zum Lesen gebracht? Dann war das Ganze vielleicht doch nicht so schlecht für dich«, sagte Bobby und gab ihm einen Klaps auf die Schulter. Aaron erwiderte das Lächeln nicht. Bobby räusperte sich.

»Ich hab rausgefunden, dass ein Teil von diesem Zeug echte Aufstände ausgelöst hat, als es zum ersten Mal gespielt wurde. Das ist doch der Hammer, oder?«

Seine Stimme hatte sich verändert, eine kaum wahrnehmbare Brüchigkeit, ein winziges Zittern hatte sich eingeschlichen. Bobby beschlich Furcht vor dem, worauf Aarons Geschichte hinauslaufen würde. Er beantwortete die Frage mit einem Nicken und hoffte auf das Schweigen, über das er sich eben noch beklagt hatte.

»Was hätt ich denn tun sollen?«, fragte Aaron. »Ich war doch komplett ahnungslos und hatte total Schiss. Ich hab überhaupt nicht mehr geschlafen, und wenn ich mal vor Erschöpfung eingepennt bin, bin ich beim kleinsten Geräusch hochgefahren. Deshalb hab ich mir zwischen den Bibliotheksregalen ein Eckchen gesucht und alles immer wieder angehört, bis ich zurück in die Zelle musste. Und ich hab aufs Wochenende gewartet, bis du zu Besuch kommen würdest.« Er wurde wieder zappelig und öffnete ein Bier, das er in fünf schnellen Schlucken austrank.

»Es hat nicht lang gedauert, bis ich jedes Stück in- und auswendig kannte. Bis es so weit ist, wie oft muss man das hören, zehntausend Mal? Bei mir war's garantiert doppelt so oft. Ich hab mir das Zeug vorgesummt, damit ich einschlief. Als es zum ersten Mal geklappt hat, hab ich endlich wieder durchgeschlafen. Das war in der Nacht vor deinem Besuch«, sagte er.

Er hielt inne. Seine Hände wrangen den Flaschenhals wie einen nassen Putzlappen. »Beim ersten Mal gab's nur Schläge. Deswegen bekam ich den Bibliotheksdienst. Eine Nacht vor deinem Besuch, Bobby, wollte ich mich wehren. Ich hab's versucht, ehrlich, aber er war einfach zu stark. Er drosch meinen Kopf gegen die Zellenwand, und danach gehorchte mein Körper nicht mehr, jedenfalls mir nicht mehr. Mir blieb nur noch, die Musik in meinem Kopf so laut zu machen, dass sie alle anderen Geräusche übertönt. Hat aber nicht funktioniert.

Das hab ich erst später in der Krankenstation geschafft. Als sie mich zusammenflickten, kamen mir ständig die Bilder in den Kopf, was er mir angetan hatte, und das, was er zu mir gesagt hatte – dass das erst der Anfang war, dass andere folgen würden, nachdem er mich zugeritten hatte. Deswegen hab ich die ganze Zeit gesummt, als die Ärztin mich genäht hat. Ich weiß noch, wie komisch sie mich angesehen hat, so als dürfte ich nach alldem nicht summen. Aber es war das Einzige, was mich abhielt, mir mit meinen letzten Zähnen die Pulsadern aufzubeißen.«

Bobby hielt das Lenkrad mit beiden Händen umklammert und

blinzelte, damit das Brennen aus seinen Augen verschwand. Aber er sah Aarons Vergewaltigung zu lebhaft vor sich, als dass sich das Bild vertreiben ließ. Er erinnerte sich, wie Aaron nur wenige Stunden nach dem Vorfall auf der anderen Seite der Trennscheibe gesessen hatte, und jetzt wurde ihm klar, warum Aaron nicht gewollt hatte, dass er wiederkam. Ihm war nicht nur das Gesicht zerschlagen, die Nase gebrochen worden.

»Aaron«, sagte Bobby, »das tut mir so leid.«

»Hast du mich in die Zelle gebracht?« Bobby verneinte. »Dann braucht's dir auch nicht leidtun.« Aaron drehte sich weg und sah aus dem Fenster. Bobby streckte die Hand aus und wollte ihn an der Schulter berühren, zog sie aber gleich wieder zurück. Weder für das eine noch für das andere fand er einen Grund.

Aaron schüttelte den Kopf und schlug sich auf die Wangen. »Scheiße war nur, dass es in der Bibliothek keine Comics gab«, sagte er und rülpste. »Da hast du ziemlich was zu tun, mich auf den aktuellen Stand zu bringen. Aber immerhin durfte ich in der Bibliothek bleiben und hab viel gelesen. Anfangs vor allem Romane und so. Damit ich auf andere Gedanken kam, verstehst du? Aber dann bekam ich ein paar Aufträge. Ich musste mich mit Sprache, Geschichte und allem möglichen Zeug beschäftigten.«

»Aufträge?«, fragte Bobby. »Was für Aufträge?«

»Wusstest du, dass dein Nachname auf Sizilianisch ›dunkelhäutig‹ heißt?«, sagte Aaron.

Was zum Teufel meinte Aaron? Wer gab ihm Aufträge?

Aaron öffnete das letzte Bier. Bobby gab Gas.

Auf der Höhe der Duquesne Incline warf Bobby einen Blick über den Fluss auf die Standseilbahn. Ihre Gleise wurden links und rechts von einer Reihe weißer Strahler beleuchtet. Es war seltsam. Unzählige Male hatte Bobby sich den Tag von Aarons Entlassung vorgestellt, dabei aber immer eine andere Szene im Kopf gehabt. Vor allem hätten sie einfach an ihr vorheriges Leben angeknüpft.

Bobby hätte sich über DC Comics lustig gemacht, Aaron über Marvel. Und sie hätten sich gegenseitig in ihrer Abneigung gegen Image Comics bestärkt. Bobby hätte Aaron wegen seines miesen Musikgeschmacks aufgezogen. Aaron hätte Bobby wegen seiner miesen Klamotten verarscht. Und sie hätten ihre miesen Familien verglichen. Mit einem Fingerschnippen wären drei Jahre verflogen, alles wieder beim Alten.

Sie machten Witze und lachten, aber es klang hohl, falsch. Aaron war ein anderer geworden, und das betraf nicht nur die körperlichen Veränderungen, die neuen Muskeln. So viel war klar. Auch jenseits der Musik, der Tätowierungen und der anderen Sprechweise hatte sich etwas verändert, das sein früheres Strahlen umschattete. Nur ein schmales Lächeln. Als dürfte er nicht.

Bobby musste etwas dagegen tun. Egal, was Aaron passiert war, sein bester Freund war zurück. Er brauchte weiter Bobbys Hilfe, aber nicht mehr so wie damals, als sie Kinder waren. Jetzt war es anders. Bobby wusste nicht, ob er das hinbekam. Sie erreichten die Forbes Avenue. Etwas entfernt ragte die Cathedral of Learning der University of Pittsburgh auf.

»Wo fahren wir überhaupt hin?«, fragte Bobby.

»Scheiße, stimmt ja. Ich muss nach North Oakland«, sagte Aaron. »Ich muss da heute noch jemand treffen.«

»Du bist grad erst raus und machst gleich wieder weiter?«

»Nein, nein, nicht, was du meinst. Ich hab nur versprochen, mich um jemanden zu kümmern. Ein paar Nächte bei ihm bleiben.«

»Versteh schon, ist auch uncool, wenn du bei mir und meiner Mom in Homewood rumhängst. Wobei ich dir recht geben muss, eine Zelle ist im Vergleich ein Hotelzimmer.« Aaron lachte. »Also, was willst du machen, Mann? Wir müssen ja nicht sofort hin, oder? Du bist wieder draußen!«

»Ich bin am Verhungern«, sagte Aaron. »Ach scheiß drauf, gehen wir ins Dirty O.«

Bobby stöhnte auf. Aaron wusste, dass er den Original Hot Dog Shop nicht ausstehen konnte. Aber es war das einzige Lokal, das noch offen hatte, wenn die Bars schlossen. Betrunkene Studenten und Kleinkriminelle aus den umliegenden Vierteln strömten dorthin, um sich noch eine Flasche Schnaps, wagenradgroße Pizzas oder Riesentüten fettige Pommes zu holen. Aber jetzt waren die Straßen in Oakland beinahe leer. Die Studenten waren zum Semesterende nach Hause gefahren. Es war der letzte Ort, an den Bobby wollte, aber Aaron war ganz aus dem Häuschen. Vor allem wenn er betrunken war, hatte er das Essen dort geliebt, und Bobby konnte sich vorstellen, dass er heute Abend besonders scharf darauf war.

»Scheiße. Aber okay.«

»Echt?«, fragte Aaron.

»Ich weiß, dass es mir hinterher leidtut, aber meinetwegen, fahren wir. Du hast doch selbst gesagt: Wie oft kommt mein bester Freund aus dem Gefängnis? Die Pommes werden dir aber deine Modelfigur versauen.«

»Dummer Arsch«, sagte Aaron. Jetzt grinste er breit, die Augen leuchteten.

Bobby parkte an der Bouquet Street, keinen halben Block vom Dirty O entfernt. Das Licht der Leuchtwerbung an der Lokalfront fiel in die Pick-up-Kabine und badete sie beide in Rot. Aaron öffnete die Tür, aber Bobby rührte sich nicht.

»Was ist los?«, fragte Aaron.

»Es ist arschkalt«, sagte Bobby. »Hol, was du willst, ich lass derweil die Karre laufen.«

»Alles klar. Aber wenn ich schon mal drin bin, schau ich auch nach, ob sie auf dem Klo Polster für deine Muschi haben.«

»Ach fick dich doch.« Bobby zwang sich zu einem weiteren Lachen und stellte den Motor ab.

»Du schaffst das, Mann.«

Die Luft im Lokal roch so, wie für Bobby die Toiletten aussahen. Sosehr er Aaron diesen Gefallen tun wollte, so sehr sträubten sich seine Nackenhaare, und am liebsten wäre er sofort zum Auto zurückgegangen. Dann sah er den Grund.

Zwei junge Schwarze saßen an einem Tisch in der Nähe des Tresens. Einer hatte den Kopf auf die Tischplatte gelegt und wirkte bewusstlos. Neben seinem Ellbogen stand eine fast leere Schnapsflasche. Er trug eine blaue Strickmütze und eine blau-schwarz karierte Jacke, ein Outfit, das Bobby nur zu gut aus Homewood kannte. Der zweite schaufelte Pommes in seinen Mund und gluckerte einen Maxibecher Cola. Keine Gangfarben, nur ein braunes Sweatshirt mit gefütterter Kapuze und dunkelblaue Jeans. Er sah jünger aus als Bobby und Aaron. Schon beim Eintreten ernteten sie von ihm einen finsteren Blick. Im Neonlicht des Lokals sah Bobby zum ersten Mal genau, was der Junge zweifellos auch bemerkt hatte.

Aarons Tätowierungen.

Doppelblitze auf den Schultern. Zwischen den Schlüsselbeinen ein Reichsadler.

Auf jedem Ellbogen ein Spinnennetz.

»Oh Gott«, flüsterte Bobby vor sich hin.

Er stand hinter Aaron, als der an der Kasse die Bestellung aufgab. Dabei hörte er den Jungen am Tisch verächtlich zischen.

»Was kommen denn heut für Nullnummern hier rein«, sagte er. Bobby tat so, als hätte er nichts gehört, warf aber einen, wie er glaubte, verstohlenen Blick über die Schulter. Der Junge sah ihm direkt in die Augen, ehe Bobby den Kopf wieder nach vorne drehen konnte. »Yeah, hast mich schon verstanden.«

Bobby starrte auf Aarons breiten Rücken. Entweder hatte Aaron nichts gehört oder es war ihm egal. Er gab weiter die Bestellung auf.

»Hey, wo hast du die Spinnennetze her?«, wandte sich der Junge direkt an Aaron. »Knast, oder? Du bist ’n beinharter Boss, was?«

Aaron drehte sich zu Bobby um und lächelte.

Nicht lächeln, bitte nicht lächeln. Warum zum Teufel lächelst du?

Mit dem Handrücken gab er Bobby einen Klaps auf den Bauch.

»Ich muss mal pissen«, sagte er. »Bin gleich wieder da.«

»Was? Nein«, sagte Bobby. »Bleib hier, Mann, bleib hier.« Aber Aaron verschwand einfach. Der alte Mann hinter dem Tresen stopfte matschige Pommes in eine weiße Tüte, bis sie davon überquoll und das Papier vom Fett fast transparent wurde. Bobby warf wieder einen Blick über die Schulter, um zu prüfen, ob der Junge noch herübersah.

Er tat es. Der neben ihm lag immer noch auf der Tischplatte, begann sich aber zu regen. Als Aaron vom Klo zurückkam, schob der alte Mann die Pizza und die Pommes über den Tresen.

»Alles erledigt? Dann können wir ja gehen«, sagte Bobby.

»Wie, essen wir denn nicht hier?«

»Was?«

»Bleib locker«, sagte Aaron. »Zahl einfach, und wir verschwinden.«

»Sehr witzig«, sagte Bobby, während er das Geld über den Tresen schob.

»Was für 'n Schwanzlutscher«, sagte der Junge in Aarons Richtung.

Aaron lachte kurz auf. Stuhlbeine kratzten über den Boden. Der Junge stand direkt hinter ihnen. Er war größer als Aaron, aber dünn. Sein Gesicht war schmal, die Haut spannte über den Knochen.

Mit rasendem Puls spürte Bobby, wie sich der Druck eines Asthmaanfalls aufbaute und ihm die Brust zuschnürte.

»Hab ich 'n Witz gemacht?«, fragte der Junge Aarons Hinterkopf. Mit dem Essen in der Hand drehte sich Aaron um und sah den Teenager an. »Was ist?«, sagte der. »Ich weiß genau, was die Tätowierungen bedeuten, aber nope, ich hab keine Angst vor euch. Glück für euch, dass mein Kumpel pennt.« Er ließ kurz die Schultern kreisen.

Ohne mit der Wimper zu zucken, lächelte Aaron weiter.

»Entschuldige uns bitte«, sagte Aaron, als er zur Seite trat und an ihm vorbeiging. Bobby folgte ihm. *Gott sei Dank.* Sie steuerten auf die Tür zu.

»War ja nicht anders zu erwarten«, sagte der Junge. »Verpisst euch nur.«

Beinahe. Sie waren fast draußen.

Aaron legte die Hand auf den Türgriff. Ließ ihn los und wandte sich wieder um. Er schob die Zunge unter die Oberlippe und machte Affengeräusche, dazu zeigte er dem Jungen den Stinkefinger. Bobby schob ihn hinaus, aber er hörte schon Schritte hinter sich.

Aaron ging gemächlich weiter, bis Bobby ihn erneut schubste. Darauf trabte Aaron los, blieb aber gleich wieder stehen, um sich eine Handvoll Pommes in den Mund zu schieben. Die Tür des Dirty O wurde aufgestoßen und schlug gegen die Wand.

»Hey, ihr Witzbolde«, rief der Junge und rannte ihnen nach. Bobby wollte loslaufen, aber der Gehweg war glatt, und er wäre beinahe gestürzt. Der Junge erreichte ihn und packte ihn am Jackenkragen. Bobby schrie nach Aaron, der auf einmal zum Pick-up rannte. Aarons plötzliche Feigheit ließ Bobby panisch werden, er fürchtete, zurückgelassen und verprügelt zu werden. Oder Schlimmeres. Mit einem Ruck riss er sich los und sprintete zur Fahrerseite des Pick-ups. Sprang hinein, schlug die Tür zu. Der Junge trommelte gegen das Seitenfenster. Bobby ließ den Motor an und wollte aufs Gas treten, als er merkte, dass Aaron nicht neben ihm war. Auf dem Sitz lagen nur der Pizzakarton und die aus der Tüte gefallenen Pommes. Beim Blick nach vorne sah er Aaron im Scheinwerferlicht zu dem jungen Schwarzen laufen. Der trat von der Fahrerseite zurück und winkte Aaron provozierend zu sich. Bobby schrie,

Aaron solle aufhören. Umdrehen und in den Wagen steigen. Dann bemerkte er den Ziegelstein in Aarons Hand.

Der Stein krachte auf Knochen, und der Junge sank wie eine Marionette mit gekappten Schnüren zusammen. Bobby hörte seinen Kopf auf den Gehweg schlagen. Er packte den Türgriff, sein Atem beschlug das Seitenfenster. Er lehnte sich zurück, um den Dunstfilm abzuwischen.

Das Gesicht des Jungen klaffte an mehreren Stellen tief auf. Kein Blut, bis sich der Mund öffnete, still und weit. Wie auf Befehl begann gleich darauf jede Wunde gleichzeitig zu bluten. Schuhe scharrten im Schneematsch. Er wand sich und stöhnte, anfangs leise, dann immer lauter, wie eine näher kommende Sirene. Mit zitternden Armen versuchte er verzweifelt, sich vom Boden hochzustemmen. Bobby wollte die Tür öffnen, aber in seiner Panik hatte er sie verriegelt. Als er den Hebel fand und am Griff zog, riss Aaron die Beifahrertür auf. Bobby schrak zusammen. Aaron ließ den Ziegelstein in den Fußraum vor seinem Sitz fallen.

»Los, los, los«, sagte er.

Aaron atmete schwer, aber seine Stimme war gefasst. Sein Atem roch nach Bier. Bobby hatte vergessen, dass er den Motor bereits angelassen hatte, und als er den Schlüssel noch einmal drehte, knirschte der Anlasser.

Mit quietschenden Reifen bog er in die Forbes Avenue. Aaron drückte Bobbys Knie. »Fahr langsamer.«

Aaron wandte sich um und blickte durchs Heckfenster nach hinten, Bobby sah in den Rückspiegel. Die Polizeistation auf der anderen Straßenseite hatte zur Abschreckung oft einen Streifenwagen ohne Besatzung stehen. Als sie vorbeifuhren, blieb der Wagen ruhig. Kein Licht. Keine Sirenen. Bobby blickte noch einmal nach hinten und sah, wie die Tür des Dirty O aufging, dann war auch die Leuchtreklame nicht mehr zu sehen.

»Mein Gott, Aaron, was für eine Scheiße war das denn?«, sagte

Bobby. Er rang immer mehr nach Luft, seine Brust rasselte, das Asthma drückte ihm die Luftröhre zu wie ein Schraubstock. Mit pfeifendem Atem griff er in die Innentasche seiner Jacke und zog den Inhalator heraus. Er fiel ihm aus der Hand. Aaron hob das Spray aus dem Fußraum auf und hielt es ihm hin. Das Blut von seinen Fingern klebte auf dem Plastik. Bobby fragte sich, ob es von Aaron oder dem Jungen stammte, und starrte auf den Inhalator in Aarons ausgestreckter Hand. Aaron bemerkte das Blut und wischte es mit dem Saum seines weißen Tanktops ab.

»Scheiße«, sagte er. »Sorry, verdammt, ich hab auch was auf deine Hose geschmiert.«

Als er Bobby den Inhalator erneut hinhielt, sah Bobby schon leicht verschwommen. Schnell griff er den Inhalator und nahm einen tiefen Atemzug. Aaron klappte das Handschuhfach auf und holte eine Schachtel Zigaretten heraus. Er hielt Bobby eine hin und drückte den Anzünder rein. Bobby nahm die Zigarette und steckte sie zwischen seine trockenen Lippen.

»Fuck«, sagte Bobby. »Was hast du getan, Mann? Was hast du nur getan?«

»Du musst hier abbiegen. Gleich da vorn.«

Der Zigarettenanzünder sprang heraus. Aaron und Bobby griffen gleichzeitig danach. Aaron ließ Bobby den Vortritt. Wenn er Aaron den Anzünder in die Wange oder noch besser, weil weicher und verletzlicher, ins Auge stieß, konnte er vielleicht aus dem Auto springen, es gegen einen Laternenpfahl rollen lassen und in der Nacht verschwinden. Er könnte sich in der St. Paul's Cathedral verstecken und die Polizei rufen.

Um was zu sagen?

Dass er abgehauen war und einen Sterbenden liegen gelassen hatte? Ach übrigens, weil der Irre, der ihn umgebracht hatte, zu betrunken zum Fahren gewesen war, hatte er ihn noch schnell vom Tatort weggeschafft. Damit brächte er sich auch selbst schnurstracks in den Knast, und dann sähe er aus wie Aaron an jenem Tag, als er ihn besucht hatte. Oder noch schlimmer, wenn ihm der Schädel eingeschlagen wurde wie dem sich auf dem Gehweg windenden Jungen, den er einfach hatte liegen lassen.

Dieser Junge. Mein Gott, er hatte auch Eltern. Er war achtzehn, höchstens neunzehn. Den nächsten Geburtstag würde er wohl kaum erleben. Vielleicht nicht mal den nächsten Tag.

Bobby stellte sich die Mutter vor. Wie die Polizei an ihrer Tür klopfte und ihr mitteilte, dass man ihrem Sohn mit einem Ziegelstein den Schädel eingeschlagen hatte und ihn sterbend auf dem Pflaster liegen ließ. Er dachte an seine Mutter Isabel und stellte sie sich gramerfüllt schluchzend vor. Doch dabei hörte er immer das Stöhnen des Jungen. In seinem Kopf klangen ihr vorgestelltes Schluchzen und das erinnerte Stöhnen des Jungen wie ein »Warum«.

»Du hättest hier abbiegen müssen«, sagte Aaron. Bobby blinzelte eine Träne weg. »Nimm die nächste links.«

Der Anzünder zitterte, als Bobby ihn an die Spitze seiner Zigarette hielt. Aaron legte seine Finger um Bobbys Hand, um sie zu beruhigen. Bobby spürte die Hitze der Glühschleife vor seinen Lippen, und als der Tabak zu knistern begann, sog er den heißen Rauch ein. Seine Lunge war von dem Asthmaanfall noch eng, aber er zog so stark an der Zigarette, dass er beinahe erstickte. Er war fast froh darüber, erklärte das doch die Tränen, die über seine Wangen liefen. Eine davon wischte Aaron mit einem schwieligen Daumen weg. Bobby schlug ihm auf die Hand.

»Lass deine Pfoten bei dir«, sagte er.

Aaron hob beide Hände in die Höhe, dann nahm er vorsichtig den Anzünder aus Bobbys Hand. Er zündete seine Zigarette an und ließ das Fenster einen Spalt runter, damit der Rauch abziehen konnte. Kalte Luft strömte in die Kabine. Aaron ließ sich tiefer in den Sitz rutschen und stemmte einen Stiefel gegen das Armaturenbrett. Auch wenn er möglicherweise gerade einen Teenager umgebracht hatte, räkelte er sich geradezu lustvoll, wie nach dem Sex. Der Aaron, den Bobby gekannt hatte oder gekannt zu haben meinte, hätte nicht mal für Geld eine flachlegen können. Der stieläugige Aaron, der selbst im Vergleich zu Bobby nur ein Hemd gewesen war. Aaron, Bobbys Kollege im Club der Comic-Nerds. Sein bester Freund, Aaron Möchtegern. Der Wigger.

Etwas war an seine Stelle getreten. Hatte seinen Namen angenommen. Einen schwachen Abklatsch seines Charakters behalten. Aber er war das nicht. Rasierter Schädel und Springerstiefel mit roten Schnürsenkeln statt Baggy Jeans und Adidas-Tennisschuhen mit Gummikappe. Der früher so dürre Hals war in einem Schultergebirge verschwunden. Bei jedem Blick auf Aaron wollte Bobby den Jungen sehen, der sein Freund gewesen war, ehe er ins Gefängnis kam. Er hoffte, bei dem nächsten Blinzeln aus einem Fiebertraum zu erwachen, schwitzend unter einer dicken Decke, aber alles, war er sah, war das blutende Gesicht des schwarzen Jungen, und ihm wurde übel.

»Bieg rechts ab«, sagte Aaron.

»Warum?«, fragte Bobby.

Verwirrt sah Aaron Bobby an. »Weil's der Weg in die Wohnung ist?«

»Das ist jetzt ein Witz, oder? Du weißt genau, was ich meine. Warum hast du das mit dem Jungen gemacht?«

»Warum? Der Typ ging dir an den Kragen, und du fragst mich, warum? Wie oft, Bobby?«, fragte er. Er zog die Oberlippe von den Zähnen. »Wie oft hast du mir in der Schule wegen der verdammten Affen den Arsch gerettet? Auf dem Klo? Dem Parkplatz? Weißt du das nicht mehr? Glaubst du, ich schau einfach zu, wenn so was mit dir passiert? Weil genau das wär passiert.«

»Ich weiß, aber –«

»Nichts aber. Mein Gott, Kumpel, du selbst hast es mir immer wieder gepredigt. Weißt du das nicht mehr? Ich hab's damals nicht geglaubt, aber ich hab meine Lektion gelernt.« Er stieß eine Rauchwolke aus und lehnte sich über die Konsole zu Bobby, als wollte er ihn zwingen, ihm in die Augen zu sehen, drehte aber den Kopf zum Heck des Pick-ups und deutete nach hinten, wo sie den Jungen liegen gelassen hatten. »Das sind Tiere, Bobby. Und manche Tiere muss man von ihrem Leid erlösen.«

Bobbys Gesicht wurde heiß. Als er zum Abbiegen das Lenkrad drehte, dachte er an eine andere Straße.

Eine schmale Gasse hinter dem Haus seines Großvaters.

Seine erste Prügelei. Nie hatte er sie vergessen, und nie hatte er die Geschichte einem anderen erzählt, weder Aaron noch sonst jemandem. Sein Gesicht erinnerte sich an die glühenden Wangen, den metallischen Geschmack seines eigenen Bluts im Mund.

Er war elf gewesen.

Zum ersten Mal in seinem Leben hatte er »Nigger« gesagt.

Am selben Tag hatte ihm seine Mutter eröffnet, dass er selbst einer war.

Kapitel 2

Aaron dirigierte ihn zu einem heruntergekommenen Wohnblock in North Oakland. Als er die Tür öffnete, um auszusteigen, blieb Bobby sitzen. Er hielt das Lenkrad umklammert und schlug die Stirn dagegen. Der Geruch von fetttriefenden Pommes und Pizza in der Kabine verstärkte seine Übelkeit. Sobald Aaron draußen war, würde er aufs Gas steigen, zur nächsten Polizei fahren und sich und Aaron anzeigen.

Doch der Pick-up gehörte Aaron, und er war damit von einem Tatort weggefahren.

Ich hab den Jungen sterben lassen.

Eine Träne fiel auf sein Bein, genau auf die Stelle, wo Aaron sein Knie gedrückt und einen blutigen Fingerabdruck hinterlassen hatte.

»Hey, hör mal«, sagte Aaron. »Tut mir leid, ich hab das nicht geplant.«

»Du hast ihn umgebracht, Aaron. Verdammte Scheiße, du hast ihn umgebracht.«

»Was hätt ich denn tun sollen? Er ging auf dich los.«

»Aber nur wegen *dir.*«

»Ach komm schon, Mann. Das war doch nichts. Deswegen hätte er nicht gleich auf uns losgehen müssen.«

Bobby nahm den Kopf vom Lenkrad und blinzelte Aaron mit glasigen Augen an. »Was ist los mit dir?«, fragte er.

»Was, wenn er eine Pistole gehabt hätte, Bobby? Hast du dir das überlegt?«

»Das war ein dummer Junge, Aaron. Nur ein nerviger Wicht, der sich aufgeblasen hat.«

»Für den sich kein Schwein interessieren wird. Weißt du, Mann, das ist genau dieselbe Scheiße wie auf der Highschool. Du kapierst es nicht, und das nervt mich schön langsam. Gehen wir. Nimm das Essen mit. Ich bin am Verhungern.«

Aaron sprang aus dem Auto und schlug die Tür zu. Bobby schrak zusammen und richtete sich auf. Tief ein- und ausatmend dachte er nach. Wie konnte er den Cops seine Rolle in der Sache erklären? Es war nicht sein Wagen, aber Aaron war betrunken. Aaron hatte ihn dazu gezwungen. Allerdings hatte er keine Waffe, nicht mal ein Messer, das plausibel gemacht hätte, dass er Bobby keine Wahl gelassen hatte. Aaron klopfte gegen die Scheibe, und Bobby hörte ein gedämpftes »Komm schon«. Er war sicher, dass es einen Ausweg gab, aber das war nicht der richtige Moment. Er hatte Aaron jetzt schon genervt, und wenn er dazu noch Verdacht schöpfte, dass Bobby zur Polizei wollte – wer konnte sagen, dass es ihm nicht genauso erging wie dem Jungen?

Moment mal. Das ist doch derselbe Aaron, der selbst mit tropfnassen Klamotten keine fünfundsechzig Kilo auf die Waage brachte. Hab ich etwa vor dem *Angst?*

Ja, das hatte er. Er war schockstarr. Er nahm die Pommes und die Pizza und folgte ihm.

Der ganze Gang im zweiten Stock roch nach Gras. Zwischen den rissigen Wänden hallte der schwere Bass eines Rap-Tracks. Musik und Grasgeruch drangen durch die Tür am Ende des Gangs. Erstaunt über ihr Ziel, neigte Bobby den Kopf zur Seite und sah Aaron an. Der schlug mit der flachen Hand gegen die Tür. Nichts. Er stieß einen unterdrückten Fluch aus und schlug mit der Faust dagegen. Die Musik wurde leiser. Das Licht hinter dem Türspion verschwand. Eine Sperrkette wurde abgenommen. Das Schloss klickte.

Ein teiggesichtiger Weißer mit kurz geschorenen blonden Haaren öffnete die Tür. Er war höchstens so alt wie der Junge, den sie auf dem Gehweg hatten liegen lassen. Er klatschte mit Aaron ab, dann zog er ihn zu einer halben Umarmung an sich. Dazu musste sich der Junge auf die Zehen stellen. Er trug ein langes Basketball-Sweatshirt und eine Tarnhose, die er unten in Dr.-Martens-Stiefel gestopft hatte. Wie bei Aaron rote Schnürsenkel. Als er Aaron auf den Rücken klopfte, sah Bobby das Hakenkreuz auf seinem Handrücken, und wieder spürte er den unguten Kloß im Hals. Der junge Skinhead glotzte Bobby an, der mit Pizza und Pommes in der Hand wie ein verirrter Lieferant dastand.

»Wer ist dieser Itaker da?«, fragte er Aaron.

»Cool bleiben, Cort«, erwiderte Aaron. »Cort stimmt doch, oder?« Der Junge nickte. »Der ist okay.«

Cort nickte in Richtung Wohnzimmer und winkte Bobby herein. Er nahm ihm die Pizza ab, schnappte sich ein Stück und ließ es kurz über dem offenen Mund baumeln, ehe er sich auf die kotzgrüne Couch plumpsen ließ. Auf dem Glastisch vor ihm lag eine 45er neben einer riesigen Bong.

»Meine, oder?«

Cort nickte und nahm einen tiefen Zug aus der Bong. Aaron nahm die Pistole und prüfte sie kurz, ehe er sie sich hinten in den Hosenbund schob, so als wäre das für ihn alltäglich. Danach hob er die Jalousie an und sah auf die Straße runter. Cort stieß eine Rauchwolke aus und hustete, ehe er den Ton des Fernsehers wieder aufdrehte. Es lief eine Folge von *Yo! MTV Raps*. Aaron drehte sich um und sah ihn böse an.

»Was glotzt du so, yo?«, fragte Cort.

»Yo?«, sagte Aaron und lachte abschätzig. »Was, glaubst du, sagt dein Onkel Hank, wenn er hört, was für einen Dreck du laberst? Oder dich erwischt, wenn du diesen Müll schaust?«

»Tja, Mann, der Penner sitzt doch, oder? Also sagt er gar nichts.«

Aaron trat an die Couch und beugte sich über Cort.

»Trau dich, noch mal so über ihn zu reden.« Aaron packte die Pistole in seinem Hosenbund. »Los, trau dich.«

Cort sah zu Aaron hoch, dann zu Bobby, der ihn kopfschüttelnd ansah. Seine taffe Fassade fiel in sich zusammen. »Ist ja gut, Mann«, sagte Cort. »Mein Scheiß- … ich mein, alles cool.«

»So ist's recht«, sagte Aaron. »Jetzt stell den Scheiß ab und sag mir, wo ich pissen kann.« Cort deutete ihm den Weg. Bobby sah Aaron nach, als er scheppernd durch den Gang stiefelte und rechts hinter einer Tür verschwand.

»Du mich auch, Mann«, murmelte Cort, als Aaron außer Hörweite war.

Aus dem Fernseher hinter Bobby kamen die pistolenschussartigen Soundeffekte der MTV-Nachrichten. Er zuckte zusammen. Tabitha Soren fasste das heutige Geschehen beim Prozess gegen O. J. Simpson zusammen. Die Verteidiger versuchten, die Glaubwürdigkeit der Zeugen zu untergraben, indem sie Detective Fuhrman zu den üblichen rassistischen Sprüchen bei der Polizei befragten. Mit einem verächtlichen Grinsen schüttelte der Skinhead den Kopf. Dann schlug er Bobby auf den Schenkel.

»Glaubst du diesen Quatsch?«, fragte er. »Der war das, hundertpro. Schau dir die Augen an. Da ist nichts Weißes drin, nur Schwarz. Wie ein … ein …« Mit schweren Lidern glotzte er auf den Bildschirm. Bobby beugte sich vor, um zu sehen, ob er eingenickt war, ehe er einen Vorschlag machte, wie der Satz zu vervollständigen wäre.

»Ein Hai?«, fragte Bobby.

Cort riss die Augen auf und schnippte mit dem Finger. »Scheiße, ja, genau, das ist es. Erst hab ich gedacht, wie ein Affe, aber ja, ein Hai. Scheiße, echt irre. Hoffen wir mal, dass sie solche Leute in Kalifornien noch hängen. Stimmt's?«

Plötzlich bekam Bobby das Gefühl, seine Füße gehörten nicht mehr zu ihm. Dann die Hände, die Arme, die Beine. Schließlich spürte er auch sein Gesicht nicht mehr. Für einen Augenblick schien er überhaupt nicht mehr da zu sein. Vielleicht war er es ja auch nicht. Vielleicht war er draußen im Schnee ins Schleudern geraten und irgendwo dagegengeknallt, und nichts von alledem geschah wirklich. Er könnte doch auch in einem Krankenhausbett liegen und das alles im Koma zusammenfantasieren. Kein Mordversuch. Kein Mittäter bei einem Mordversuch. Nur hirntot. Wieder dröhnte der schwere Bass aus dem Fernseher. Cort nickte im Takt zu Biggie Smalls' »Warning« und sang stumm mit, dann blickte er über die Schulter in den Gang, in dem Aaron verschwunden war, und stellte leiser. Mit einem Schlag kehrte das Gefühl in Bobbys Glieder zurück, und er folgte Aaron den Gang entlang. Hinter ihm blubberte das Wasser der Bong.

Im Bad spülte sich Aaron Seife von den Händen. Der Abfluss funktionierte nicht richtig, und das Wasser bildete eine rot-weiße Suppe, ehe es verschwand. Aaron betrachtete seine Nägel. Bislang hatte Bobby nicht bemerkt, dass sie so lang waren. Er erinnerte sich, in einer Fernsehsendung gesehen zu haben, dass manche Häftlinge sie wachsen ließen, bis sie sie spitz feilen konnten. Ihn schauderte.

»Alles in Ordnung mit dir?«, fragte Aaron.

»Wo sind wir hier? Wer ist der Typ?«

Zischend stieß Aaron die Luft aus. »Der kleine Drecksack. Keine Ehre im Leib. Wenn sein Onkel nicht wäre, würde ich ihm den Arsch versohlen. Aber ich bin dem was schuldig. Deswegen pass ich eine Weile auf ihn auf.«

»Was schuldest du dem Onkel denn?«, fragte Bobby. Obwohl er es wissen wollte, fürchtete er sich vor der Antwort.

»Alles und nichts«, antwortete Aaron. »Kommt drauf an, wer fragt. Er hat mich in die Brotherhood eingeführt. Mich beschützt.«

»Die Brotherhood?«, sagte Bobby mit überschnappender Stimme. »Weißt du, was du da sagst? Ich glaub's nicht. Mit wem red ich hier eigentlich? Ich will weg von hier, verflucht noch mal.«

»Und wo willst du hin, Bobby?«

Aaron spritzte sich Wasser ins Gesicht und sah sich nach einem Handtuch um, aber es hing keines am Handtuchhalter. Als er den Saum seines Shirts nahm, um sich das Gesicht trocken zu reiben, bemerkte er das verschmierte Blut, das er von Bobbys Inhalator abgewischt hatte. Er zog das Shirt aus und rieb sich mit einer sauberen Stelle über das Gesicht. Brust und Rücken waren voller Pickel, und Bobby vermutete, dass er im Gefängnis an Steroide rangekommen war. Aaron drehte sich um und pinkelte. Auf beide Schulterblätter war »88« tätowiert. Zwischen den Pickeln auf dem Rücken waren kreisförmige Narben, glühende Zigarettenspitzen hatte das Fleisch an den Rändern leicht aufgeworfen. Jemand hatte ihn als Aschenbecher benutzt.

Als er sich umdrehte, wanderte Bobbys Blick zu dem großen Hakenkreuz, dessen Arme bis auf die linke und rechte Brust reichten. Bobby wich zurück, als Aaron auf ihn zutrat, und stieß in dem schmalen Gang gegen die Wand. Aaron lehnte sich gegen den Türrahmen. Sein Blick wurde sanft.

»Hör mal, es tut mir leid, dass ich unten am Auto ausgerastet bin. Ich weiß, dass du Angst hast, aber hier bist du in Sicherheit«, sagte er. »Bei mir bist du immer in Sicherheit. Das ist das Mindeste, was ich dir schulde. Heute halten wir die Füße still, und morgen überlegen wir, was wir tun. Alles wird gut, versprochen. Und jetzt hol uns erst mal die Pizza, bevor der kleine Drecksack alles wegfrisst.« Bobby wollte ihm widersprechen, aber Aaron tätschelte ihm die Wange, drückte sich an ihm vorbei und ging zu einer anderen Tür am Ende des Gangs.

Im ersten Moment regte Bobby sich auf, weniger verängstigt als wütend. Als Aaron ihm die Wange tätschelte, wollte Bobby ihn am Hals packen und anbrüllen. Er wollte zudrücken, bis er den großen Adamsapfel spürte, der in dem dürren Jungenhals immer auf und ab gehüpft war, wenn Aaron stoned war und schön langsam abdrehte und Bobby beruhigend auf ihn einredete. Immer hatte er ihn beruhigt, nie andersrum. Jetzt war Aaron zwar betrunken, aber hinter seiner kranken Coolness musste derselbe Junge mit derselben Panik stecken.

Und doch war er nicht zu entdecken. Aarons Augen wirkten so kalt wie ihr eisiges Blau. Vor nicht einmal vierundzwanzig Stunden war er aus dem Gefängnis entlassen worden und hatte bereits einen anderen Menschen halb totgeschlagen. Danach wollte er Pizza. Das Gefängnis hatte den Knast-Aaron erschaffen, und der Knast-Aaron tat, was er für nötig hielt, und das war angeblich, sie beide zu beschützen. Entweder machte es ihm Spaß, oder es war ihm egal, ob sie erwischt wurden. Oder eine verrückte Kombination von beidem. Der Gedanke ließ Bobbys abgründige Angst zurückkehren.

Bobby ging den Gang weiter. Gab's in diesem Loch kein Telefon? Er sollte Isabel anrufen. In der Küche, die vom Wohnzimmer abging, entdeckte er eins an der Wand und trat einen Schritt darauf zu. Dann blieb er stehen.

Aaron hatte recht. Wo sollte er hin? Was sollte er sagen? Was konnte Isabel tun?

Wieder dachte er an die Mutter des Jungen, und jeder Appetit verging ihm. Er ging zu Aaron in das Zimmer am Ende des Gangs und wollte ihm sagen, dass er sich seine Scheißpizza selbst holen sollte, doch der lag schon ausgestreckt auf dem schmalen Bett und schlief. Vielleicht hatte Aaron tatsächlich Angst und war davon erschöpft, ihm die ganze Zeit etwas vorzuspielen? Oder er war betrunkener als gedacht und schlichtweg umgekippt? Vom Fußende des Betts starrte Bobby ihn an, bis sein Blick verschwamm, so wie bei den dreidimensionalen Bildern in der Mall, die sich angeblich irgendwann in Delfine verwandelten. Er wusste nicht, warum er Aaron jetzt so ansah, und hatte keine Ahnung, was er zu sehen erwartete. Aber er hatte auch in den Bildern nie das gesehen, was man darin erkennen sollte. Er bekam immer nur Kopfschmerzen davon.

Vor drei Jahren hatte Bobby über eine halbe Stunde gewartet, um Aaron zu sehen. Es war seine erste Woche im Gefängnis gewesen. Die Besucherschlange war lang, und sie roch nach einer wilden Mischung unterschiedlicher Parfüms und Körpersprays, die genauso stank wie das Zeug, mit dem sich Isabel einsprühte, wenn sie abends ausging. Als Bobby sah, dass kein anderer Mann wartete, befürchtete er, dass man Aaron und ihn für ein Paar hielt. Und dann empfand er Schuld, weil sein erster Gedanke war, was die Leute über *ihn* dachten, nicht was das für Aaron bedeuten könnte. Ob er sich nun schuldig oder egoistisch fühlte, jedenfalls drängte es ihn abzuhauen, doch als er sich umdrehen wollte, kam ein Gefängnismitarbeiter und führte alle Wartenden durch den Metalldetektor und zu den Besucherkabinen.

Neben Bobby saß eine mittelhübsche Frau. Als er mit den Knien von unten an den Tresen stieß, sah sie ihn an, und er wusste, wusste instinktiv, dass auch sie sich fragte, warum er jemanden in einem Männergefängnis besuchte. Bobby wickelte das Telefonkabel so fest um seinen Daumen, dass er rot anlief. Auf dem dicken Sicherheitsglas waren Handabdrücke. Fingerabdrücke. Graue Lippenstiftschmierer. Er fragte sich, ob die Frau neben ihm die Scheibe küssen würde, ihre Hand darauflegte oder vielleicht sogar eine Brust entblößen und an das Plexiglas pressen und ihr Mann die Hand darauflegen würde. Bobby merkte, dass seine Handflächen feucht waren. Er wusste nicht, warum er so nervös war. Aaron war erst eine Woche im Gefängnis. Es ging ihm bestimmt gut. Quietschend gingen die Stahltüren auf, und ein Wachmann führte Aaron an seinem knochigen Ellbogen herein. Mit gesenktem Kopf humpelte er in einem viel zu weiten orangen Overall auf Bobby zu.

Ein Auge war blau und zugeschwollen. Wie auf eine Schnur gefädelt lagen kleine blaue Flecken um seinen Hals, und an einer Schädelseite, wo man ihm die Haare ausgerissen hatte, war eine Naht wie ein kurzer Reißverschluss zu sehen. Aaron schlurfte zum

Fenster, um sich zu setzen, konnte es aber nicht. Sein Hintern schwebte über der Sitzfläche, bis seine Beine zu zittern anfingen. Er presste die geschwollenen Lippen aufeinander, die Anstrengung ließ Schweißperlen auf seine Stirn treten. Er gab auf und stützte ein Knie auf den Hocker. Beide griffen sie nach den Hörern.

»Hey, du«, sagte Bobby.

Aus Aarons gutem Auge rann eine Träne.

»Komm nie wieder hierher«, sagte er.

Er sprach leise und verwaschen. Die Schneidezähne fehlten. Er legte auf und schlurfte zurück zum Wachmann. Bobby rief ihm nach, und ehe er merkte, was er tat, hatte er eine Hand gegen die Scheibe gepresst. Die Frau neben ihm starrte ihn an. Bobby blickte an ihr vorbei auf ihren Mann, der sich umgedreht hatte und Aaron hinterhersah. Sofort riss er die Hand weg, weil er begriff, dass er Aaron soeben die nächste Portion von dem beschert hatte, was er bereits bekommen hatte. Krachend fiel die Tür ins Schloss. Bobby starrte sie an, bis sein Blick verschwamm und sich sein feuchter Handabdruck davorschob. Abgesehen davon, dass er neuer war, war er von den übrigen Spuren vergeblicher Kontaktversuche nicht zu unterscheiden. Mit einem Ärmel wischte er den Abdruck weg.

Bobby unternahm noch einen Versuch, Aaron zu besuchen, aber für diesen Tag stand er nicht auf der Liste. Auch für keinen späteren Tag.

Briefe blieben unbeantwortet. Aus Tagen wurden Monate. Drei Jahre. Ein Zeitabschnitt, der ihm wie eine Ewigkeit vorkam und zugleich nicht besonders lang. Nur so lang, dass die Züge eines bekannten Gesichts verwischten, wenn auch nur ein bisschen. Nur so lang, dass Bobby seinem Gedächtnis nicht mehr ganz traute, als er sich Aarons Stimme in Erinnerung rief, obwohl er sie so gut zu kennen glaubte. Nur so lang, dass er glatt an Aaron vorbeigegangen war, als er ihn heute auf dem Parkplatz zum ersten Mal nach drei Jahren wiedersah.

Aaron schnarchte. Bobby schlich durch das Zimmer und hob die Jalousie an, um aus dem Fenster zu blicken. Vorhin hatte Aaron vermutlich genau nach demselben Ausschau gehalten. Aber auf der Straße fuhren keine Streifenwagen. Es waren gar keine Autos zu sehen. Es hatte viel geschneit, und Straße und Gehweg waren nicht mehr zu unterscheiden. Bobby ging zum Fußende des Betts und rollte sich auf dem Boden zusammen.

Als Bobby sieben oder acht Jahre alt war, hatte sie ein Lehrer immer eine gute Woche im Voraus informiert, wenn in der Schule eine Bücherschau stattfand. Seine Mutter gab ihm immer nur so viel Geld mit, dass er sich das Schulessen kaufen konnte, aber in der Woche vor der Bücherschau aß er so wenig wie möglich und suchte überall in der Wohnung nach Kleingeld. Wenn der Lieferwagen kam und die rollbaren Klappregale aus Metall ausgeladen wurden, war er immer ganz aus dem Häuschen.

Als Erstes ging er zu den Büchern der Reihe *Choose Your Own Adventure*. Sein Geld reichte immer nur für ein, höchstens zwei Bücher, aber bei denen hatte er das Gefühl, vier oder fünf Bücher in einem zu bekommen, falls er die richtige Wahl traf. Es waren Fantasywerke voller Regenbogendrachen und schwarzer Ritter.

Gehst du in eine dunkle Höhle, wenn du nur eine Fackel hast, oder umgehst du die Höhle und kletterst über den Berg, wo alle möglichen Monster lauern könnten? Bobby entschied sich für die Höhle. Dass darin auch Monster waren, wurde mit keinem Wort erwähnt, deshalb hielt er sie für sicher.

Zuletzt brachte ihn die Höhle um. Das war natürlich Mist, aber immerhin konnte er noch mal von vorne anfangen.

Schließlich legte sich Bobbys Aufregung, Erschöpfung machte sich breit. Die Augen wurden ihm schwer. Als er einschlief, sah er vor sich eine aufgeschlagene Buchseite, auf der er eine Entscheidung treffen musste.

Wähle dein eigenes Abenteuer. Wenn du willst, dass dein bester

Freund, der Skinhead ist, einem Gangmitglied begegnet, dann blättere um und schau, was passiert. Wenn du lieber zu deinem nächsten Ziel fährst und nicht zusehen möchtest, wie er jemanden umbringt, blättere weiter zu Seite 93.

Kapitel 3

Robert fing den Blick auf, den ihm die Schwester von der Notaufnahme zuwarf. Schnell nahm er einen letzten Zug, dann schnippte er die Kippe auf die Straße. Zischend landete sie im Schnee. Er war bestimmt nicht der *einzige* Arzt, der rauchte, aber einer von wenigen, die es so sichtbar taten. Er wusste, dass es nicht gut aussah, aber er hatte eben erst wieder angefangen. Er blickte auf die Uhr. Die Schwester war von der neuen Schicht. Er könnte jetzt gehen, hatte es allerdings nicht eilig mit dem Nachhausekommen. Die Einsamkeit machte alles größer. Das zu laute Patschen seiner nackten Füße auf dem Parkett im Esszimmer, das wie ein riesiger Speisesaal wirkte, obwohl nur acht Personen darin Platz fanden. Das riesige Doppelbett, in dem er immer in der Mitte aufwachte, ganz egal, wie oft er sich umdrehte. Der unendlich lange Küchentisch, dessen polierte Eichenfläche völlig leer war – abgesehen von den Scheidungspapieren, die vor zwei Tagen gekommen waren.

Sie hatte schon unterschrieben.

Der Schnee, der auf seinen angegrauten Locken lag, schmolz zu kleinen Bächlein, die stellenweise seine Kopfhaut kühlten. Er ließ seinen Ringfinger knacken. Schob den Ehering vor und zurück. Darunter war die hellbraune Haut beinahe weiß. Es war eine alte Gewohnheit, weil er keinen Schmuck, keinerlei Schmuck mochte, am wenigsten an den Händen.

Er war schon auf dem Weg nach drinnen, um seine Schlüssel zu holen, als er in der Ferne eine Sirene heulen hörte. Er blieb stehen. Der Dopplereffekt legte sich beim Näherkommen des Krankenwagens. Nach kurzem Rutschen kam er unter dem Vordach zum Stehen. Als die Sirene erstarb, war aus dem Inneren ein gedämpftes

Stöhnen zu hören. Die Hecktüren schwangen auf, ein Rettungssanitäter sprang heraus und half seinem Kollegen, die Trage herauszuheben. Ein schlaksiger junger Schwarzer in einem blutgetränkten braunen Kapuzenpulli lag darauf. Das Tuch auf ihm hatte sich vom Zappeln der Füße verschoben und war mit Urin und Kot besudelt. Die Sauerstoffmaske auf dem Gesicht beschlug bei jedem Stöhnen.

Robert folgte den Sanitätern, die ihn auf dem Weg zur Unfallchirurgie über die Eckdaten informierten. Die Knochen der linken Gesichtshälfte waren zertrümmert worden, die rechte Hälfte – vermutlich bei dem Aufprall auf dem Boden – ebenfalls in Mitleidenschaft gezogen. Nur wenige Zähne saßen noch fest im Kiefer, die Zunge war fast durchgebissen. Splitter des Augenhöhlenknochens hatten ein Auge beschädigt. Wahrscheinlich würde er darauf erblinden, wenn man den Augapfel nicht insgesamt entfernen musste. Die neurologischen Tests, die sie zwischen den Krampfanfällen hatten vornehmen können, wenn er nicht ganz weggetreten war, ließen auf eine Hirnblutung schließen.

Die roten Splitter, die Robert von der Gesichtshaut ablöste, deuteten darauf hin, dass ihn ein Ziegelstein getroffen hatte. War er auf ihn geworfen worden? Fallen gelassen worden? Die Wucht des Aufpralls war so groß gewesen, dass ein Mensch als Täter unwahrscheinlich schien.

Das Notfallteam begann sofort, ihn zu stabilisieren. Nachdem der Neurochirurg, der Bereitschaft hatte, angefordert worden war, wurde der Junge auf die Intensivstation gebracht. Robert nahm Maske und Handschuhe ab, knüllte sie zusammen und warf alles in den Mülleimer. Daneben. Ein Rettungssanitäter stand da, die Ellbogen rückwärts auf den Tresen gestützt, und baggerte eine Schwesternschülerin an. Er sah den Fehlwurf und grinste Robert an.

»Knapp vorbei ist auch daneben«, sagte er.

Robert schenkte ihm ein halbherziges Lächeln und setzte sich hinter den Tresen, um die Krankenakte des Jungen zu ergänzen. »Homewood«, sagte er leise vor sich hin. Sie stammten aus demselben Viertel, auch wenn Robert seit Jahren nicht mehr dort gewesen war. Nicht seit Mama krank geworden war. Dann war Pops gestorben. Und Mama ihm gefolgt. Flutartig brach sich eine Welle von Einsamkeit über ihm und zog sich nach einem tiefen Atemzug wieder zurück. Er schob die Krankenakte von sich.

»Vermutlich eine Vergeltungsaktion«, sagte der Rettungssanitäter.

Robert sah auf. »Äh, wie bitte?«

Der Sanitäter drehte sich um und stützte die Hände auf den Tresen. Sein Ausweis war von der weiten Jacke halb verdeckt, aber Robert konnte den Vornamen lesen: Scott.

»Der Junge«, sagte er. »Wahrscheinlich hat sich irgendwer für was gerächt. Ein Kumpel aus seiner Gang war da, als wir kamen.«

»Der Junge hat doch gar keine Farben getragen«, sagte Robert. »Aber klar, wenn sein Kumpel welche getragen hat, steht natürlich alles sofort fest.«

Scott wechselte auf die Ellbogen. »Sie haben's doch selbst gesagt, der Junge ist aus Homewood. Da braucht man nur eins und eins zusammenzuzählen.«

»Ich bin auch aus Homewood«, sagte Robert. »Sie meinen also, schwarz plus Homewood ergibt Gang. Zähl ich da richtig zusammen?«

Scott stieß sich vom Tresen ab und richtete sich auf. Als er sich mit den Fingern durch die Haare fuhr, war er leicht rot geworden. »So hab ich das nicht gemeint, und das wissen Sie auch.«

»Aber sicher«, sagte Robert. Er stand auf und wandte sich zum Gehen, doch dann blieb er stehen. »Ich will Sie mal was fragen. Wie lang haben Sie gebraucht, um dahin zu kommen?«

»Was?«, sagte Scott.

»Haben Sie sich beeilt, als der Notruf reinkam und Sie gehört haben, dass ein junger Schwarzer das Opfer ist? Oder haben Sie sich erst noch schnell in einem anderen Krankenhaus die Nummer einer Schwesternschülerin organisiert?«

»Wollen Sie damit sagen, dass ich ein Rassist bin?«

»Und als Sie den jungen Mann aufgelesen haben, haben Sie da alles in Ihrer Macht Stehende getan, um ihn zu retten, oder haben Sie sich gedacht, na ja, ein Gangmitglied weniger, das die Straßen unsicher macht?«

Aus dem Augenwinkel sah Robert, wie die Schwesternschülerin, die Scott angebaggert hatte, der Schwester neben ihm einen unsicheren Blick zuwarf. Mit starrer Miene und verächtlich verzogenem Mund legte Scott beide Hände auf den Tresen.

»Ich hab echt keinen Bock auf so ’nen Scheiß, Doc. Sie haben doch nicht die geringste Ahnung.«

»Ach ja?«, sagte Robert. »Bei mir ist’s, glaub ich, keine Ahnung, sondern Wissen.«

Scott stieß sich vom Tresen ab, hob die Hände, wie um sich zu ergeben, und ging. Auf dem Weg zur Automatiktür packte er seinen Partner am Arm, und sie zogen ab, ohne sich umzusehen. Robert ließ sich auf den Stuhl fallen. Er spürte einen Blick und wandte sich nach links. Lorraine, die Oberschwester, sah ihn mit großen Augen an. Ein Lächeln breitete sich auf ihren braunen Wangen aus.

»Okay, Dr. Winston«, sagte sie. »So kenn ich Sie gar nicht.«

Robert rutschte unruhig auf dem Stuhl herum. »War’s zu viel?«

»Ich bitte Sie. Nicht annähernd genug.«

Er erwiderte ihr Lächeln mit aller Aufrichtigkeit, zu der er imstande war. Er verspürte kein Bedauern über seine Worte, nur darüber, dass sie notwendig gewesen waren. Erneut nahm er die Krankenakte und las den Namen.

»Marcus Anderson«, sagte er.

Konnte seine Mama diesen Jungen gekannt haben? Hatte der Großvater des Jungen sonntags vielleicht mit Roberts Vater die Spiele der Steelers angesehen?

»Lorraine, wenn's was Neues über ihn gibt, schicken Sie mir doch bitte eine Nachricht auf den Pager.«

Sie nickte und ging zu ihren Kollegen, die sich um das Radio versammelt hatten, um den Wetterbericht zu hören. Ein Wintersturm war im Anmarsch. Diejenigen, die einen weiten Weg nach Hause hatten, richteten sich leere Behandlungszimmer als Nachtquartier her. Sie scherzten und lachten. Robert war nicht ausgeschlossen, aber auch nicht eingeschlossen. Er machte ihnen deswegen keinen Vorwurf. Er genoss seine Schichten im Lehrkrankenhaus. Oft erhielt er dabei Anerkennung, beinahe eine gewisse Berühmtheit. Eins aber änderte sich nie, ganz egal, wohin er ging, insbesondere in den Notfallteams – es wurde ihm nie jene Kameradschaft zuteil, die bei Einsätzen an vorderster Front entstanden war. Deswegen fühlte er sich oft einsam, und heute Abend war er noch einsamer als sonst.

Er beendete die Aufzeichnungen, nahm seinen Mantel von der Garderobe hinter dem Tresen und ging zurück ins Freie. Eine eisige Böe fuhr durch seine OP-Kleidung und die lange Unterhose. An seinem üblichen Platz an der Außenmauer fischte er eine neue Zigarette aus der zerknautschten Schachtel in der Manteltasche. Er genoss die Kälte, zog kräftig an seiner Zigarette und schloss die Augen. Wieder sah er den Esszimmertisch vor sich.

Sie hatte seine Antwort gar nicht abgewartet. Die Papiere waren bereits da, auf jeder Seite unterschrieben und daneben farbige Klebemarker, die seinem Stift den Weg zu der freien Stelle wiesen, an die er seinen Namen setzen sollte. *Tamara Winston.*

An dem Tag, an dem der Umschlag gekommen war, hätte er sie beinahe angerufen, aber das war schon beim letzten Mal schiefgegangen. Sie warfen sich Dinge an den Kopf, schlimmere Dinge als je zuvor, als sie beschlossen hatte, dass ihre Beziehung eine noch längere Auszeit nötig hatte. Sie wollte zu ihrer Schwester, dieser elenden Hexe, die Robert von Anfang an nicht gemocht hatte und jetzt garantiert nichts lieber tat, als den Keil zwischen ihnen immer tiefer und tiefer hineinzutreiben. Der Gedanke, wie sie Tamara etwas ins Ohr flüsterte, als wäre es eine Zauberformel, widerte ihn an. Wütend stampfte er die Zigarette mit seinem Turnschuh in den Boden und ging wieder hinein. Er trat an den Schreibtisch, hinter dem Lorraine saß.

»Wo kriegt man hier in der Nähe denn noch was zu trinken?«, fragte Robert.

»Den Wetterbericht haben Sie gehört, oder?«

»So schlimm ist's ja noch nicht«, sagte Robert. »Soll auch nur ein Absacker werden.«

»Ich an Ihrer Stelle würde schnurstracks nach Hause. Auf den Straßen wird's bald glatt.«

»Ich fahr gern im Schnee Auto«, sagte er. »Wollen Sie nicht mitkommen?«

Lorraine hob ihre Linke hoch, hielt ihm den Handrücken entgegen und wackelte mit den Fingern. Ein Diamant glitzerte im Deckenlicht.

In einer schuldbewussten Geste legte Robert die Hände auf seine Brust. »Ich wollte Ihnen nicht zu nahe treten.«

»Nichts passiert«, sagte sie mit einem Lächeln. »Zwei Blocks von hier in diese Richtung« – sie deutete nach Westen – »ist das Lou's. Für 'nen schnellen Drink ist es am nächsten. Ich find's nicht besonders einladend, aber Sie können's ja versuchen.« Verständnislos neigte Robert den Kopf zur Seite. Lorraine presste die Lippen aufeinander und sah ihn mit zusammengezogenen Augenbrauen an, bis Robert begriff. Die falsche Bar für seine Hautfarbe.

»Danke für den Hinweis«, sagte er. »Bis morgen dann.«

Draußen schneite es stärker. Der Schnee auf der Straße dämpfte das Reifengeräusch der vorbeirollenden Autos. Robert stellte den Mantelkragen auf, zog eine Wollkappe aus der Tasche und ging in Richtung Lou's los. Ein Streufahrzeug fuhr vorbei und salzte Windschutzscheiben und Türen mit Kristallklumpen, die das unversehrte Weiß mit kleinen Pockennarben sprenkelten.

Robert und Tamara hatten Dinge gesagt, die sie so nicht meinten, oder vielleicht hatten sie Dinge gesagt, die sie so meinten, aber besser für sich behalten hätten. In den Wochen nach der Fehlgeburt hatte sich Tamara immer mehr von ihm zurückgezogen. Sie hatte ein ansteckendes lautes Lachen, bei dem sie den Kopf zurückwarf, ohne dass es affektiert wirkte, und das von kurzem Prusten unterbrochen wurde, wenn sie etwas wirklich lustig fand. Genauso hatte sie auf der Praxisliege bei ihrer ersten Ultraschalluntersuchung gelacht. Das Hygienepapier unter ihr schien knisternd zu applaudieren, als sie vor Aufregung nicht still liegen konnte, während sie dem schnellen Herzschlag lauschten.

Bei der letzten Untersuchung lachte keiner mehr. Sie hörten nur den eigenen Atem, den sie mühsam zu unterdrücken versuchten, bis sie schließlich beide tief seufzten. Eine Arzthelferin überbrachte ihnen die Nachricht. Robert vermutete, dass sich der Arzt lieber um die glücklichen Fälle kümmerte, und in gewisser Weise hatte er auch Verständnis dafür. Als Medizinstudent war er von seinen Lehrärzten gezwungen worden, Patienten im Endstadium oder Familienmitgliedern, deren Angehöriger gerade gestorben war, die schlechten Nachrichten zu überbringen. Während er seine Aufgabe erledigt hatte, hatte er einen beinahe körperlichen Schmerz verspürt, und er glaubte, dass es den Lehrärzten auch einmal so ergangen war. Es schien weniger eine Schikane als ein Initiationsritus zu sein. Das war ihm merkwürdig klar, als die Arzthelferin Tamara das Gel vom Bauch wischte und die Sonde zurück in das Gerät schob – mit einem Geräusch wie beim Zurückschieben einer Waffe ins Holster.

»Ihr Körper hat den Fötus abgestoßen«, hatte sie gesagt.

Und dann: »Lassen Sie sich so viel Zeit, wie Sie brauchen.«

Als man sie allein gelassen hatte, hörten Tamara und Robert durch die Wand gedämpfte Freudenrufe. Beim Heruntersteigen von der Liege nahm Tamara Roberts angebotene Hand, in benommenem Schweigen zog sie sich an. Tränenlos. Wortlos. Robert führte sie durch das volle Wartezimmer, den Arm um ihre Schultern geschlungen, als wollte er sie vor Paparazzi schützen. An der Art, wie alle sie ansahen, wenn sie möglichst unauffällig über die Ränder ihrer Schwangerschaftsratgeber, Hochzeitsmagazine und Klatschblätter linsten, erkannte Robert, dass sie Bescheid wussten und sie ihrer Aufmerksamkeit für nicht wert hielten. Draußen im Gang vor dem Aufzog hob sie ihre tränenverschleierten Augen.

»Ich hab Hunger«, sagte sie und rang sich ein Halblächeln ab. Er erwiderte es.

»Ich könnte auch was vertragen«, sagte er.

In einem Restaurant in der Nähe der Praxis aßen sie ein spätes Frühstück. Sie hatten sich noch nicht von der winterlichen Kälte aufgewärmt, und Roberts viel zu großer Kapuzenpulli schlotterte um Tamaras Schultern. Sie stocherte mit der Gabel in ihren Spiegeleiern und mischte das Eigelb mit dem Berg Ketchup, den sie darübergekippt hatte.

»Suchst du sie?«, fragte Robert.

»Was?«

»Die Eier als Beilage zu deinem Ketchup. Weil ich sie gar nicht sehen kann.«

Sie unterdrückte ein Lächeln. »Lach nicht«, sagte er. »Das ist nicht lustig. Kein Witz, ich glaub, die wollen uns hier nur abzocken.« Sie presste die Lippen fester aufeinander, damit ihnen kein Lachen entwischte. Die Bedienung kam und schenkte ihnen Kaffee nach. Tamara nahm einen Schluck. Robert beugte sich über den Tisch. »Hast du's gesehen? Wie sie uns angesehen hat?«, fragte er. »Ich wette, die Weißen kriegen hier Eier zum Ketchup.« Tamara spuckte den Kaffee zurück in die Tasse und wischte sich über den Mund. Dann prustete sie kurz. Robert lächelte.

»Spinner«, sagte sie.

Grinsend zuckte Robert die Achseln. Sie würden das gemeinsam durchstehen. Sie waren hart im Nehmen. Sie konnten miteinander lachen. Er streckte die Hand nach der Tamaras aus, und sie nahm sie. Plötzlich legte sie die Stirn in Falten, ihre Augen wurden schmal. Sie griff sich an den Bauch. Ihr Lächeln verschwand. Sie rutschte auf dem Sitz herum, und im nächsten Moment traten ihr Tränen in die Augen.

»Robert«, flüsterte sie.

Sie schlug die Augen nieder und schüttelte den Kopf. Als sie wieder aufsah, rannen ihr Tränen über die Wangen. Robert glitt auf ihre Seite der Sitznische. Im Schritt ihrer grauen Jogginghose war ein roter Fleck wie von einem ausgelaufenen Füller. Robert zog sein Sweatshirt aus und schlang es um ihre Hüften, legte Geld auf den Tisch und führte sie eilig aus dem Restaurant. Man hatte ihr gesagt, dass sie auch nach fünfzehn Wochen noch mit Krämpfen, Ausfluss, sogar leichten Blutungen rechnen müsste. Nicht gesagt hatte man ihr, wie sie sich dabei fühlen würde. Auf der Fahrt nach Hause lag sie klein zusammengerollt und leise weinend auf dem Rücksitz.

An jenem Abend und allen folgenden war Tamara immer weiter von der Bettmitte fortgerückt und hatte sich Robert entzogen, wenn er die Distanz überbrücken wollte. Sie legte sich bekleidet ins Bett, und wenn sie duschte, schloss sie die Badezimmertür ab.

Trotz Roberts Einspruch begann sie nach einer Woche wieder zu arbeiten. Ihre Meetings dauerten länger. Abends aßen sie Fertiggerichte oder Take-away-Mahlzeiten vor dem Fernseher. Sie sagte kaum noch etwas, jedenfalls nicht zu Robert. Stundenlang telefonierte sie mit ihrer Schwester in San Diego, während er im

Internet medizinische Artikel las und so tat, als würde er nicht zuhören und überlegen, was er falsch gemacht hatte.

Der Streit begann nach seiner dritten Zwölfstundenschicht vor einem Wochenende. Sie hatte endlich den Entschluss gefasst, weniger zu arbeiten, weil sie mehr Zeit zu Hause und für sich brauchte. Robert schlief im Krankenhaus, um ihr den Freiraum zu lassen, den sie seinem Eindruck nach benötigte. Als er nach Hause kam, quoll der Müll über von den Verpackungen von drei Tagen Tiefkühlmahlzeiten zum Frühstück, Mittag- und Abendessen und roch nach überreifen Bananen. Im Spülbecken stapelten sich stiellose Weingläser mit eingetrockneten Getränkeresten. Im Schlafzimmer hing ihre Kleidung über dem Laufband, der Boden war mit T-Shirts übersät, über den Rand des Wäschekorbs baumelten Schlüpfer.

Die Klospülung rauschte, und sie erschien in der Tür als dunkler Umriss vor dem hellen Badezimmerlicht. Sie trug das, was zu ihrer neuen Uniform geworden war: einen Durag, ein weißes, langärmliges, flauschiges Sweatshirt, eine dicke hellgraue Jogginghose und Wildlederpantoffel. Als sie ihn sah, zuckte sie zusammen, dann ging sie an ihm vorbei, schlüpfte unter die Bettdecke und drehte ihm den Rücken zu. Er setzte sich auf die Bettkante.

»Warst du heute draußen?«, fragte er. »Oder gestern?«

»Wo warst du?« fragte sie.

»Ich wollte dir etwas mehr Zeit für dich lassen.«

Sie schlug die Decke zurück und setzte sich langsam auf. »Muss es schon wieder nur um dich gehen? Bitte nicht«, sagte sie leise.

»Tut mir leid. Ehrlich, das hab ich nicht gemeint.«

»Was hast du stattdessen gemeint?«

»Es ist auch meins gewesen, Tam.«

»*Es?* Musst du immer so sachlich sein?«

»Nein.« Robert sah auf seine Hände. Der kalte Wind hatte sie trocken werden lassen, aschgrau. Das häufige Händewaschen nach der Behandlung seiner Patienten hatte die Haut rissig gemacht, die hellbraunen Kuhlen zwischen seinen Knöcheln waren rot und rau. »Ich kann nur nicht an einen Er oder eine Sie denken«, sagte er. »Das tut zu weh.«

»Es war ein Mädchen«, sagte Tamara. »Ich … ich glaube, es war ein Mädchen.«

»Ein Mädchen. Hattest du schon eine Idee für einen Namen?« Tamara schüttelte den Kopf. »Ich frag mich, wie sie ausgesehen hätte.«

Sie rang sich ein dünnes Lächeln ab.

»Ich weiß, dass unser Alter ein Risikofaktor ist. Das in unserem Alter so was passieren kann. Aber wir können es wieder probieren.« In der Hoffnung auf ein echtes Lächeln zwinkerte er ihr zu. »Das ist doch sowieso der Teil, der am meisten Spaß macht, oder?« Robert streckte die Hand nach ihr aus, aber sie entzog sich. Er nahm die Hand zurück. »Was ist, Tam? Was hab ich getan? Was hab ich falsch gemacht, dass ich dich nicht mal mehr berühren darf? Sag's mir, und ich hör auf damit.«

»Tut mir leid, dass ich mit dem allen nicht so umgehe, wie du's gerne hättest. Aber ich kann nicht so tun, als wäre sie ein Es. Mir fehlt deine Fähigkeit zur distanzierten Betrachtung. Aber reicht's nicht, dass ich mich so schon beschissen fühle, auch ohne schlechtes Gewissen, weil ich nicht mit dir schlafen will?«

»Moment mal! Tam, das stimmt nicht, darum geht's mir doch gar nicht.«

Mit dem Handrücken wischte sich Tamara die Tränen von den Wangen. »Ich wollte überhaupt kein Baby, aber du hast mich dazu überredet, und jetzt ist die Kleine weg.«

»Ich hab dich *überredet?*«

»Ich hab dir gesagt, dass ich kein Kind will, aber du hast mich gedrängt und gedrängt. Deine Mama wollte unbedingt einen Enkel, und du konntest ihr's nicht abschlagen, oder nicht? Da kam's auf mein Nein gar nicht an.«

»Okay. Du bist wütend. Gleich sagen wir Sachen, die wir hinterher bereuen. Du brauchst Abstand von mir. Du brauchst Ruhe.«

»Hör auf, mir zu erklären, was ich brauche, Robert. Wir haben kein Kind gebraucht. Es ging uns beiden gut, als wir zu zweit waren.«

Erschöpft nach Tagen der Selbstrechtfertigung schnappte er zurück.

»Na, wie gut, hast du mir ja grad gezeigt, was?«

Kaum waren ihm die Worte über die Lippen gekommen, stöhnte er vor Selbstekel, aber es war zu spät. Tamara sah ihn ungläubig an und schlang ihre Arme um sich. Ihm war klar, dass er jetzt auf die andere Seite des Betts gehen und sie in den Arm nehmen sollte, aber ihr Vorwurf war zu schneidend gewesen und hatte ihn zu tief getroffen. Sie waren beide stolz, manchmal lächerlich stolz, und in Momenten wie diesen fühlte sich die Distanz zwischen ihnen unüberwindlich an.

Tamara wischte sich über die Augen und rollte sich unter der Bettdecke ein, Robert den Rücken zugewandt. Er kniete sich auf die Matratze und berührte sie. Er wollte sie an sich ziehen, drücken, auch wenn sie sich wehrte. Sollte sie ihn doch anschreien und schlagen, wenn sie das brauchte. Damit der Schmerz aus ihr herausbrechen konnte und sie hinterher wieder so sein konnten wie vorher. Die Bettfedern knirschten unter seinen Knien. Noch ehe er etwas tun konnte, flüsterte Tamara beinahe unhörbar:

»Ich würde jetzt gerne schlafen.«

Die Entschlossenheit in ihrer Stimme löste Roberts feste Absicht in Luft auf. Er erhob sich vom Bett und zog beim Hinausgehen sacht die Schlafzimmertür hinter sich zu.

Draußen blieb er stehen. Die Dielen knarrten. Tamara war aufgestanden. Dann hörte er das Surren des Schwenkventilators, der an ihrer Bettseite stand. Ohne sein leises Rauschen konnte sie nicht einschlafen, eine Marotte wie jene Roberts, der immer einen Fuß unter der Bettdecke hervorstrecken musste. Keiner von ihnen verstand die seltsamen Einschlafticks des anderen, und als sie eines Nachts versucht hatten, auf sie zu verzichten, hatten sie gelacht, weil sie beide sich die halbe Nacht unruhig hin und her gewälzt hatten.

Ohne ihren Ventilator konnte sie nicht schlafen.

Er fragte sich, ob sie ohne ihn schlafen konnte.

Am nächsten Morgen sprach keiner den Streit an. Sie sprachen gar nicht miteinander. Die Auseinandersetzung hing in der Luft wie eine schwere Gewitterwolke, die durch die Weigerung, sie wenigstens wahrzunehmen, umso bedrohlicher wurde. Ehe Robert den Mut gefasst hatte, ihr anzubieten, dass er sich freinehmen und zu Hause bleiben könnte, war Tamara schon wieder nach oben ins Schlafzimmer gegangen.

Als er abends nach Hause kam, saß sie mit geröteten Augen am Küchentisch. Sie hatte sich die Haare gewaschen und Bluse und Jeans angezogen. Robert setzte sich ihr gegenüber. Sie sah ihm in die Augen.

»Ich zieh für eine Weile aus«, sagte sie.

»Tu das nicht.«

»Ich muss«, sagte sie. »Nur für ein paar Tage.«

»Tamara, es tut mir wirklich leid.«

»Das weiß ich«, sagte sie. »Mir tut es auch leid. Aber dass wir uns solche Dinge an den Kopf werfen, verrät, dass etwas nicht in Ordnung ist. Mit uns.«

»Wir haben ein Kind verloren, Tam.«

»Robert, ich glaube, wir haben auch ein bisschen uns selbst verloren, und ich brauche Zeit, um herauszufinden, wie sehr. Aber das schaffe ich nicht hier.«

Robert faltete die Hände und hielt sie sich vor den Mund. Er wollte mit ihr argumentieren und sie zum Bleiben überreden, aber er spürte auch, dass der Fluss, der sie beide trennte, zu breit war, als dass einer von ihnen allein ihn überqueren konnte.

»Und was, wenn ich das nicht will?«

»Das ist nicht deine Entscheidung«, erwiderte sie.

»Wo willst du hin?«

»Zu meiner Schwester.«

»Nach Kalifornien?« Robert stieß schnaubend die Luft aus. »Kann ich dich denn wenigstens zum Flughafen fahren?«

»Der Shuttleservice ist bestellt.«

Wenige Minuten später lud Robert Tamaras Gepäck in den Kofferraum des wartenden Vans.

»Du hast ganz schön viel dabei.«

Sie legte ihm eine Hand auf die Wange, und er hielt die Luft an. Die Kakaobutter, mit der sie sich eincremte, ließ sie sehr vertraut riechen, und er musste einen dicken Kloß im Hals runterschlucken. Er küsste ihre Handfläche und versprach, sie anzurufen. Sie versprach nichts. Der Wagen fuhr davon, und seine Heckleuchten tauchten die Flocken des einsetzenden Schneefalls in rotes Licht.

Selbst nach einem Jahr hatte der Schmerz nichts von seiner Schärfe verloren. Robert erreichte das Lou's. Das rote Neonschild über dem Eingang summte. Robert trat sich den Schnee von den Schuhen und ging hinein. Nur für einen Drink. Zum Aufwärmen, vielleicht auch um eine neue Gewohnheit zu beginnen. Sich zu erinnern, indem er vergaß.

Kapitel 4

Als sie ins Lou's trat, lächelte Nico Isabel zu. Sie hoffte, dass er in Spendierlaune war.

Erst vor wenigen Stunden waren acht angetrunkene weiße Collegeboys in Schlabberpullis, Wollsocken und Birkenstocks in den Diner gekommen. Reiche Kids, die sich wie Arme anzogen. Ständig musste nachgeschenkt werden, eine Nachbestellung kam nach der anderen, weil erst ein Freund, dann der nächste zu spät eintrudelte, danach Milkshakes für alle, schließlich gingen mehrere Omeletts halb gegessen zurück, weil sie angeblich zu kalt waren. Doch bei jeder hingerotzten Bestellung, jeder Überheblichkeit lächelte sie, lächelte Isabel stoisch, und jedes Mal wenn sie den Tisch verließ, lachten sie über sie. Über die Flecken auf ihrer Uniform, die am Bauch spannte. Über ihr zu hoch toupiertes Haar, den zu grellen Lippenstift. Sie taten, als flüsterten sie, aber sie wollten, dass sie es hörte, das spürte sie. Und sie hörte es. Aber inzwischen war Monatsmitte, und sie und Bobby hatten immer noch nicht die Miete beisammen, und das Bedürfnis nach einem Dach überm Kopf war stärker als der Stolz. Leider wie so oft.

Bei größeren Runden setzte sie den Bedienungszuschlag fast nie mit auf die Rechnung. Sie zog es vor, sich ihren Anteil zu verdienen, und bei diesen Ekelpaketen hatte sie ihn wirklich verdient. Allerdings zwang sie ein unbarmherziger Vermieter, auf Nummer sicher zu gehen. Während sie das Trinkgeld auf die große Rechnung schrieb, trat sie von einem Bein aufs andere. Seit einer Stunde musste sie aufs Klo. Sobald sie die Rechnung auf den Tisch gelegt hatte, ging sie. Mit den Ellbogen auf den Knien stieß sie einen Stoßseufzer der Erleichterung aus. Vielleicht bemerkten sie den

Bedienungszuschlag gar nicht und gaben zusätzlich Trinkgeld. Der Schneefall hatte erst spät eingesetzt, und der Laden hatte gebrummt. Mit dreißig Prozent plus würde sie bei diesem Tisch ein hübsches kleines Extra einstreichen. Vielleicht reichte es sogar, um sich einen Tag freizunehmen und Bobby zu überreden, sich einen Film anzusehen, vorne auf den billigen Plätzen, so wie früher, als er noch klein war. Sie hatte seit zwei Wochen fast nichts mehr getrunken, und das hatte dazu geführt, dass sie wieder mehr miteinander redeten in den seltenen Momenten, wenn keiner von ihnen arbeitete. Letzte Woche hatte er sogar den Kopf von seinen Comics gehoben und gefragt, wie ihr Tag gewesen war.

Sogar mit einem Lächeln.

Als sie von der Toilette zurückkam, waren die Collegeboys weg. Der Tisch war verwüstet. Volle Zuckertütchen steckten in halb vollen Kaffeebechern, aufgequollen und braun gefärbt. Ein Glas war umgeworfen, das Wasser rann in einem dünnen Strahl auf den Boden. In der Pfütze auf dem Tisch lag die unbezahlte Rechnung, die Tinte verwischt, aber gerade noch lesbar darauf die gekritzelten Worte »Fuck you«. Isabel starrte sie kurz an, dann nahm sie sie vom Tisch und ließ sie abtropfen, ehe sie sie zusammenknüllte und mit einem feuchten Pflatsch auf den Boden schmiss. Die letzten Gäste an den Tischen sahen sie von der Seite an.

»Fickt euch auch«, sagte Isabel leise. Sie räumte den Tisch ab und ging zum Tresen, um für heute Schluss zu machen.

Isabel wartete, bis Pockets, der Geschäftsführer, eine andere Bedienung abgerechnet hatte und sie an der Reihe war. Sie kannte das Verfahren bei Zechprellern, aber sie hoffte, dass er in diesem Fall darüber hinwegsehen würde. Er hatte auch seinen Alkoholkonsum zurückgeschraubt, allerdings schon länger und konsequenter als sie. Wenn wenig los war, plauderte er mit ihr und erzählte Horrorgeschichten über zerrüttete Beziehungen und zerrüttete Familien. Oft versuchte er auch, sie zu überreden, zu einem Treffen der Anonymen Alkoholiker mitzugehen, bot ihr sogar an, sie einzuführen. Aber für Isabel war es undenkbar, sich in einer Runde Fremder zu offenbaren. Immerhin hatte sie darüber nachgedacht, auch wenn sie an seinen Motiven zweifelte. Er war deutlich älter als sie, ein freundlicher, väterlicher Typ mit Knollennase und Hamsterbacken, denen er seinen Spitznamen Pockets verdankte. Obwohl er nie etwas Unangemessenes sagte, bemerkte sie von Zeit zu Zeit, wie er sie anstarrte. Sah ihn erröten, wenn sie ihr Dekolleté bedeckte, weil sie ihn erwischt hatte, dass er ihr in den Ausschnitt glotzte, während er am Schichtende ihren Trinkgeldanteil abzählte. Bei jeder höflich abgelehnten Einladung, ihn zu den Anonymen Alkoholikern zu begleiten, bedachte er sie mit einem enttäuschten Lächeln, das sie sich schuldig fühlen ließ.

Als sie an der Reihe war, schob sie Pockets ihr Bargeld und die Schecks über den Tresen zu und zog sich das Gummiband vom Pferdeschwanz. Ihre lockigen schwarzen Haare fielen ihr auf den Rücken und über die Schultern. Stirnrunzelnd tippte er die Zahlen in den Taschenrechner.

»Das ist ein bisschen dünn«, sagte er.

»Und du ein bisschen dick.« Sie richtete beide Zeigefinger wie Pistolen auf ihn und zwinkerte.

»Sehr witzig. Aber ernsthaft. Du hast viel zu wenig gemacht.«

»Der letzte Tisch ist einfach abgehauen, Pockets.«

»Was? Wie denn?«

»Ich musste mal. Ich war gleich wieder zurück. Hast du nicht bemerkt, wie sie gegangen sind?«

»Mein Gott, Izzy. Das sind über achtzig Dollar.«

»Ich weiß, ich weiß. Kannst du's nicht irgendwie abschreiben?«

»Du weißt, dass das nicht geht.«

»Das ist mehr als die Hälfte meines Trinkgelds, Pockets.«

»Ich weiß, Izzy. Aber du bist für deine Tische verantwortlich, und wenn ich dich damit durchkommen lasse ...«

»Ja, ja, schon gut. Dann musst du's bei allen machen. Ich bin kein Kind mehr, Pockets! Also halt mir keine Vorträge.« Der Verzicht auf Alkohol machte nicht weniger empfindlich, sondern mehr, ihre Kopfschmerzen kamen häufiger und hielten länger an. Sie wusste, dass Pockets gegenüber dem Besitzer verantwortlich war und sich um seinen eigenen Job sorgen musste. »Tut mir leid«, sagte sie. »Ist schon okay. Egal.« Sie zählte die Fünfdollarscheine vor sich und lachte über die lächerlich kleine Summe, die ihr blieb. Es war kaum mehr als das Geld, das sie als Wechselgeld für heute mitgebracht hatte.

Pockets zählte nach und legte dabei alle Scheine mit dem Gesicht nach oben. »Wenn uns der Schnee keinen Strich durch die Rechnung macht, könnte ich dir morgen wahrscheinlich eine Doppelschicht geben. Interesse?«

Isabel nickte, aber sie wusste nicht, wozu sie Ja sagte. Sie hörte gar nicht zu. Ihr war eingefallen, an welchen Abenden Nico im Lou's hinter dem Tresen stand.

Als sie mit vor Kälte taubem Gesicht die Tür öffnete, schlug ihr die bekannte feuchtwarme Mischung aus Bierdunst und dem Geruch alten Frittierfetts entgegen und wärmte ihr die Wangen. Sie zwinkerte Nico zu, er zurück.

Was für ein Glück, er hat gute Laune.

Bis auf ein paar Stammgäste war die Bar leer. Normalerweise war das Lou's besser besucht, auch unter der Woche. Die Kneipe lag bei Collegestudenten knapp über der Coolnesschwelle, aber heute war die elektrische Dartscheibe still. Es klackten keine Billardkugeln, um den MegaTouch-Kasten herum standen keine Studentenverbindungstypen und patschten auf die Konsole des Videospiels mit den Softpornobildchen. Nur ein paar alte Säcke hockten im Flimmerlicht des Fernsehers vor ihren Bieren am Tresen. Nico schwang eine Rede und deutete auf den Bildschirm, auf dem ein Sportkanal die heutigen Höhepunkte vom O.-J.-Simpson-Prozess brachte. Isabel zog einen Barhocker heran, um sich zu ihren Bekannten zu setzen, und wurde von Nicken und freundlichem Grummeln begrüßt.

»Das ist doch totale Panne«, sagte Nico. »Der Cop ist Zeuge, nicht angeklagt.«

»Stimmt genau«, sagte ein Alter mit faltigem Hals. »Ich war fünfundzwanzig Jahre bei der Truppe, und mich hat keiner von diesen geschniegelten Anwälten je so ausgequetscht wie diesen Fuhrman.« Die anderen Stammgäste pflichteten ihm mit kurzem Knurren bei. Zur Bekräftigung wackelten sie mit den Köpfen wie Tauben.

»Außerdem«, sagte Nico. »Wen interessiert's überhaupt, ob er Nigger gesagt hat oder nicht.«

»Cool bleiben, Nico«, sagte Isabel. »Reg dich ab.«

»He, ich sag doch nur, dass es sich nicht so gut macht, wenn man den Cop als eigentlichen Schurken hinstellt. Nach dem Rodney-King-Kack haben's die doch schwer genug. Sind denn alle Cops plötzlich Verbrecher, nur weil einer mal 'nem Junkie eine scheuert? Man kann's auch übertreiben.«

»Genauso ist es«, sagte der Ex-Cop. »Mein Junge ist jetzt auch bei der Truppe, und auf Streife muss er jetzt 'ne kugelsichere Weste tragen. Diese verfluchten Gangs schießen sogar auf Cops.«

»Es ist eine Schande«, sagte Nico. »Der einzige Grund, warum O. J. damit durchkommt, ist, weil er genug Asche hat, um sich diesen jüdischen Superanwalt leisten zu können. Jeder weiß doch, dass er's war.«

»He, Leute«, sagte Isabel, »es weiß auch jeder, dass Nico nur solche Reden schwingen kann, weil er auf 'ner Holzkiste steht, um über den Tresen zu gucken.« Die Tresenbelegschaft kicherte, während Nico ihr einen vernichtenden Blick zuwarf.

»Tja, Jungs«, sagte er. »Gesunder Menschenverstand ist in dieser

Sache unter der Würde unserer Miss Bürgerrechte.« Isabel verzog das Gesicht und zeigte ihm den Mittelfinger. »Wie lief's denn heute bei dir?«, fragte er mit einem Lachen.

Isabels Lächeln erlosch. Als sie den Kopf schüttelte, begannen ihre Augen zu brennen, und ihre Wangen wurden heiß. Nicos ließ die Schultern hängen.

»Was ist passiert?«

»Gibst du einer Lady einen aus?«

»Meine Holzkiste ist nicht hoch genug, um an den Wodka zu kommen. Außerdem, wolltest du nicht trocken bleiben? Und wie lang hast du's geschafft? Einen ganzen Tag?«

Isabel wusste, dass er sie nur aufmuntern wollte, aber das Pochen in ihrem Kopf nahm weiter zu. Sie sollte nicht hier sein. Sie hatte es Bobby versprochen. Einen Monat schaff ich das locker, hatte sie gesagt. Und doch war sie hier. Sie wusste, dass es nicht bei einem Drink bleiben würde und sie Geld ausgäbe, das sie nicht hatten. Und was würde es ihr bringen? Was würde es ihnen bringen? Klar, sie konnte noch mehr Schichten machen, genau wie Bobby. Sie waren schon früher mal mit der Miete im Rückstand gewesen und hatten es stets geschafft, auch wenn Bobby deutlich mehr dazu beitrug. Ein gut aussehender Junge in einem besseren Restaurant bekam auch mehr Trinkgeld. Aber jedes Mal wenn er eine Zusatzschicht einlegte und dafür auf einen teuren freien Tag verzichtete, zog er dieses Gesicht. Der perfekt einstudierte Ausdruck schicksalsergebener Enttäuschung brach Isabels Herz immer noch ein Stückchen weiter und ließ sie das hohle Versprechen, dies sei wirklich das letzte Mal, noch einmal sich selbst gegenüber wiederholen. Der Gedanke, dass sie heute wieder dieses Gesicht zu sehen bekäme, machte sie nervös. Nervosität machte den Wunsch nach einem Drink umso drängender, und der drängende Wunsch nach einem Drink machte sie wütend. Sie schob sich vom Tresen weg und erhob sich, um zu gehen.

»Hey, wo willst du hin?«, fragte Nico. »Ach komm, ich hab's nicht so gemeint. Setz dich wieder hin.«

Sie hielt inne.

Nur einen.

Sie setzte sich wieder.

»Es war nicht mal meine Schuld, Nico. Das schwör ich.«

»Pockets ist ein Mistkerl«, sagte er. »Wahrscheinlich hätte er's dir nachgesehen, wenn du's aus Mitleid mit ihm gemacht hättest.«

»Sei nicht so ekelhaft.« Nico griff ins Regal hinter sich und nahm die Flasche Absolut herunter. »Du weißt, dass ich mir das nicht leisten kann«, sagte Isabel. »Gerade jetzt nicht.«

»Sei still.« Mit einem Lächeln füllte er das Longdrinkglas mit einem Spritzer Tonicwater auf. Durch den Strohhalm nahm sie einen großen Schluck und spürte, wie sich die Panik legte. Wie hatte sie diesen Geschmack vermisst, das Prickeln der Kohlensäure auf der Zunge, das Kitzeln in den Wangen. Im Glas war kein billiger Sprit, nicht so unsägliches Zeug aus einer Plastikflasche wie bei ihr im Gefrierfach. Ein angenehm seidiges Brennen mit genau der richtigen Süße durch das Tonicwater. »Also, was ist passiert? Hat er dir wieder keine Schichten gegeben?«

Sie schloss die Augen, sog einen weiteren großen Schluck durch den Strohhalm und leerte das Glas. Das Sprotzen überraschte sie, und sie schlug die Augen auf. Nico stand grinsend und mit verschränkten Armen vor ihr.

»Mein Gott, hat er dich etwa rausgeschmissen?«

Ihr wurde wieder heiß. Sie hatte kaum etwas gegessen, und der Wodka schlug sofort an. »Nein«, sagte sie schmollend. »Aber das hätte kaum einen Unterschied gemacht. Mir hat wer die Zeche geprellt.«

»Oh Scheiße«, sagte er. »Und du konntest nichts machen?«

Sie nickte. »Er hat mir für morgen eine Doppelschicht geboten, damit ich's wettmachen kann. Wenn nur der verdammte Schnee nicht wär.«

Nico schenkte ihr nach, obwohl sie abwinkte. »Lass mal«, sagte er. »Heute Abend geht aufs Haus.«

Isabel prostete ihm zu und nahm einen kleineren Schluck.

Den trinkst du ganz langsam aus und gehst nach Hause. Morgen bist du dann wieder trocken.

Allerdings war es schwierig, langsam zu trinken. Der Drink schmeckte super, und sie musste sich schwer zusammenreißen, um ihn nicht ebenfalls runterzustürzen.

»Nuckelst du jetzt nur noch?«, fragte er.

»Und wenn's so wäre? Übrigens musst du mich nach Hause bringen.«

»Darauf hatte ich eigentlich gehofft.«

Auf seine Art war Nico süß. Ein bisschen großspurig, aber im Grunde ein guter sizilianischer Kerl. Allerdings deutlich zu klein und etwas wabbelig um die Hüften. Er trug auch zu enge Hemden, aber die Arme waren ansehnlich. Seine Witze waren schmierig, und er trug immer etwas zu viel Eau de Cologne auf, aber seine Angeberei fand Isabel niedlich, und er brachte sie zum Lachen. Nur hatte er sie ein bisschen zu gern. Sie wollte nichts Festes, doch in seiner postkoitalen Versonnenheit sprach er etwas sehr oft von Ehe. Ganz abgesehen davon taugte er ganz und gar nicht dazu, sie vor ihren Lastern zu schützen. Bobby wusste das auch und wollte nicht, dass sie Zeit mit Nico verbrachte, deswegen endeten die Abende, an denen er sie rumkriegte, fast immer in seiner Wohnung. Sie wusste genau, warum Nico nicht gut für sie war, aber er war bequem. Er bot Sicherheit, nur keine echte. Sie sollte austrinken und gehen.

Isabel trank nur kleine Schlucke und ließ das Eis den Drink verwässern, während Nico und seine Kumpel weiter über den Prozess schwadronierten und sich darüber aufregten, dass der politisch korrekte Unsinn nach den Unruhen in L. A. es möglich gemacht hatte, dass O. J. Simpson ungeschoren davonkam und Bill »Slick

Willy« Clinton sie alle ins Armenhaus brachte. Hatte sie früher vor lauter Suff nicht mitbekommen, was für einen Stuss sie laberten? Sie nahm einen letzten wässrigen Schluck und schob ihr Glas weg. Nico kam, um nachzuschenken, aber sie legte eine Serviette darauf.

»Mir reicht's«, sagte sie.

»Komm schon. Wegen des Schnees ist eh gleich Schluss. Noch einen, dann gehen wir zusammen.«

Isabel kannte diesen Blick. Das letzte Mal war schon länger her, und nach diesem Abend war die Aussicht auf Nico neben ihr im Bett gar nicht so verkehrt. Zwar fürchtete sie ein weiteres Gespräch darüber, warum sie sich nicht fester binden wollte, aber sie wollte auch nicht zu Bobby und seinem enttäuschten Gesicht nach Hause. Sie würde bei Nico übernachten und morgen die Doppelschicht machen, um sich den entgangenen Verdienst zurückzuholen.

»Dann beeil dich«, sagte sie.

Während Nico mit frischem Eifer die Gläser polierte, ging die Eingangstür auf und ließ einen Schwall eisiger Luft herein. Ein großer Schwarzer klopfte sich den Schnee von den Schultern und setzte sich an die Bar, mehrere Hocker zwischen sich und Isabel. Die Stammgäste verstummten und starrten auf ihre Biere.

»Grad war letzte Runde, Bro«, sagte Nico.

Isabel hasste es, wenn Nico das tat – dass er jedes Mal, wenn ein Schwarzer in die Bar kam, in diesen herablassenden Pseudo-Street-Talk verfiel. Sie warf ihm einen bösen Blick zu. Nico zog eine Grimasse und hob den Zeigefinger, um anzuzeigen, dass er dem Mann einen Drink zugestand. Der Schwarze hatte Isabels Blick bemerkt und nickte ihr kurz zu.

»Danke«, sagte er.

Isabel erwiderte das Nicken.

Diese Stimme. Woher nur kannte sie diese Stimme?

Nico schenkte ihm den Drink ein. Isabel tat so, als würde sie ihn nicht anstarren. Er sah sie erneut an, dann ein drittes Mal, und sein Blick schien zu besagen, er kenne sie von irgendwoher. Isabel kippte den Rest ihres fast leeren Glases. Eis klackerte gegen ihre Zähne, und ein Rinnsal lief ihr übers Kinn. Nico hielt ihr eine Serviette hin. Sie riss sie ihm fast aus der Hand und gab sich alle Mühe, sich über das Gesicht zu tupfen, ohne besoffen zu wirken, und fragte sich, warum in aller Welt sie sich darum scherte, was dieser Typ von ihr dachte.

»Darf ich Ihnen noch etwas spendieren?«, fragte der Mann. »Wenn Sie mir schon meinen Absacker verschafft haben.«

Diesmal machte es klick bei ihr, und Isabel wurde heiß. Plötzlich fand sie den Geruch nach Frittierfett durchdringend und abstoßend. Die Eiswürfel in ihrem Glas knackten beim Schmelzen, ehe sie brachen. Sie schwenkte das Glas, bis das Wasser auf dem Boden einen Wirbel bildete, und fuhr mit dem Daumen an der beschlagenen Glaswand entlang. Der Mann beobachtete sie. Nico beobachtete sie. Jeder Idiot im Raum beobachtete sie. Ihr Hals war wie zugeschnürt, sie konnte nichts sagen. Mit einem dünnen Lächeln nickte sie dem Mann zu. Als Reaktion auf die ausbleibende Antwort legte er den Kopf zur Seite. Nico sprang ein.

»Sie will nichts mehr«, sagte Nico. »In einer Viertelstunde machen wir sowieso Schluss.«

Der Mann nippte an seinem Scotch, entblößte seine Zähne und zischte kurz. Mein Gott, er *war* es. Alte Gewohnheiten klebten an einem wie Pech. Wut stieg in ihr auf. Das war *ihre* Bar. *Ihr* Ort. Was hatte er hier zu suchen? Allein weil sie sich daran erinnerte, dass er das immer tat, wenn er Scotch trank, wollte sie ihn hassen. Sie wollte ihn dafür hassen, dass er immer noch so verdammt attraktiv war und trotz zweier Jahrzehnte kaum gealtert schien.

Vielleicht war das Kinn nicht mehr so kantig, vielleicht war der Haaransatz nach oben gewandert. Aber gut sah er nach wie vor aus. Und obwohl sie ihren Hass heraufbeschwor, empfand sie auch etwas anderes. Etwas anderes als die Wut, von der sie nicht gedacht hätte, dass sie noch in ihr steckte. Etwas, das sie keinesfalls wieder hatte empfinden wollen. Doch jetzt, da er neben ihr saß, merkte sie, dass ihre gesamten Selbstüberredungskünste nichts bewirkt hatten.

Sie lachte auf. Nur ein kurzes Lachen, ganz für sie selbst. Das ausgefallene Abendessen in Kombination mit Nicos großzügigen Drinks hatte ihr einen Schwips beschert.

Das kann unmöglich er sein.

»Was ist denn so lustig?«, fragte er.

»Was?«, sagte sie.

»Haben Sie nicht grad gelacht?«

Schmallippig schüttelte sie den Kopf. Wenn er es nicht war, warum konnte sie dann nicht mit ihm reden? Ihn kaum anschauen? Nico tanzte um sie herum, polierte unaufhörlich dasselbe Bierglas. Sein Blick tigerte zwischen ihnen beiden hin und her.

»Nun denn, danke noch mal«, sagte er zu Isabel. »Das hab ich gebraucht.« Er griff in seine Gesäßtasche und deutete auf ihr leeres Glas. »Der geht auf mich.«

Als seine Hand leer zurückkehrte, schloss er die Augen und fluchte leise.

»Ach nö, Bro.«

»Ich schwöre es«, sagte er, »mein Geldbeutel ist in meinem Spind im Krankenhaus. Ich bin Arzt. Ich hab Bargeld und eine Kreditkarte. Ich brauche maximal zehn Minuten, um hinzulaufen und es zu holen.«

»Und zehn, um zurückzukommen«, sagte Nico und deutete auf Isabel. »Wir wollen hier weg, ehe der Sturm richtig loslegt.« Isabel warf Nico einen weiteren bösen Blick zu. Nico sah sie verwirrt an.

Der Mann ließ den Blick über den Tresen schweifen und nahm ein Streichholzheftchen aus einer Glasschale. Dann kritzelte er etwas darauf und reichte es Nico.

»Ich komme morgen wieder und zahle das Doppelte von dem, was ich schuldig bin«, sagte der Mann. »Unter der Nummer können Sie mich erreichen, falls ich nicht erscheine.«

»Wer's glaubt, wird selig«, sagte Nico.

Der Mann entschuldigte sich noch einmal bei beiden und ging hinaus. Als er verschwunden war, blickte Nico auf das Streichholzheftchen und lachte.

»Arzt, dass ich nicht lache«, sagte er. »Wahrscheinlich ein dämlicher Hausmeister. Aber was ist denn auf einmal mit dir? Kennst du den, oder was? Du machst ein Gesicht, als müsstest du kotzen.«

Isabels Kloß im Hals war verschwunden. »Ich hab ein Gespenst gesehen.«

»Du meinst, etwas, das es nicht gibt?«, sagte Nico. Die Trinkergemeinde lachte. Nico warf sich das Geschirrtuch über die Schulter und beschimpfte alle Gäste liebevoll, damit sie endlich nach Hause gingen. Dabei warf er das Streichholzheftchen auf die Bar. Isabel rutschte von ihrem Hocker und tat einen Schritt, um einen genaueren Blick darauf zu werfen. Nicos feuchte Finger hatten die Tinte verschmiert, aber der Name war gut zu erkennen.

Robert Winston.

Bobbys Vater.

Isabel stützte sich am Tresen ab. Ihre Ohren dröhnten, ihre Haut kribbelte. Sie rannte zur Tür. Draußen blickte sie nach links und rechts und suchte die Straße nach der phantomhaften Erinnerung an einen Mann ab, der kurz aufgetaucht und genauso rasch wieder verschwunden war wie damals. Durch einen Vorhang aus Schneeflocken sah sie eine schemenhafte Gestalt um die Ecke biegen. Sie stützte die Hände auf die Knie und begann zu würgen. Nico kam ihr nachgelaufen und hielt sie an den Schultern.

»Alles in Ordnung mit dir?«

»Geht schon wieder.«

»Okay, gut«, sagte Nico, steckte die Hände in die Hosentaschen und ging zurück in die Bar.

Isabel parkte in einer Lücke direkt vor ihrem Wohnhaus. Die abgefahrenen Reifen rutschten auf dem Schnee, und der rechte Vorderreifen landete auf dem Gehweg. Sie öffnete die Tür, hielt inne und schloss sie wieder. Der Schnee fiel jetzt in dicken Flocken, die Windschutzscheibe glich einem Fernseher nach Sendeschluss. Sie nagte innen an ihrer Wange. Wie konnte sie das Bobby begreiflich machen?

Das entgangene Geld, der Wodkaatem. Dazu sein Vater, der angeblich seit Jahren tot war, aber plötzlich in einer Bar auftauchte, der fernzubleiben sie hoch und heilig versprochen hatte. Sie umklammerte das Lenkrad mit beiden Händen. Im Mund schmeckte sie das Blut ihrer zerbissenen Wange und tastete mit der Zunge nach der Wunde.

Im Fenster ihrer Souterrainwohnung brannte kein Licht. Entweder war er noch bei der Arbeit oder schon im Bett. In jedem Fall ein kleiner Aufschub.

Im Hausgang war es kaum wärmer als draußen. Isabel stampfte sich den Schnee aus dem Sohlenprofil, der schmutzige Teppich nahm das Wasser auf. Aus der Nachbarwohnung dröhnte eine *Colombo*-Wiederholung. Beim Aufsperren klimperten die Schlüssel und eine Sammlung Schlüsselanhänger mit ihrem Namen darauf. Cartoonfiguren, deren Farbe längst abgeblättert war. Bobbys Kindergeschenke. Obwohl sie ihre Hosentasche ausbeulten, war ihr noch nie der Gedanke gekommen, sie wegzuwerfen.

Vorsichtig drückte Isabel die Tür auf, damit sie sich nicht im Läufer dahinter verfing. Noch während sich ihre Augen an die Dunkelheit gewöhnten, flüsterte sie Bobbys Namen.

Stille. Weder Atmen noch Schnarchen.

Die Scheinwerfer eines Autos huschten übers Fenster. Bobbys

Bettzeug und Decke lagen säuberlich gefaltet auf der Couch. Sie atmete geräuschvoll aus und tastete sich mit den Händen an der Wand entlang durch den dunklen Gang bis zu ihrem Schlafzimmer. Dort schaltete sie das Licht an und ließ die Schlüssel scheppernd auf die Kommode fallen, dann kippte sie rückwärts auf die Matratze. Die nackte Glühbirne summte leise. Sie starrte auf die Wasserflecken an der Decke. In Nächten, in denen Bobby nicht schlafen konnte, lagen sie zusammen im Bett und spielten, dass sie auf verschiedenen Kontinenten oder in den Fantasieländern seiner Bücher wären und dort als Königin und Prinz herrschten, milde, aber mit fester Hand. Sie bat ihn, die Namen der Drachen zu nennen und alle Krieger in den Armeen aufzuzählen, bis er einschlief.

Jetzt wiederholte sie alle Namen, die ihr einfielen, und spürte, wie ihr die Lider schwer wurden, müde von dem Aufruhr der Gefühle in den vergangenen Stunden. Sie rieb sie sich und setzte sich auf. Sie war nicht nur so schnell nach Hause gekommen, um vor Bobby hier zu sein, sondern auch, um sich etwas in Ruhe ansehen zu können.

In der Abstellkammer holte sie einen Schuhkarton mit Fotos vom obersten Regalbrett. Sie kramte durch die Polaroids und Automatenbilder, durch Klassenfotos, Babybilder und Familienschnappschüsse.

Wo war es nur? Hatte sie es weggeworfen?

Sie schaufelte alle Fotos zur Seite, doch plötzlich hielt sie inne. Sie fand ein Bild, das sie nicht gesucht hatte, jetzt aber nicht weglegen konnte.

Bobbys letzter Kindergartentag. So ein hübscher Junge. Alle trugen diese süßen Kappen und Umhänge. Kleine Männer und Frauen, die in der Nase bohrten und auf der Stelle trippelten, als müssten sie dringend aufs Klo. Nur Bobby nicht. Seine wunderbaren schwarzen Haare standen wie Flügel unter der Kappe hervor. Einmal hatte Isabel ihm gesagt, sie könnte ihn nicht nach draußen lassen, weil zu viel Wind sei, der würde ihn hochheben und forttragen und sie ganz allein zurücklassen. Dann hatte sie ihn hochgehoben und durch die Luft gewirbelt, und er hatte sein Kinderlachen gelacht und die Arme ausgebreitet, als wäre er ein Flugzeug. Zwischen seinen großen, für den kleinen Mund beinahe zu großen Milchzähnen waren winzige Lücken, die sein nicht perfektes Lächeln perfekt machten. Damals war alles einfacher gewesen, zumindest vorübergehend. Er hatte so viel öfter gelächelt. Das hatten sie beide. Sie legte das Foto zur Seite und suchte weiter. Am Boden des Kartons fand sie schließlich das Bild.

Robert und Isabel. Ein Angestellter des Freizeitparks Kennywood hatte es bei ihrem einzigen richtigen Rendezvous aufgenommen. Im Hintergrund war der Achterbahnausgang zu sehen. Sie hatten ihre Fahrt gerade hinter sich gehabt, und ihre Haare waren vollkommen durcheinander. Robert hatte ihr etwas ins Ohr geflüstert, als die Kamera blitzte und sie erwischte, wie sie mit offenem Mund lachte.

Hör auf. Bau dir nicht schon wieder Luftschlösser.

Isabel hielt Bobbys Foto vom letzten Kindergartentag neben das mit Robert, so dass die Gesichter der beiden direkt nebeneinander waren.

Mein Gott, so ähnlich und doch so verschieden.

Würde sie es schaffen? Konnte sie ihre Wut überwinden?

Vielleicht würde Bobby wieder lächeln, wirklich lächeln, so groß und breit, dass die hochgeschobenen Wangen seine Augen zu kleinen Schlitzen machten. Ihr kleiner Junge, noch nicht verhärtet und verbittert über die Welt, in der sie inzwischen lebten und an deren Entstehung er keine Schuld hatte. Er hatte einen Vater in seinem Leben verdient. Aber was waren die Folgen? Für sie? Für Bobby? Der Gedanke, dass ihr Sohn Schutz und Glück genoss, hatte größeres Gewicht und bot Hoffnung, aber so ein Happy End war nicht gewiss.

Beim Blick auf das Kindergartenlächeln schien es nicht so schwer, auch wenn die Gefahr bestand, dass sie alles verlor.

Sie legte die beiden Fotos auf das Nachttischchen und ging mit den restlichen Bildern im Karton in die Kammer. Sie stellte ihn zurück ins Regal, schob ihn bis an die Wand, und dabei berührte ihre Hand eine Flasche. Eine Notfallration, die sie versteckt hatte nach dem Versprechen an Bobby, es mit dem Trockenbleiben ernsthaft zu versuchen.

»Du hast es versprochen«, sagte sie laut.

Sie drehte sich um und wollte die Kammer verlassen, aber eine Hand umklammerte das Regalbrett wie die eines wütenden Kindes, das heulte, noch fünf Minuten länger spielen zu dürfen.

Sie nahm die Flasche aus dem Regal und trank drei große Schlucke. Immerhin würde morgen ein anstrengender Tag werden, und sie musste schlafen. Sie hoffte, dass Bobby trotz des Schnees gut nach Hause kam.

Kapitel 5

Ein Schneeräumer piepste beim Rückwärtsfahren, während sein Pflug über den Asphalt schrappte. Das Geräusch weckte Bobby. Getrockneter Speichel hatte ihm Teppichfasern ans Gesicht gepappt. Er stemmte den Oberkörper hoch und linste über den Bettrand. Aaron hatte sich nicht bewegt. Wegen der schwarzen Jalousie vor dem Fenster hatte Bobby keine Ahnung, wie spät es war. Vielleicht hatte er gar nicht so lange geschlafen? Dass Schneeräumer unterwegs waren, konnte bedeuten, dass die Straßen frei waren und auch Busse fuhren.

Die Angeln quietschten, als er die Tür so weit aufzog, dass er sich durch den Spalt zwängen konnte. Auch der Fußboden knarrte und ächzte. Warum nur war alles so laut, wenn er nicht gehört werden wollte? Er blickte zurück, doch Aaron hatte sich nicht bewegt. Er schlich durch den Gang an Cort vorbei, der mit einer Hand in der Hose wie tot auf der Couch schlief.

Draußen war es hell, aber die Sonne sah er nicht. Nur die grauen Wolkenfetzen, die schwarz wie der Rauch brennender Häuser wurden, als sie vor ihr vorbeizogen. Die Seitenstraßen waren noch nicht geräumt. Die Räumfahrzeuge schienen es nie bis in die ärmeren Viertel zu schaffen, obwohl dort die Menschen wohnten, die am dringendsten zur Arbeit mussten.

Bobby stopfte seine Hose in die Stiefel und stapfte durch den knöcheltiefen Schnee.

Alle paar Schritte sah er über die Schulter hinter sich. Jedes Mal rechnete er damit, Aaron zu sehen.

Vor was hab ich Angst? Meine Güte, er hat doch gesagt, dass er mir nichts tun würde.

Nein, halt. Er hat gefragt, ob ich glaube, *dass er mir je was tun würde. Er hat nicht gesagt, dass er* nichts tun *würde.*

Seit sie sich kannten, hatte Bobby ihn angelogen. Als Aaron gestern Abend erwähnt hatte, was Bobbys Nachname bedeutete, hatte ein Unterton in seiner Stimme gelegen – er und sein seltsames Lächeln schienen zu sagen, dass er es zugleich wusste und nicht wusste. Bobby fiel ein, was Aaron über Tiere gesagt hatte, die man von ihrem Leid erlösen musste.

Das klang nur zu bekannt, auch wenn er es von Aaron bisher nicht gehört hatte.

An einer Bushaltestelle an der Fifth Avenue stellte sich Bobby unter. Autoreifen zischten auf der nassen Straße. Er setzte sich auf die Bank und lehnte den Kopf gegen das Plexiglas. Das zerkratzte Plastik erinnerte ihn an die Scheibe, die Aaron und ihn im Gefängnis getrennt hatte. Er zog den Kopf zurück.

Als Kind hatte ihn der Nachtschreck heimgesucht. Dann war sein Bett von Schweiß und Urin feucht, und Isabel kam und nahm ihn in den Arm. Damals hatte ihm ihr nach Alkohol riechender Atem nichts ausgemacht, weil er dadurch seinen Urin nicht so stark roch. Keine Angst, sagte sie, ein Nachtschreck ist nur in der Nacht schrecklich. Am Tag ist das nur dummes Zeug. Nachts ist sowieso alles viel schrecklicher. Und lächelnd hatte sie hinzugefügt: *Deswegen heißt es ja Nachtschreck und nicht Tagschreck.*

Er schlief wieder ein, weil er wusste, dass es Morgen würde und der Schreck ihm nichts anhaben konnte. Aber jetzt saß er voller Schrecken an der Bushaltestelle. Voller Schrecken vor dem Menschen, der einmal sein bester Freund gewesen war, voller Schrecken darüber, was Aaron getan hatte, was er vielleicht noch tun würde und was er geworden war.

Voller Schrecken darüber, dass er auf mehr als eine Art daran beteiligt gewesen war.

Der Bus fuhr in ein Schlagloch. Auf dem Weg nach Westen

wichen die eleganten Geschäfte und Hotels von Oakland und Shadyside zunehmend Wohnblöcken und Kneipen und erinnerten Bobby, dass sein Standard eigentlich eine Abweichung nach unten war. Auf der Frankstown Avenue rumpelte der Bus über Haufen kompakten Schnees. Bobby zog an der Klingelschnur. Als er nach dem Aussteigen um die Ecke bog, sah er Isabels Fox mit dem Vorderreifen auf dem Gehweg stehen.

Sie war zu Hause.

Zum ersten Mal seit Langem war Bobby erleichtert darüber.

Aus der Nachbarwohnung plärrte ein Fernseher die Erkennungsmelodie von *The Price is Right.* Nie sahen sie jemanden aus der oder in die Wohnung gehen, und jedes Mal wenn Bobby an der Tür vorbeikam, war der Geruch nach Katzenpisse stärker als der Schimmelgeruch des Teppichs im Hausflur. Manchmal fragte er sich, ob darin ein Toter lag, und wenn ja, was die Polizei mit dem Fernseher täte. Der Lärm hörte nur bei Sendeschluss auf. Das weiße Rauschen half Bobby beim Einschlafen. Als er die Wohnungstür aufsperrte, setzte gerade jemand einen Dollar und gewann einen neuen Jetski.

Bobby drückte die Tür über den gewellten Läufer und rief Isabels Namen. Keine Antwort. Dann Schnarchen. Er nahm ein Einmachglas aus dem Schrank über der Küchenspüle, um sein Trinkgeld zu ihrem zu stecken, doch als er alles zählte, war darin kaum mehr als gestern. *War sie etwa gar nicht arbeiten gewesen?* In zwei Wochen war die Miete fällig. Er musste wohl eine weitere Doppelschicht einlegen. Sie auch. Er ging zu ihrem Schlafzimmer. Nebenan erriet jemand den offiziellen Verkaufspreis von irgendwas und gewann eintausend Dollar und eine Glasvitrine.

Isabels Tür stand einen Spaltbreit offen. Aus dem Radiowecker auf dem Nachttisch kam verrauschter Jazz. Langsam schob er die Tür auf und sah ins Zimmer. Sie lag mit offenem Mund auf dem Rücken und schien mit ihrem tiefen Schnarchen den winzigen

Raum zum Vibrieren zu bringen. Bobby kannte diese Tonart, auch wenn er sie seit Wochen nicht gehört hatte. Seit zwei Wochen, um genau zu sein. Sein Blick folgte ihrem Arm, der über die Bettkante hing. Ihre Finger hielten noch den Plastikverschluss einer Flasche Billigwodka. Leer.

»Das glaub ich jetzt nicht«, flüsterte er.

Ihr Schnarchen stockte, und sie hustete röchelnd, drehte sich zur Seite und schlief weiter. Für einen Moment war Bobbys Wut größer als seine Beklemmung. Es war viel besser geworden, aber sie hatte es nicht mal einen Monat geschafft. Jedes Mal wenn er sie am dringendsten brauchte, lieferte sie ihm den Beweis, dass er sich nicht auf sie verlassen konnte. Er würde die Sache mit Aaron allein auf die Reihe kriegen müssen, auch wenn er keine Ahnung hatte, wie. Aber er wollte wissen, warum sie schon wieder abgestürzt war.

Er stieß die Tür so fest auf, dass sie gegen die Wand knallte. Mit einem Ruck schoss Isabel in die Höhe und griff sich an den Kopf. Bobby lehnte sich an den Türrahmen und wartete, bis sie halbwegs klar war. Stöhnend drückte sie die Handballen gegen die Schläfen. Sie kniff die Augen gegen das Licht im Zimmer zusammen, während sie die Füße auf den Boden schwang. Dabei stieß sie gegen die leere Flasche.

»Scheiße«, sagte sie leise.

»Erzähl«, sagte er.

»Tu dir keinen Zwang an«, sagte sie. »Erspar dir meine Erklärungen und leg los, ich hab's verdient.«

Vom Türrahmen aus sah Bobby sie schweigend an. Sie blickte hinter ihren Locken hervor. »Los, mach schon.«

»Wir haben nur mehr zwei Wochen«, sagte er leise. »Und das Glas ist noch fast leer.«

»Ich hatte es, Bobby. Ich hatte es fast beisammen.«

»Und?«

»Kommt's darauf noch an? Du glaubst eh, dass ich's vergeigt hab.«

»Und, hast du's?«

Sie vergrub den Kopf in ihren Händen und stöhnte. »Ja und nein.«

Hinter der Wand verlor jemand eine Partie Plinko, und die Verliererhupe trötete. Trotz allem musste Bobby wegen des Zeitpunkts, an dem das Gehupe kam, lachen. Genau wie Isabel. Es tat gut, Druck aus dem Kessel zu lassen. Er ließ die vor der Brust verschränkten Arme sinken und setzte sich neben sie aufs Bett. Mit dem Fuß rollte er die Wodkaflasche hin und her.

»Du hast's versprochen«, sagte er.

Isabel presste die Finger unter die Augen, um die Tränen wegzudrücken, ehe sie zu fließen begannen.

»Ich weiß«, sagte sie.

»Ist die Miete für Alk draufgegangen?«

Es hatte den Anschein, als wäre sie über die Frage empört, und sie drehte sich mit einem wütenden Blitzen in den Augen zu Bobby, aber als sie ihn ansah, wurde ihr Blick sofort weicher. Sie schob ihm eine Haarsträhne hinters Ohr. Sein Haargel war verschwunden, die Haare hatten wieder ihre natürlichen Locken. Er sah ihr an, dass sie etwas sagen wollte, hatte aber keinen Schimmer, was es sein konnte. Sie verzog den Mund, und eine Träne rann ihr über die Wange.

»Nein«, sagte sie, »es ist nicht für Alk draufgegangen.«

Bobby wollte sie drängen, mehr zu erzählen, aber vielleicht würde sie dann auch bei ihm nachbohren und fragen, warum er erst jetzt heimgekommen war. In seiner ersten Wut hatte er das überhaupt nicht bedacht, geschweige denn sich eine Ausrede zurechtgelegt, daher fragte er nicht nach. Sie starrte auf ihre Füße.

»Meinst du, dass du eine Doppelschicht hinkriegst?«, fragte sie.

Bobby nickte. »Und du?«

»Ja, klar«, sagte sie.

Bobbys Großvater liebte Poker. Einmal hatte er Bobby zu einer Partie mit ein paar pensionierten Polizistenfreunden mitgenommen. Dort riet er ihm, darauf zu achten, ob sie unruhig wurden. Ob sie mit ihren Chips herumspielten. Wohin ihre Blicke gingen, wenn sie ihre Karten angesehen hatten. Er meinte, jeder hatte etwas, das ihn verriet. Kleine Ticks, manchmal auch Dinge, die sie sagten und wie sie es sagten, die ihre Lügen verrieten. Bobby hatte nicht lange gebraucht, um herauszufinden, dass es auch bei Isabel so etwas gab.

Es war »Ja, klar«.

Vielleicht könnte sie eine Doppelschicht schaffen, aber sie *wollte* nicht. Das verriet ihre Stimme. Das war für ihn »Ja, klar«. Kopfschüttelnd stand er auf und ging. Isabel rief ihm nach.

»Wo warst du eigentlich?«

Scheiße.

»Was?«

»Du bist doch grad erst nach Hause gekommen, oder?«

»Aaron ist wieder da«, sagte Bobby.

»Er ist aus dem Gefängnis raus?«

»Yep.«

»Ich hätte dir das Auto geben sollen«, sagte sie. »Wusstest du, dass er rauskommt?«

»Nö. War schon okay so.«

Er lehnte sich wieder an den Türrahmen und knibbelte an den Schwielen, die er vom jahrelangen Stapeln von Milchkisten und Tragen heißer Teller mit Essen bekommen hatte. Schließlich kam die neue rosige Haut darunter zum Vorschein, und er rollte die tote Haut zu kleinen Kügelchen, die er auf den Boden fallen ließ. Er wünschte, dass Isabel ihn in den Arm nähme. Dass sie den Tag verschwinden ließ. Mit dem Trinken aufhörte und ihre Versprechen nicht mehr brach. Ihn nicht darum bat, noch mehr zu arbeiten. Ihn beschützte, wie sie es eigentlich sollte. Ihn nicht anlog, wie sie es offenbar für nötig hielt. Er starrte auf die neue Haut. Wenn es nur immer so leicht wäre, das Alte einfach loszuwerden und ganz neu anzufangen. Seine Augen brannten, seine Nase fing an zu laufen.

»Ist was passiert?«, fragte sie.

Bobby drehte ihr den Rücken zu und wischte sich über die Augen. »Du kannst das Auto heute Abend wieder haben«, sagte er. »Ich muss nur duschen und mich umziehen.«

»Warte mal.« Sie näherte sich ihm von hinten. »Ich weiß, es sieht so aus, als hätte ich wieder Mist gebaut, aber ich schwöre, dass es einen Grund gibt. Für das Geld, für den Wodka, für alles. Ich muss mir nur noch über eine Sache klar werden. Du wirst das alles verstehen, das schwör ich. Ich bring das in Ordnung, okay?«

»Ja, okay.« Seine Stimme klang zittrig. Isabel legte ihm eine Hand auf die Schulter.

»Vertraust du mir?«, fragte sie.

»Ja, klar«, sagte er und schloss die Tür hinter sich.

Kapitel 6

Bobby kam früh genug ins Restaurant, um einen vom Mittagsservice abzulösen, aber die Gäste taugten nicht viel. Nur Tische mit Angestellten aus den umliegenden Büros, die kaum aßen und sich umso mehr Kaffee nachschenken ließen. Er starrte auf den Bildschirm und überlegte, welches Dessert die Frau an Tisch 35 bestellt hatte. Normalerweise konnte er sich locker zehn Bestellungen merken, ohne sie aufzuschreiben, aber heute fiel ihm einfach nicht ein, was sie gewollt hatte. *Und überhaupt: Wer bestellt um drei Uhr nachmittags Dessert?*

Zwölf Stunden Angst hatten ihn erschöpft. Alberne Sonderwünsche von Gästen, die ihn sonst nur langweilten, weckten geradezu Mordfantasien in ihm. Er hatte gesehen, wie andere Bedienungen unhöflichen Gästen einen Spritzer Spülwasser in den Kaffee gaben oder auf die Innenseite des Burger-Brötchens spuckten, die Bestellung servierten und voller Schadenfreude zusahen, wie alles gegessen und getrunken wurde. Mehr als einmal war er versucht gewesen, auch so etwas zu tun, hatte es aber nie gemacht. Jetzt wäre er am liebsten an ihren Tisch gelaufen und hätte die Kuh gewürgt. Er war über seinen Hass erstaunt, nachdem er erst vor wenigen Stunden echte Bösartigkeit erlebt hatte, echte Gewalt, deren Folgen, die noch gar nicht ganz abzusehen waren. Dennoch empfand er eine gewisse Erleichterung darüber, etwas anderes zu verspüren als Angst. Doch dieses Gefühl war nur sehr flüchtig.

Aaron kam in die Küche. Er hatte sich die karierte Kochhose in die Stiefel gestopft und die langärmlige Kochjacke über die Schulter geworfen. Als er Bobby vor dem Bildschirm sah, blieb er stehen.

»Hey«, sagte er, »da bist du ja. Wo warst du denn?«

Russell brüllte von der Ausgabe der warmen Gerichte, wo er die Teller anrichtete und mit Sauce garnierte, herüber. »Zieh dir was über, Aaron.« Er deutete auf Aarons tätowierte Arme. Aaron verdrehte die Augen und schlüpfte in die Jacke.

»Was machst du hier?«, fragte Bobby. Aaron hatte es nie nötig gehabt zu arbeiten, aber bis er aufflog, war das Restaurant für seinen Handel mit Gras ein idealer Umschlagplatz gewesen. Damit hatte er an einem Abend mehr verdient als Bobby in einer Woche. »Zurück im Geschäft?«, fragte Bobby.

»Bewährungsauflage«, antwortete Aaron. »Ich brauch keine Fußfesseln tragen, solange ich hier aufschlage und Russell für mich bürgt. Er musste mir versprechen, dir nicht zu verraten, dass ich zurückkomme. Damit ich dich gestern überraschen konnte.«

Bobby nickte. Die Überraschung war gelungen. Er wandte sich wieder seinem Bildschirm zu, aber Aaron zog nicht ab. Leise sagte er: »Jetzt im Ernst, wo bist du hin?«

Bobby sah auf. Aarons Ausdruck war ein anderer. Obwohl er nicht sicher war, meinte Bobby Sorge darin zu entdecken. Vielleicht sogar Angst. Hatte er endlich kapiert, welche Folgen seine Tat hatte?

Prüfend sah Aaron Bobby an. Er schätzte ihn ab wie einen Cyborg, suchte nach Anhaltspunkten, ob Bobby Isabel etwas von dem gestern erzählt hatte, der Polizei, irgendjemandem, der davon nichts wissen sollte. Wieder spürte Bobby ein Kribbeln in den Füßen, einen leichten Schwindel, als gehorchte ihm sein Körper nicht mehr, und er fragte sich, ob er nicht zu jung für einen Schlaganfall war. Aaron wartete auf eine Antwort, während immer mehr Personal für die nächste Schicht hereinkam. Ein Servicemitarbeiter aus der Spätschicht, den Bobby kannte, war hinter Aaron erschienen. Bobby machte einen Schritt zur Seite und zupfte den Vorbeigehenden am Hemd.

»Hey, magst du heut Abend freimachen?«, fragte Bobby.

Der Kollege sah schwer angeschlagen aus. »Scheiße, ja«, sagte er und fuhr sich mit der Hand durch die Haare. »Ich glaub, ich bin immer noch blau. Verdammt, ich hab aber 'nen Schatten.«

»Kein Problem«, sagte Bobby.

Ein »Schatten« bedeutete, dass ein Praktikant Bobby folgte und mehr oder weniger für ihn arbeitete, Bobby aber den Mindestlohn plus Trinkgeld bekam. Wenn er nicht im Gefängnis landete oder vielleicht sogar umgebracht wurde, könnten er und Isabel die Miete noch zusammenkriegen. Der Servicemitarbeiter ging zu Russell, um ihn über den Schichttausch zu informieren. Bobby wandte dem immer ungeduldigeren Aaron weiter den Rücken zu.

»Also?«, sagte Aaron.

Wieder rief Russell. »Bobby, bring die Brokkolicremesuppe an Tisch 95, ja?«

»Aber nur, wenn du vorher deine Krawatte rausnimmst«, sagte Bobby.

Russell sah nach unten, klipste seine Krawatte ab und warf sie mit einem feuchten Klatschen auf den Tresen, ehe er eine neue Schale Suppe ausgab. Eine Küchenhilfe schob Bobby den bestellten Cheesecake über den Tresen. Aaron beobachtete, wie er beides nahm. Bobby sah kurz zu Aaron, der ihn weiter anstarrte.

»Die muss ich erst rausbringen«, sagte Bobby. Er hielt Suppe und Kuchen kurz hoch und eilte weiter. Als sich Aaron auf den Weg nach hinten in die Küche machte, hörte Bobby noch, wie er geräuschvoll Luft durch die Zähne einsog.

Bobby servierte das Essen, danach lehnte er sich gegen den Counter seines Servicebereichs. Er konnte mehrere Gründe aufzählen, warum er verschwunden war, bevor Aaron aufgewacht war.

Dass Aaron womöglich jemanden umgebracht hatte und Bobby Beihilfe geleistet hatte, weil er ihn weggefahren hatte? Das war schon mal ein guter Grund.

Dass er ihm über all die Jahre, die sie sich kannten, verschwiegen hatte, dass sein Vater schwarz war, und jetzt befürchtete, dass Aaron ihn, wenn er es rausfand, noch übler zusammenschlug als den Jungen vorm Dirty O? Das war auch ein guter Grund.

Bobby drückte sich die Handrücken auf die Augen, bis es schmerzte und er Sternchen sah. Er hatte keine Ahnung, was er tun sollte, und das machte ihn rasend.

Der Schichtwechsel bedeutete, dass sie im hinteren Teil des Restaurants auch eine Schichtversammlung abhielten. Unter den Bedienungen gab es mehr Raucher als Nichtraucher, und nach etwas Gemecker der Nichtraucher wurde beschlossen, sich in der Ladezone hinter dem Restaurant zu versammeln. Zigarettenrauch und Atemwolken mischten sich, als die meisten von einem Fuß auf den anderen traten, um sich warm zu halten. Michelle, Bobbys Schatten für den Abend, stand neben ihm. Sie trug eine schwarze Stretchhose und Stiefel mit offenen Schnürsenkeln. Ihre blutrot gefärbten Haare spitzten unter einer Schiebermütze hervor. Bobby verdrehte die Augen, als Russell lamentierte, dass manche im Service Desserts nicht bonierten und ein Mitarbeiter geklaut hatte. Während manche Bedienungen abschalteten, begannen andere leise zu tratschen, welcher Ethnie die Aushilfe angehörte, die für die Diebstähle verantwortlich war. Bobby hatte einen Verdacht. Er blickte Luis an, der den Blick als Affront auffasste und wütend zurückstarrte. Michelle schrieb wie eine Reporterin jedes Wort von Russell mit. Bobby war von ihrem Eifer sofort genervt.

Aaron stand neben Russell. Ohne es zu wollen, aber wie magnetisch angezogen starrte Bobby zu ihm hinüber, bereit, den Blick zu senken, sobald Aaron ihn bemerkte. Aber der sah nicht mal in seine Richtung. Aaron wartete, bis Russell seine Ansprache beendet hatte und das Wort an ihn übergab, um die heutigen Tagesgerichte vorzustellen. Als er das tat, blickte er in die Runde und sah alle an – außer Bobby. Sobald er fertig war, zündete er sich eine

Zigarette an, während die Nichtraucher und alle, die von der Kälte genug hatten, sich beeilten, zurück ins Warme zu kommen. Die anderen rauchten ihre Zigaretten zu Ende, warfen die Kippen weg und folgten ihnen hinein. Mit gesenktem Kopf ging Bobby an Aaron vorbei. Aaron packte ihn am Handgelenk.

»Wart mal kurz«, sagte er.

Michelle stand gleich hinter der offenen Tür. Das fauchende Warmluftgebläse über der Tür übertönte alle Küchengeräusche. Mit einem Winken schickte Bobby sie fort. Strahlend streckte sie ihm beide Daumen entgegen und stiefelte weg. Aaron ließ Bobbys Handgelenk los, und das Blut kehrte in seine Finger zurück. Er trat einen Schritt zurück und ließ die Tür zufallen.

Kam's jetzt? Hatte Aaron schon eine Meinung darüber, wohin Bobby abgehauen war? Vielleicht hatte er auch herausbekommen, wer sein Vater war, obwohl Bobby nicht wusste, wie das gehen sollte. Doch die Gedanken, die wild in Bobbys Kopf kreisten, ließen alles möglich erscheinen.

Er hat doch gesagt, dass er dir nichts tun würde. Wer's glaubt. Mitten auf der Straße schlägt er einem Jungen, den er überhaupt nicht kennt, den Schädel ein. Und der hatte ihn nicht mal angelogen.

Bobby schob die Hände in die Schürzentasche und fuhr mit einer Hand am Gewinde des Korkenziehers entlang. Wenn er den bei einem Angriff schnell genug herausbekäme, könnte er ihn in die weichste Stelle von Aarons Gesichts rammen.

Die Vorstellung rief das Bild des auf dem Boden liegenden Jungen wach.

Er ließ den Korkenzieher los.

Bobbys Bedarf an Gewalt war für den Rest seines Lebens gedeckt, und doch stand er keine drei Meter vor seinem besten Freund und überlegte, wie er ihn fertigmachen konnte. Bisher hatte seine Intuition komplett versagt. Vielleicht sollte er sie besser gleich ignorieren.

»Hör mal«, sagte Bobby.

Aaron hob den Zeigefinger an die Lippen, damit Bobby nicht weitersprach. »Weißt du, was komisch ist?« sagte er. »Ich hab mich noch nicht dran gewöhnt, dass Türen einfach aufgehen können.« Er blies den Rauch seitlich aus dem Mundwinkel. »Wer hätte gedacht, dass man sich an so was erst gewöhnen muss? Einfach von einem Ort an einen anderen zu gehen, weil man Lust dazu hat. Mein Gott, nichts leichter als das. Das ist für alle ganz selbstverständlich. Aus einem Raum in den nächsten gehen. Nach draußen. Die Klotür zumachen. Für mich ist nichts mehr selbstverständlich. In keiner Sekunde.«

Aaron griff nach hinten in seinen Hosenbund, und Bobbys Finger tasteten sofort nach dem Korkenzieher. Aaron zog einen weißen Umschlag hervor und hielt ihn Bobby hin. Bobby nahm ihn, behielt Aaron aber im Auge, während er den Umschlag öffnete. Er war voller Zwanziger, Fünfziger und Hunderter.

»Was zum Teufel ist das?«, fragte Bobby.

»Das«, sagte Aaron und stieß eine weitere Rauchwolke aus, »sind ungefähr drei Monatsmieten.«

Bobby gab ihm den Umschlag zurück. »Ich nehm von dir kein Schweigegeld.«

»Schweigegeld?« Aaron lachte. »Wer sagt denn so was? Du glotzt zu viel fern, Kumpel.«

»Fuck«, sagte Bobby und wurde lauter. »Ich will das nicht. Ich pack diesen Scheiß einfach nicht.« Er wusste nicht, ob er Aaron meinte, das Geld oder beides.

»Du kannst es ruhig nehmen. Du brauchst es doch. Du und Isabel. Ich hatte etwas Geld gebunkert, ehe ich wegging.«

»Wegging?«, sagte Bobby. »Du hast nicht einfach mal länger Urlaub gemacht, Aaron. Du warst im Gefängnis. Das ist Drogengeld, und wegen der Drogen warst du im Gefängnis. Und genau dahin kommen wir auch wegen dem, was du gestern Abend getan hast.«

»Glaubst du, du musst mir erklären, wo ich war?«

»Und warum hast du das mit dem Jungen gemacht?«

»Schrei nicht so rum, verdammt noch mal.«

Bobby trat an Aaron heran und presste die Worte durch die Zähne. Aarons Gleichgültigkeit machte ihn wütend, und er vergaß kurz, dass er sich vor ihm fürchtete. »Du hast den Jungen umgebracht, Aaron, und du hast *mich* da mit reingezogen.«

»Ein paar der Wachleute drinnen waren Ex-Cops«, sagte Aaron. Bobby warf die Hände in die Luft, trat von Aaron zurück. In Erwartung einer weiteren Lektion Gefängnisphilosophie ging er genervt vor Aaron auf und ab.

»Es ist mir egal –«, begann er.

»Halt den Mund und lass mich ausreden.« Bobby blieb stehen. »Weißt du, was die von Affen wie dem kleinen Stück Dreck von gestern hielten? Egal ob im Knast oder draußen? Nichts. Die hielten *absolut nichts* von denen. Weniger als von der Scheiße, die im Profil deiner Schuhe klebt und die du rauskratzt. Noch weniger hielten sie von denen. Für weniger als das, was du in einer Spätschicht am Samstag machst, haben sie weggeschaut, wenn in der Dusche ein Messer gezückt wurde.«

Bobby verschränkte die Arme vor der Brust, um sein Zittern zu verbergen. Er wollte nicht wissen, woher Aaron das wusste. Tränen stiegen in seine brennenden Augen. Aaron schien seine Furcht zu spüren. Er trat zu Bobby und legte ihm die schweren Hände auf die Schultern.

»Ich weiß, dass du Angst hast. So was macht einem Angst. Wie gesagt, ich hab das nicht gewollt, aber es war notwendig.« Er wollte Bobby an sich ziehen und umarmen, aber Bobby schüttelte seine Hände ab und ging auf die andere Seite der Ladezone. Aarons Arme blieben in der Luft, die Umarmung weiter eine schwebende Möglichkeit, dann ließ er sie sinken. Ungläubig schüttelte er den Kopf.

»Soll mir diese Story irgendwas sagen?«, fragte Bobby.

»Ja, Bobby«, sagte Aaron. »Niemand schert sich einen Dreck um diesen Kerl. Am allerwenigsten ich.« Er warf den Umschlag zu Bobby zurück. Er klatschte ihm gegen die Brust und fiel zu Boden. »Und das bleibt auch so, solang du dein Maul hältst. Vielleicht verstehst du das jetzt noch nicht, aber was ich getan hab, hab ich für dich getan. Um dir zu helfen.«

»Um mir zu helfen?« Bobby lachte auf. »Herr im Himmel, du bringst mich nur mit dir zusammen in den Knast.«

»Nein, das ist keine Option«, sagte Aaron. »Weder für mich noch für dich.« Er war im Restaurant verschwunden, ehe die schwere Metalltür hinter ihm zugefallen war.

Bobby sah zum Umschlag auf dem Boden. Ein paar Scheine spitzten daraus hervor und begannen sich vom feuchten Schnee zu wellen. Er hob den Umschlag auf und blätterte durch die Scheine. Manche waren weich und abgegriffen. Andere wirkten so neu, als wären sie falsch, eher grau als grün. Das ist der Geruch, dachte er, den Leute meinen, wenn sie über ein neues Auto sprechen. In der Hand hielt er drei Monate Leben in Würde, vielleicht sogar eine dringend notwendige Pause. Drei Monate, damit Isabel sich Hilfe suchen konnte, die anhielt. Und er musste nur das tun, was er immer gut gekonnt hatte – den Mund halten. Lügen. Wenn er das tat, würde sein Scheißleben in derselben beschissenen Weise weiterlaufen und zu einem beschissenen, aber immerhin vorhersehbaren Ende führen. Zum Henker, vielleicht würde es sogar etwas besser.

Und möglicherweise hatte Aaron recht, möglicherweise würde sich niemand für den Jungen interessieren. Vielleicht hätte er mit Bobby dasselbe gemacht, was Aaron mit ihm gemacht hatte. Aber es gab auch die Mutter. Ganz egal, was für ein Arschloch ein Kind wird, eine Mutter will stets, dass es wieder nach Hause kommt. Er erinnerte sich an Isabels Stimme. Auch die Mutter des Jungen musste sich gefragt haben, warum ihr Kind nicht nach Hause gekommen war, warum mitten in der Nacht die Cops bei ihr geklopft hatten, warum ihrem Baby das angetan worden war.

Wieder öffnete er den Umschlag und zählte das Geld.

Der Junge hätte auch nicht so auf sie losgehen müssen. Oder nicht? Er hätte einfach drinnen bleiben und Aarons Beleidigung vergessen können, das wäre wahre Größe gewesen.

Bobby faltete das Geldbündel, stopfte es in seine Gesäßtasche und ging auch hinein. Dabei würgte er an dem großen Kloß seiner eigenen Gedanken.

Kapitel 7

Geschirr klapperte. Der Geruch von brodelndem Fett und zischendem Fleisch drehte Bobby den Magen um. Er wünschte, der Himmel würde sich auftun und eimerweise Schnee herabwerfen, damit sie früher schließen mussten und er nach Hause konnte, einfach nach Hause, auch wenn er nur zu gut wusste, was ihn dort erwartete.

Nichts. Genau dasselbe wie hier.

Er ging an der Essensausgabe vorbei. Aaron sah ihm in die Augen, während er die fertigen Teller auf den Metalltresen stellte. Michelle stand vor dem Bildschirm und wippte auf den Zehen. Ihre Wangen waren leicht gerötet, aber sonst ging ihre Haut ins Olive, nur wenig dunkler als die von Bobby. Als sie die Mütze abgenommen hatte, hatte Bobby gesehen, dass ihre Haare nur an den Spitzen rot waren, so als wären sie in Farbe getaucht. Der Rest war schwarz und an einer Seite kurz geschnitten. In ihrem linken Nasenflügel hatte sie einen winzigen grünen Stein, in den Ohren eine Reihe von kleinen Silberringen.

»Sie haben uns gerade eingeteilt«, sagte sie zu ihm.

»Dann komm«, sagte er.

Sie ließen die anzüglichen Rufe, die zwischen Service- und Küchenpersonal hin und her flogen, hinter sich und gingen in den zur Dinnerzeit brodelnden Gastraum. Bobby nahm die Energie des vollen Raums auf und freute sich auf die Gelegenheit, sich darin zu verlieren.

Das Restaurant war voller Menschen, die nicht kochen wollten. Außerdem mussten sie in der Öffentlichkeit höflich miteinander umgehen, ehe das Wetter sie zu Hause einschloss, wo ihnen dieser

Luxus verwehrt war. Bobby verstand sie. Genau wie sie versteckte er sich hier vor aller Augen.

Kinder weinten, während Bedienungen müde Geburtstagslieder sangen. Leute standen in Trauben um die Bar und tranken ihr Feierabendbier. Geschäftsleute mampften billige Happy-Hour-Wings, die zu alt waren, um sie noch auf die Speisekarte zu setzen.

Michelle und Bobby kamen in ihren Servicebereich, in dem ein Tisch mit fünf jungen Schwarzen besetzt war, die die Speisekarte lasen.

»Ach nee jetzt«, sagte Bobby.

»Was ist?«, fragte Michelle.

Bobby schüttelte nur den Kopf und wies Michelle an, die Getränkebestellung aufzunehmen. Er sah ihr zu, wie sie zum Tisch ging. Einer der jungen Schwarzen war dunkelblau gekleidet, und Bobby musste wieder an den Jungen und seinen Freund im Dirty O denken. Genau wie diese Gruppe waren die beiden einfach essen gegangen, ohne zu ahnen, dass einer von ihnen nicht mehr nach Hause käme. Einer aus der Gruppe bemerkte, dass Bobby sie beobachtete. Bobby sah zum Fenster hinaus auf den Parkplatz. Als sein Blick wieder die Gruppe streifte, starrte der Schwarze noch immer herüber.

Bobby hatte das Gesicht des zweiten im Dirty O nicht gesehen.

Das konnte er nicht sein. Auf alle Fälle hat er mich nicht gesehen. Unmöglich.

Michelle kam mit dem Notizblock in der Hand und einem stolzen Ausdruck auf dem Gesicht zurück. Die Gruppe hatte ihre gesamte Bestellung aufgegeben, und sie wollte alles im Computer buchen. Bobby sah sie zweifelnd an, als er seine Karte in das Lesegerät steckte, um das Terminal freizugeben.

»Wollten sie auch Suppe oder Salat?«, fragte er.

Michelle spannte die Kiefermuskeln an. »Hab ich zu fragen vergessen«, sagte sie.

»Und wie wollen die ihre Burger?«

»Mist.«

Bobby drückte auf die Cancel-Taste. »Hör mal, wir beide wissen, dass ich an dem Tisch nichts verdiene, egal, ob du's vergeigst oder nicht.«

»Hä?«

»Ich weiß nicht, warum du diesen Job machst, aber ich verdien damit meine Miete. Also, wenn ich Getränke sage, nimmst du ab jetzt auch nur die Getränke auf. Mach nicht gleich die ganze Bestellung, wenn du nicht weißt, wie das geht. Das kann ich mir nicht leisten.«

»Moment mal, warum verdienst du nichts an dem Tisch?«

»Stell dich nicht dumm.«

Michelle zuckte zurück, als hätte er sie geschlagen. Bobby nahm ihr den Bestellblock ab, und gemeinsam gingen sie zurück zum Tisch. Der Junge wandte den Blick von ihm, als sie dort ankamen. Bobbys rasende Gedanken schalteten einen Gang runter.

Für den Rest des Abends folgte Michelle seinen Anweisungen. Sie sprachen nur das Nötigste miteinander. Je später es wurde, desto weniger Essen wurde bestellt. Eine weitere Schneefront war aufgezogen, aber schwächer als vorhergesagt, der Sturm hatte an Kraft verloren. Ihr letzter Tisch nuckelte noch an den Getränken. Michelle hatte die letzten Mahlzeiten serviert und lehnte neben Bobby an ihrem Counter. Das Paar winkte nach der Rechnung.

»Bring sie ihnen, und danach füll die Aufsteller wieder auf«, sagte er zu ihr. »Wir treffen uns am Tresen und rechnen die Trinkgeldanteile aus.« Sie salutierte und ging zum Tisch.

Die Happy-Hour-Trinker waren längst verschwunden. Nur noch ein paar Tresenschwalben palaverten, banaler Tratsch oder tiefschürfende Gedanken zu den Steelers und den Pens. Bobby zog einen Hocker heran, fischte sein Feuerzeug aus der Hosentasche und ließ es auf dem Tresen kreiseln. Seine Füße wippten auf der

Fußreling. Schon den ganzen Abend fürchtete er sich vor dem Schichtende. In jedem freien Moment schossen ihm Gedanken durch den Kopf wie Sprinter aus dem Startblock. Vor ihm wusch Paul, der Barkeeper, ein Bierglas im Becken unter den Zapfhähnen. Mit einer Geste bat Bobby ihn um eine Schachtel Zigaretten aus dem Glasschrank hinter ihm.

»Club Soda?«, fragte Paul.

Bobby starrte die Zapfhähne an. Ein Bier vielleicht. Nur eines. Um den Lärm zu dämmen. Das war doch auch der Grund, warum Isabel trank, oder? Zu laut im Oberstübchen. Es wäre so leicht. Das erste schnell kippen, damit man die Bitterkeit nicht so schmeckt und das nächste leichter runtergeht, bis alles ganz taub ist. Trotz der aufwallenden Furcht begriff er, dass er den Stress brauchte, um aufmerksam zu bleiben, einen klaren Kopf zu behalten, weil das Geschehene trotz Aarons Beschwörungen nicht einfach verschwinden würde. Er musste sich aus diesem Schlamassel herausdenken.

»Machen wir was ganz Verrücktes«, sagte Bobby. »Hau noch ’ne Limette rein.«

»Boah, dann kannst du aber nicht mehr fahren«, sagte Michelle hinter ihm. Sie zog einen Stuhl neben ihn, setzte sich und rahmte sein Gesicht kurz mit den Händen ein. »Na, schauen wir mal. Was Religiöses ist es nicht. Und wie ein echter Suffkopf siehst du auch nicht aus. Also so ein Ein-Schluck-und-kaputt-Ding, oder? Sobald du was trinkst, haut's dich um?«

»Was geht denn dich das an?« Bobby streckte die Hand aus. Mit einem Seufzer reichte sie ihm die abgerechneten Kassenbelege und griff in ihre Schürze, um ein Bündel Scheine herauszuholen.

»Hör mal, ich weiß, dass ich am Anfang Mist gebaut hab, aber zum Schluss hab ich's doch ganz gut hingekriegt. Oder nicht?«, fragte sie. »Und ich schaff's bestimmt auch noch, dass du mich nett findest. Das bin ich nämlich.«

Bobby zählte das Geld, ohne auf sie zu achten. Sie bestellte sich ein Bier. Bobby zählte noch einmal.

Die Summe stimmte nicht. Sie konnte nicht stimmen.

»Ist noch was in deiner Hosentasche hängen geblieben?«, fragte er.

»In 'ner Stretchhose? Mann, Mann, Mann.«

Er schüttelte den Kopf und zählte ein drittes Mal. Paul kam mit einem Glas zurück, und Bobby schob ihm unwillig seinen Trinkgeldanteil zu. Paul zählte, dann blickte er Bobby und Michelle über seinen Brillenrand an.

»Komm schon, Mann«, sagte er. »Für zu zweit?«

»Tut mir leid, Paul«, sagte Bobby mit einem Nicken in Richtung Michelle. »Ich hatte die Neue. Außerdem war's im Revier heut etwas dunkel.«

»Was heißt das denn?«, fragte Michelle.

Von der Seite war eine laute Stimme zu hören. »Das heißt, ihr habt heut zu viele Nigga bedient.«

Bobby drehte sich um und sah Darryl die Stufen heraufkommen, die in den Raucherbereich führten. Darryl war die einzige schwarze Bedienung im Lokal. Wessen er sich auch sehr bewusst war. Sein kahl rasierter Schädel blitzte unter den Deckenstrahlern, die die falschen Antiquitäten an den Wänden des oberen Restaurantteils in Szene setzten. Darryl trug einen Oversize-Hoodie, und seine schicken Nadelstreifen-Hosenträger, die er sich nach Schichtende von den Schultern gestreift hatte, klackten bei jedem Schritt seiner langen Beine. Er hatte ein ungestümes Lachen, eine dröhnende Stimme und für Bobby nicht das Geringste übrig.

Sie hatten ihre Serviceausbildung gemeinsam erhalten, obwohl Darryl Jahre vor Bobby im Restaurant angefangen hatte. Erst war er Spüler gewesen, dann Abräumer. Bobby hatte sich ohne Erfahrung für den Servicejob beworben und ihn bekommen. Dennoch zeigte ihm Darryl alles, was er nach Jahren in der Gastro wusste.

Er hatte ihm erklärt, was zu tun war, wenn neben oder über einem Eisbehälter ein Glas zerbrach. Dass es in der Spätschicht schlau war, sich geheime Vorräte von in eine Serviette gerollten Bestecken anzulegen, um schneller fertig zu werden. Sie hatten sogar manches gemein, als Söhne alleinerziehender Mütter, die gerade so über die Runden kamen. Doch eines Abends hatte Bobby bei Paul geklagt, dass er keine Lust habe, einen Tisch Schwarzer zu bedienen, nachdem sie frisches Besteck verlangt hatten. Er hatte nicht bemerkt, dass Darryl hinter ihm stand und auf einen Drink wartete. Er hatte nichts zu Bobby gesagt, weder an diesem Abend noch später.

»Der Typ hat keinen Bock, Schwarze zu bedienen«, sagte er zu Michelle. »Recht hat er, Nigga geben kein Trinkgeld.«

»Was? Das ist doch krank«, sagte Michelle zu Darryl, nahm sich eine Zigarette aus Bobbys Schachtel und zündete sie an.

»Klar, mach nur, bedien dich einfach«, sagte Bobby.

»Ist das echt so«, sagte sie zu Darryl, »dass Schwarze kein Trinkgeld geben?«

»Sagen wir's mal so«, sagte er. »Ich lauf mir nicht grad die Hacken ab, wenn welche in meinem Service sitzen.«

»Na bitte«, sagte Bobby.

»Schon mal überlegt, dass es genau deswegen mit dem Trinkgeld nichts ist?«, fragte sie.

»Nö,« antworteten Bobby und Darryl wie aus einem Mund. Sie sahen sich kurz an, dann woandershin.

»Ihr seid doch nicht ganz dicht«, sagte Michelle. Und zu Bobby: »Ich mein, bist du denn nicht auch gemischt?«

Bobby erstarrte. Darryl machte große Augen, seine Backen waren voll Bier. Er würgte es hinunter und brach in bellendes Gelächter aus, hielt sich japsend die Seiten. Auch Bobby lachte, aber er sah, dass Michelle es ihm nicht abnahm. Darryl legte die Arme um sie beide. Bobby schüttelte ihn ab.

»Kleine, bitte. Sag keinen solchen Scheiß, wenn ich was trinke.« Darryl tat so, als müsste er wieder zu Atem kommen, und wischte sich eine nicht vorhandene Träne aus dem Augenwinkel. Dann runzelte er die Stirn und näherte sich Bobbys Gesicht mit einem Ausdruck vorgetäuschter Konzentration. »Aber ich muss sagen, du hast ziemlich dicke Lippen«, sagte er zu Bobby. »Sie könnte da was Großem auf der Spur sein.« Er lachte wieder und ging zu seinem Barhocker zurück. Michelle starrte Bobby an.

»Bist du's wirklich nicht?«, fragte sie.

»Spinnst du? Schau mich an.«

»Genau das tu ich.«

»Na, vielleicht brauchst du noch was zu trinken.«

»Was kein Nein ist.«

Finger gruben sich in Bobbys Schultern und begannen sie zu massieren. Er fuhr herum. Aaron. Bobby verschluckte sich beinahe an seinem Rauch. Aaron hatte sich die Kochjacke um die Hüften gebunden, auf seiner karierten Hose waren Blutspritzer vom Fleisch. Er schlug Bobby auf den Rücken und setzte sich neben ihn. Wie lange war er schon da?

»Was ist kein Nein?«, fragte er Michelle.

»Jetzt schau dir diese Scheiße an«, sagte Darryl auf seinem Hocker am anderen Ende des Tresens. Innerlich stieß Bobby einen Seufzer der Erleichterung aus. Im Fernsehen liefen Ausschnitte vom heutigen Verhandlungstag beim O.-J.-Simpson-Prozess. Darryl trank sein Bier aus und bestellte ein neues.

»Wie können die nur so tun, als wär das nicht alles total abgekartet?«, sagte er.

»Woher weißt du, dass das abgekartet ist?«, fragte Aaron.

Darryl blickte über den Tresen hinweg Aaron an und verzog das Gesicht, als röche er etwas Vergammeltes. Er hatte Aaron schon nicht gemocht, bevor er ins Gefängnis gekommen war. Er hatte sein früheres Anwanzen verachtet und gemeint, ein Wigger sei eine

Beleidigung aller Schwarzen. Warum malst du dir nicht gleich das Gesicht schwarz an, hatte er Aaron einmal gefragt. Inzwischen stand der neue Aaron am anderen Ende des Spektrums, was Darryls Feindseligkeit verschärfte.

Bobby mochte Darryl nicht, aber er verstand, warum er auf Aaron allergisch reagierte. Schon als Kind hatte sich Bobby oft für Aaron geschämt. Damals hatte er sich über seine Art, zu reden und zu kleiden, lustig gemacht in der Hoffnung, er würde damit aufhören. Jetzt kam ihm der Gedanke, dass der neue Aaron vielleicht eine weitere Masche war, eine neue Maske, die er nur aufgesetzt hatte, um zu überleben. Aber vielleicht auch nicht. Vielleicht hatte er selbst in Aaron eine Idee gesät, die im Gefängnis aufgegangen war. Und wie eine Saat bedurfte diese Idee, um zu gedeihen, der Aufmerksamkeit, der Pflege und der richtigen Umgebung.

Der Schlag mit dem Ziegelstein konnte genauso auf sein Konto gehen.

»Willst du mir echt erzählen, dass ein fast fünfzig Jahre alter Typ gleichzeitig eine Frau und einen ausgewachsenen Mann umlegt?«, fragte Darryl. »Mit einem Messer? Das glaubst du doch selber nicht.«

»Ein ehemaliger Footballer«, sagte Aaron. »Ein richtiger Riegel und einer der besten Sportler aller Zeiten.«

Die anderen Tresenschwalben hörten auf zu reden und spitzten die Ohren. Paul wischte dauernd über dieselbe Stelle, während er dem Schlagabtausch folgte. Ein Gast, ein Weißer mit einem zerknitterten weißen Hemd und gelockerter Krawatte, nahm ein Klapphandy vom Tresen und zog die Antenne heraus. Dabei wanderte sein Blick zwischen Darryl und Aaron hin und her.

»Aaron«, sagte Bobby und zupfte ihn am Ärmel. Aaron zog seinen Arm weg, den Blick starr auf Darryl gerichtet.

»Ja und?«, sagte Darryl. »Hält er etwa den Typ mit einer Hand fest und tötet mit der anderen die Frau? Das glaubst du doch selber nicht, Mann. Das ist doch der gleiche Scheiß wie immer. Ein Nigger mit Geld geht gar nicht. Schon gar nicht für die Cops. O. J. Simpson in schicken Karren und mit 'ner weißen Tusse am Arm – das ist dieselbe Nummer wie bei Jack Johnson. Und Cops machen wie viel im Jahr? Vierzigtausend? Fünfzig, wenn's hochkommt? Also bitte. Weißt du, wie man Verschwörung buchstabiert? LAPD. Diese Nigga hassen Nigger, Punkt.«

Aaron schnitt ein verächtliches Gesicht. »Verschwörung? Das meinst du nicht ernst.«

»Weißt du noch, wer Rodney King ist?«, fragte Darryl. »Der Typ, der am Boden rumkroch und auf den die Cops einprügelten, als hätte er wen umgebracht?«

»Weißt du noch, wer Reginald Denny ist?«, fragte Aaron. »Der war nur mit seinem Truck unterwegs, als diese Tiere ihn rauszogen.« Bei diesen Worten sah er Bobby an. Er schien ein Grinsen zu unterdrücken.

»Moment mal, wer?«, fragte Bobby.

»Reginald Denny«, sagte Michelle. »Der Trucker. Hat am Santa Monica Freeway die falsche Abfahrt genommen und landete in L. A. mitten in den Unruhen. Da haben sie ihn aus der Kabine gezerrt und mit einem Ziegelstein verprügelt.«

Bobby starrte Aaron an. Der zwinkerte.

»Und was sagst du dazu?«, fragte Darryl Aaron.

»Ich sage«, sagte Aaron, »dass man wegen dem, was ein paar Cops getan haben, nicht die ganze Polizei in Haftung nehmen kann. Cops, die übrigens freigesprochen wurden. Du weißt doch, was das heißt, oder? Dass kein Fehlverhalten vorlag.«

»In Haftung nehmen?«, sagte Darryl. »Durftest du im Knast etwa lesen?«

»Aber es ist fair, eine ganze Rasse wegen der Taten von Kriminellen in Haftung zu nehmen, was?«, fragte Michelle.

Mit einem höhnischen Grinsen wandte sich Aaron an sie.

»Mach dich erst mal schlau, Süße. Ein Bro von dir, einer von denen, die Denny krankenhausreif geprügelt haben, war sogar Gerichtszusteller. Keine Vorstrafen. Aber die Plünderungen und die Gewalt haben sein Blut zum Kochen gebracht, er kam einfach nicht gegen seine Gene an. Das kann keiner. Sie haben ihre eigenen Läden beklaut. Die eigenen Leute verprügelt. Also bitte, tu mir einen Gefallen und lass mich mit deinem Grundkurs-Soziologie-Wissen in Ruhe. Hier unterhalten sich Männer.«

Während Aarons Gefasel zündete Bobby Streichhölzer an und warf sie in den Aschenbecher. Er flehte um einen Küchenbrand, einen Stromausfall, einen Überfall auf das Lokal, irgendwas, das Aaron zum Schweigen brachte, ehe die Situation weiter eskalierte. Er hatte den Blick von dem Mann mit dem Handy abgewandt.

»Und was ist mit Bobby Green?«, fragte Michelle Aaron.

»Mit wem?«, fragte Aaron.

»Der Mann, der Denny ins Krankenhaus gefahren hat, als er ihn auf der Straße liegen sah. Der *Schwarze.* Lag das auch an seinen Genen? Sein Leben für jemanden zu riskieren, den er überhaupt nicht kannte. Vielleicht solltest *du dich* erst mal schlaumachen, Süßer.«

Aarons Grinsen war wie weggewischt. Er lehnte sich zurück und musterte Michelle von Kopf bis Fuß. »Was bist eigentlich du für eine?«, fragte er sie.

»Was?«

»Ich mein, du bist eindeutig nicht weiß«, sagte er. »Aber mit dem ganzen Dreck im Gesicht und den Haaren. Da kann man schon durcheinanderkommen.«

Darryl deutete auf Bobby. »Du solltest dir lieber deinen Boy schnappen.«

»Leute«, sagte Paul.

»Ich bin ein Mensch«, sagte Michelle.

Mit einem Achselzucken nippte Aaron an seinem Bier. »Zur Hälfte vielleicht«, sagte er. »Aber das reicht nicht ganz.«

Michelle lachte voller Abscheu. Darryl stand auf.

Scheiße, nicht schon wieder. Bobby blickte den Tresen entlang. Der Mann mit dem Handy sah zum Ausgang.

Michelle hob die Hand und bedeutete Darryl mit einem Kopfschütteln, dass es das nicht wert war. Aaron lächelte ihn an. Genau wie er den Jungen im Dirty O angelächelt hatte. Bobby stieß ihn an. »Mann, ich glaub, wir sollten uns vom Acker machen.« Aaron ignorierte ihn.

»Grins mich nur an mit deinen hübschen weißen Zähnen«, sagte Darryl. »Die sind neu, oder? Hat wohl Papa Staat springen lassen, wie? Ja, was man nicht alles tut für euch Nutten im Knast.«

Darryl lächelte. Aaron nicht.

»Wie, das wusstest du nicht?«, fragte Darryl Bobby. »Das muss dir doch aufgefallen sein. Diese Beißerchen sind nicht echt. Mein Cousin war mit deinem Kumpel da im Bau. Ja, Spacko, ich weiß alles über dich.«

Aaron wandte sich von Darryl ab. Er beugte sich über sein Bier und schob das Glas in dem Wasserpfützchen, in dem es stand, hin und her. Darryl sah, dass Aaron angeknockt war, und wollte nachsetzen.

»Lass ihn in Ruhe, Mann«, sagte Bobby. »Wir haben's kapiert.«

»Ah, Bobby, du kapierst also, dass man einen Schwanz, der einem im Mund steckt, nicht beißen kann, wenn man keine Zähne mehr hat?«, sagte Darryl. »Die Brothers haben sie ihm am ersten Tag rausgeprügelt. Haben die dämliche Möchtegern-Nigga-Nummer von Anfang an durchschaut, wie? War auch bisschen übertrieben. So auf hart und cool zu machen. Wie man hört, wurdest du in der ersten Woche fleißig rumgereicht. Als Ersatzmuschi.«

Während sich alle Augen auf ihn richteten, biss sich Aaron auf die Lippe und starrte auf sein Bier. Er machte sich klein, zog sich in sich zurück wie an dem Tag, als er ins Gefängnis musste, wie gestern im Pick-up. Für einen Moment verzieh ihm Bobby, was er dem Jungen angetan hatte. Er meinte fast, es verstehen zu können. Jetzt sah er wieder den dürren, großmäuligen Freund, der wie ein Bruder für ihn war, und zuckte innerlich bei jeder Gemeinheit, die Darryl ihm an den Kopf warf. Dass die Worte ihn so trafen, ließ Bobby glauben, dass vielleicht doch noch etwas von dem Aaron von früher übrig war. Wenn das, was Darryl sagte, ihm so naheging, konnte vielleicht auch Bobby zu ihm durchdringen und einen Ausweg aus der Scheißlage finden, in die er sie gebracht hatte. Die Erniedrigung durch Darryl hatte jedoch nicht die erhoffte Wirkung. Nicht auf Bobby jedenfalls. Die Schimpftirade weckte seinen Beschützerinstinkt für Aaron. Selbst Michelle schien es jetzt unangenehm.

»Ich glaub, das reicht«, sagte Michelle zu Darryl.

»Von mir aus«, sagte Darryl und setzte sich wieder. »Scheiß auf ihn.«

»Und was ist mit ihm?«, sagte Aaron und starrte weiter auf sein Bier.

»Was?«, fragte Darryl.

»Dein Cousin. Was ist mit ihm passiert?«

»Was soll das heißen, was ist mit ihm passiert? Wer hat denn gesagt, dass was mit ihm passiert ist?«

Aaron nahm die Hand weg, die das auf den Ellbogen tätowierte Spinnennetz bedeckt hatte. Er sah Darryl an und hielt sich die Hand vor den Mund. »Ups. Sieht so aus, als hättest du nicht alles gehört.«

Zum zweiten Mal sah Bobby bei Aaron diesen Gesichtsausdruck. Es war der Ausdruck, den er gehabt hatte, nachdem er den Jungen mit dem Ziegelstein niedergeschlagen hatte, nachdem er es sich auf dem Beifahrersitz mit einer Zigarette bequem gemacht und ihn ruhig durch die Straßen dirigiert hatte.

Befriedigung. Genuss.

Jegliches Mitgefühl löste sich in Luft auf. Aaron hatte dem

Jungen den Schädel absichtlich eingeschlagen. Nicht weil er sich bedroht gefühlt hatte. Nicht aus dem Bedürfnis heraus, Bobby zu schützen. Er war betrunken gewesen, und der Junge, der sie angepöbelt hatte, hatte gemeint, er hätte es mit zwei ängstlichen Weißen zu tun. Aber von denen war nur einer weiß, und zwar derjenige, der keine Angst hatte. Vielleicht hatte es eine Zeit gegeben, in der Aaron wegen dem, was ihm im Gefängnis widerfahren war, beschämt war, aber diese Zeit war vorbei, und mit ihr war der frühere Aaron verschwunden. Wenn Darryl die Wahrheit gesagt hatte, dann hatten die Vorfälle im Gefängnis Aaron in unkenntliche Teile zerschmettert, und gewalttätige Fanatiker hatten sie wieder zusammengesetzt, dabei aber durcheinandergebracht und gewaltsam verbunden, was gar nicht zusammengehörte. Aaron hatte die Scham nur vorgetäuscht, als Darryl ihn bloßgestellt hatte. Er hatte ihn in eine Falle gelockt, genau wie den Jungen. Seine Miene verriet es. Der Aaron, den Bobby gekannt hatte, existierte nicht mehr, und jetzt wusste er, dass das, was in Aaron herangewachsen war, die Krallen ausgefahren und Bobby geschnappt hatte und hinter sich herschleppte.

Mit geballten Fäusten ging Darryl auf Aaron zu. Aaron trank sein Bier aus und stand auf. Bobby trat zwischen die beiden und streckte die Arme aus, um sie zu trennen. Paul rannte hinter dem Tresen hervor und stellte sich ebenfalls zwischen die beiden. Michelle rief, sie sollten aufhören. Paul legte eine Hand auf Darryls Brust. Darryl schlug sie weg, und Paul stieß ihn mit beiden Händen zurück. Auch anderes Personal kam dazu.

»Das ist Bullshit, totaler Bullshit!«, schrie Darryl über den Wall an Körpern hinweg.

»Glaubst du das?«, schrie Aaron zurück. »Schau mich an, Darryl! Glaubst du das?«

»Aaron, halt endlich dein Maul!«, schrie Bobby.

»Hör lieber auf deinen Boy«, sagte Darryl. »Schwuchtel.«

Aaron räusperte sich und spuckte in Darryls Richtung. Die Spucke landete auf Darryls Wange.

Plötzlich war es totenstill. Darryl wischte sich das Gesicht ab. Wie erstarrt standen Bobby, Michelle und Paul da, Arme und Hände ausgestreckt, als könnten sie die elektrisierte Luft abwehren.

»Okay«, sagte Darryl.

Er stürzte los. Paul bückte sich und umschlang Darryls Oberkörper. Die Gummisohlen von Darryls Stiefeln quietschten auf dem glatten Holzboden, als er weiter in Aarons Richtung drängte.

»Lass ihn los!«, rief Aaron Paul zu.

Jetzt hielt Bobby Aaron fest. Michelle stand mit ausgebreiteten Armen zwischen Paul und Bobby und schrie Darryl und Aaron an aufzuhören. Bobby kniff die Augen vor Anstrengung zusammen und riss sie auf, als er hörte, wie die Eingangstür zum Restaurant geöffnet wurde.

Zwei weiße Polizisten in Winteruniform rannten die drei Stufen zum Barbereich hinauf. Einer schob Michelle, Bobby und Aaron zur Seite, während der andere Paul von Darryl schälte. Paul trat mit erhobenen Händen zurück. Der Polizist stand nur wenige Zentimeter vor Darryl und hob warnend den Zeigefinger einer Hand, während die andere an seiner Hüfte schwebte.

»Gibt's ein Problem?«, fragte er Darryl.

»Warum fragen Sie mich das?«, fragte Darren ungläubig. »Fragen Sie lieber die Sackratte da.« Er deutete auf Aaron. Bobby sah Aaron an. Alle Wut war aus dem Gesicht verschwunden, keine Spur mehr von dem angespannten Nacken, dem wilden Blick. Der Polizist blickte über seine Schulter und an seinem Partner vorbei zu Aaron. Aaron zuckte die Achseln und hob unschuldig die Hände. Der Polizist wandte sich wieder an Darryl.

»Ich frage dich«, sagte er. »Und pass auf, was du sagst.«

»Dieses Arschloch spuckt mir ins Gesicht, und ich soll aufpassen, was ich sage?«

Der Polizist packte ihn am Handgelenk, wirbelte ihn herum und drückte ihn gegen die Kante des Tresens. Durch die Wucht musste sich Darryl mit beiden Händen am Tresen abstützen. Der Polizist packte ihn am Rumpf, schubste ihm mit zwei Tritten die Füße weiter auseinander und tastete ihn ab.

»Den Scheiß glaub ich jetzt nicht«, sagte Darryl.

»Pass auf, was du sagst, hab ich gesagt«, sagte der Polizist. Er riss Darryls Arm auf den Rücken, der schrie auf.

»Er hat nichts getan!«, sagte Michelle.

Schnaufend und mit Schweißflecken unter den Achseln kam Russell aus der Küche gerannt. »Was zum Teufel ist hier los?«

»Wir hatten einen Anruf wegen eines Streits«, sagte der Polizist, der vor Michelle, Bobby und Aaron stand. »Sind Sie der Chef hier?«

»Ja.« Russell deutete auf den anderen Officer, der Darryl gerade Handschellen anlegte. »Warum ist er verhaftet?«

»Der Anrufer sagte, er würde gegenüber einer anderen Person gewalttätig werden, Sir. Dann hat er mich bedroht und sich gewaltsam widersetzt.« Er riss Darryl vom Tresen weg.

»Das stimmt doch gar nicht!«, sagte Michelle und deutete auf Aaron. »Er hat Darryl angespuckt.«

»Warum sollte ich das tun?«, sagte Aaron. »Ich hab einfach dagesessen, als er angefangen hat, mich zu beschimpfen.«

»Mein Gott, jetzt lügt er auch noch.« Sie sah Bobby an. »Sag du doch auch was.«

Bobby sah in den Gastraum und zur Bar. Sämtliche Augen, die bisher auf die Streitenden gerichtet gewesen waren, blickten jetzt woandershin. Sie hatten gerne hingeschaut, als es etwas zu sehen gab, aber jetzt, da Konsequenzen drohten, wandten sie sich ab, sobald Bobby sich zu ihnen drehte. Ihm entwischte ein kurzes leises Lachen.

»Es war nur ein Streit. Weiter nichts.« Er hielt den Kopf gesenkt.

»Meine Herren, offensichtlich handelt es sich hier um ein Missverständnis«, sagte Russell zu den Polizisten. »Würden Sie den jungen Mann da bitte wieder freilassen?«

Der Polizist, der sie von Darryl trennte, blickte wieder zu seinem Kollegen und nickte. Der verdrehte die Augen, drehte Darryl an einer Schulter herum und zückte den Schlüssel für die Handschellen.

»Wenn jetzt was passiert«, sagte er zu Russell, »geht das auf Ihre Kappe.«

»Verstanden«, sagte Russell. »Vielen Dank.«

»Gehört?«, sagte der Polizist, als er die abgenommenen Handschellen um seinen Finger kreisen ließ. »Höflichkeit. Ist immer besser, wenn man nett mit anderen redet.« Er ging zu seinem Kollegen, und beide stiegen die Stufen zum Ausgang hinab. Darryl massierte sich die Schulter und bewegte den Arm hin und her.

»Ja, genau, wenn Sie das sagen.«

Barsch knurrte Russell ihn an: »Halt die Klappe, Darryl.«

Ohne sich umzudrehen, rief der Polizist zurück. »Du solltest wirklich was gegen dein loses Mundwerk tun. Sonst kriegst du noch mal ernsthafte Schwierigkeiten.« Die Türen schlossen sich hinter ihnen. Darryl deutete auf Aaron.

»Draußen«, sagte er.

Aaron öffnete den Mund, um zu antworten, aber Russell war schneller.

»Von wegen«, sagte Russell. »Pack deine Sachen und dann raus.«

»Was? Warum muss jetzt ich gehen?«

»Nee, ihr verschwindet beide, aber ihr werdet euch nicht auf meinem Parkplatz prügeln. Ich begleite dich zum Auto und pass auf, dass du wirklich abzischst.« Er zeigte auf Aaron. »Und danach bist du dran.«

Darryl holte seine Siebensachen hinter dem Tresen. Russell führte ihn am Ellbogen. Als sie näher kamen, stand Aaron auf.

Russell blieb vor ihm stehen und stellte sich zwischen Aaron und Darryl. Er trat so nah an Aaron heran, dass sie nur zwei Handbreit trennten. Bobbys Blick huschte zwischen beiden hin und her. Aaron war einen Kopf größer als Russell und sah auf ihn herunter, die Augenlider scheinbar schwer vor Schläfrigkeit. Um seine Mundwinkel spielte ein schiefes Lächeln.

»Setz dich auf deinen Arsch, ehe ich deinen Bewährungshelfer anrufe.« Er bedachte Aarons Tätowierungen mit einem kurzen Blick. »Meinst du, ich weiß nicht, was der ganze Scheiß da bedeuten soll? Eigentlich sollte ich dich wieder ins Loch stecken lassen. Wär überhaupt kein Problem.« Er rückte noch näher an Aaron heran. »Aber ich weiß, warum du dir den Dreck hast stechen lassen.« Aarons Grinsen verflog. »Ich weiß, was einer wie du tun muss, um drinnen zu überleben. Und ich will dich nicht dorthin zurückschicken müssen. Daher sag ich's dir jetzt. Aber nur ein einziges Mal. Ich warne dich.«

Russell brachte Darryl nach draußen. Bobby sah Aaron an. Er wirkte angeschlagen. Darryl hatte wild mit Beleidigungen um sich geworfen, als würde irgendein Zufallstreffer Aaron k. o. schlagen. Aber es waren Russells ruhige Worte, die ihn bis ins Mark erschüttert und einen Schmerz verursacht hatten, der sich langsam im Körper ausbreitete, bis er das Gehirn erreichte und ihn in die Knie zwang. Keine weiteren Schmerzen mehr.

Nach wenigen Minuten kam Russell zurück und befahl Bobby und Aaron zu gehen. Aaron widersprach nicht. Bobby nahm seine Schürze und reichte Michelle die erledigten Rechnungen. Mit einer mechanischen Bewegung nahm sie sie, noch wie benommen.

»Ziemlich harter erster Abend, was?«, sagte Bobby mit einem matten Lächeln. Michelle zuckte zusammen. Ihre Augen verengten sich zu Schlitzen.

»Ganz ehrlich«, sagte sie, »fick dich selber.« Sie warf die Rechnungen auf den Tresen und setzte sich mit dem Rücken zu Bobby auf ihren Barhocker. Für einen Moment starrte er sie an, dann folgte er Aaron hinaus.

Draußen fiel Schnee, leicht, aber unablässig. Schneeräumer schabten über den Parkplatz. Auf dem Weg in den hinteren Parkplatzbereich knirschte Salz unter Aarons Stiefeln. Bobby rief ihm hinterher, er solle warten. Der Pick-up piepste, beide Hecklichter blinkten auf. Aaron ging auf die Beifahrerseite, öffnete die Tür, klappte das Handschuhfach auf und nahm die Pistole heraus, die er gestern Abend von Cort bekommen hatte. Bobbys Brust schnürte sich zusammen.

»Was machst du da, Aaron?«

Aaron lief hektisch am Wagen hin und her. »Glauben die etwa, die können so mit mir reden? Alle da drinnen? Denkt Russell, er kennt mich?« Aarons Finger schlossen und öffneten sich um den Pistolengriff. »Wenn er will, kann er mich gern kennenlernen.«

»Hör auf!«

Bobbys Schrei hallte über den Parkplatz. Aaron blieb stehen. Seine Arme hingen herunter. Bobby fuhr sich mit beiden Händen übers Gesicht und stöhnte.

»Was soll das, Mann? Erst der Junge, und jetzt willst du einen erschießen? Willst du da reinstiefeln und Russell oder sonst jemand abknallen? Wer bist du überhaupt?«

»Wer ich bin? Wer bist du denn, du verfickter Trottel?« Bei jedem Anspannen des Kiefers pulsierten Aarons Schläfen. »Da drin bist du nicht für mich eingestanden, oder? Nach all der Zeit hältst du mir jetzt nicht den Rücken frei?« Er hielt die Pistole waagrecht und stach damit in Bobbys Richtung in die Luft. »Und du verteidigst dich nicht, wenn die Schlampe zu dir sagt, dass du ein halber Nigger bist? Was für eine Scheiße ist das denn?«

Aaron wollte an ihm vorbeigehen, aber Bobby legte ihm die Hand auf die Brust. Er blieb stehen. Bobby blickte auf die Waffe in seiner Hand. Sie zitterte. Aus Angst? Aus Wut? Er drückte gegen

Bobbys Hand, aber nur leicht. Es wäre für ihn kein Problem gewesen, Bobby beiseitezuschieben oder ihn umzustoßen. Aber er blieb stehen. Als wollte er aufgehalten werden.

»Aaron. Komm, Mann. Bitte.« Der Druck gegen Bobbys Hand hörte auf. Vorsichtig ließ Bobby den Arm sinken, aber jede Faser seines Körpers blieb angespannt, bereit zu reagieren, auch wenn er nicht die geringste Ahnung hatte, wie. Aaron atmete gepresst, hektisch. Nach einem kräftigen Atemzug wurde er auf einmal ruhig. Seine Schultern sackten herunter. Die Schläfen hörten auf zu pulsieren.

»Ich wollte dich nur beschützen, Mann. Gestern Abend. Genau wie du's immer bei mir gemacht hast.«

»Oh nein«, sagte Bobby. »So nicht. Du kannst das nicht so drehen, als ginge es um mich.« Heiße Wut sammelte sich in seinem Bauch und stieg auf bis in die Brust, nahm ihm die Beklemmung, lockerte den zugeschnürten Hals, schmolz seine Angst. Er trat zur Seite. »Weißt du, was? Mach einfach. Wenn du da reinwillst und ihn erschießen, oder gleich alle, scheiß drauf, mach's, lass dich nicht abhalten. Ich kann dich nicht aufhalten. Aber schieb das bloß nicht auf mich. Wenn du ihn erschießt, dann, weil *du* es willst. Wie, glaubst du, beschützt du mich, wenn du mich noch tiefer in die Scheiße reitest, aus der keiner von uns mehr rauskommt?«

Mit der Waffe in der Hand starrte Aaron Bobby an.

»Steck sie einfach weg«, sagte Bobby. »Bitte.«

Aaron ging zum Pick-up und verstaute die Pistole im Handschuhfach. Wie ein gescholtenes Kind kam er zurück, die Hände in die Hosentaschen gestopft.

»Tut mir leid«, sagte Aaron.

»Was denn, Aaron? Ich mein, weißt du überhaupt, was du tust?«

»Du hast meine Frage nicht beantwortet.«

»Was?«

»Es gab eine Zeit, da konntest du diese Leute nicht ausstehen, Bobby. Du hast mich so oft angemacht dafür, wie ich war, aber du hast immer zu mir gehalten. Immer.«

Bobby schwieg.

»Hältst du noch zu mir, Bobby? Ich muss das wissen.«

»Ja, klar, Mann. Logo.«

In der Antwort hörte Bobby Isabels falsche Versicherungen. Aarons halbes Nicken deutete an, dass auch er es gehört hatte.

»Komm, ich fahr dich heim.«

Aaron ging zur Fahrertür. Bobby blieb hinter der Ladefläche stehen und sah den Pick-up an. Aaron stand an der Tür. Mit einem Nicken lud er Bobby ein.

»Hey, Mann, was für ein Tag. Jetzt kommt gleich der Bus. Ich brauch ein bisschen Zeit für mich, um einen klaren Kopf zu kriegen. Um diesen Abend zu verdauen. Ist doch okay, oder?«

Aarons Augen verengten sich, dann nickte er.

»Du bist wieder okay? Und fährst nach Hause? Heute Abend ist abgehakt?«

Ein weiteres Nicken. Kaum merklich.

»Super«, sagte Bobby und machte sich auf den Weg. Im Vorbeigehen klopfte er Aaron linkisch auf die Schulter und trabte zur Bushaltestelle. Kurz blieb er stehen und warf einen schnellen Blick über die Schulter.

Aaron stand an der offenen Wagentür und sah ihm nach.

Kapitel 8

Robert erwachte in seiner Betthälfte. Sogar nach einem Jahr nutzte er nicht die ganze Breite des Doppelbetts. Früher hatten sie die Nächte in der Mitte begonnen, immer in der Absicht, schnell einzuschlafen, wenn Robert die Position des größeren Löffelchens einnahm. Manchmal kam die Liebe dazwischen und verhinderte den Schlaf, bis sie sich in die kühleren Betthälften zurückzogen und nur noch des anderen Hand hielten. Zu anderen Gelegenheiten fand Robert keinen bequemen Platz für seinen freien Arm, oder Tamara strahlte so viel Körperhitze ab, dass sie auf längere Umarmungen verzichteten. Beide lachten sie über die Hoffnungslosigkeit des Vorhabens. Aber sie versuchten es immer wieder.

Geduscht und angezogen ging er barfuß nach unten. Als er fast an der Glasschiebetür zum Wohnzimmer vorbei war, blieb er abrupt stehen. Zog die Tür zu, als könnte er so die Scheidungsunterlagen, die auf dem Esstisch lagen, einsperren – so wie man ein Glas über eine Kerze stülpt, um der Flamme langsam den Sauerstoff zu entziehen, bis sie erlischt. Doch dort lagen sie. Unberührt, unbewegt. Geduldig.

Er ging weiter.

In der Notaufnahme war nicht viel los. Vor allem Leute, die ausgerutscht und gestürzt waren, dazu ein paar Obdachlose, die Zuflucht vor der Kälte suchten. Nichts, was das Eingreifen eines Notfallchirurgen erforderte. Robert empfand seit Langem keine Schuldgefühle mehr, wenn er sich Arbeit wünschte, Freude an seinem Beruf verspürte. Sie half ihm dabei, seine oft auch belastenden, schmerzlichen Aufgaben nicht zu nahe an sich heranzulassen. Doch heute sehnte er die Arbeit aus egoistischeren Gründen herbei. Ohne Aufgabe kehrten seine Gedanken immer wieder zu den Unterlagen auf dem Esstisch zurück. Wie konnte sie sie schon jetzt unterschrieben haben? War die Zeit des Redens wirklich vorbei? Warum hatte er so eine Abfuhr verdient? Robert kannte die Antworten auf alle Fragen, und das verstärkte sein Bedürfnis nach Ablenkung weiter.

Es wurde Nacht, und gegen Ende seiner Schicht ging Robert auf die Intensivstation, um nach dem gestrigen Überfallopfer Marcus Anderson zu sehen. Es waren alle medizinischen Kniffe erforderlich gewesen, um ihn wieder zusammenzuflicken. Titanplatten verstärkten den zertrümmerten Schädel, aber er hatte ein Auge verloren, die leere Höhle war mit Gaze und Wundklebeband abgedeckt. Man hatte dem Jungen mehrere zersplitterte Zähne gezogen und den Kiefer mit Draht fixiert. Wegen des zu hohen Schädeldrucks aufgrund der Hirnblutung hatte man ein Stück Knochen entfernt. Robert presste die Lippen aufeinander, als er an die Lücke in Marcus' Schädeldach dachte. Gott rief ihn in Einzelteilen zu sich.

Noch war ungewiss, ob er überleben würde. Sein EKG war schlecht. Wenn er durchkam, würde er starke Schmerzen haben. Monatelang müsste er sich durch einen Strohhalm ernähren. Wenn er überhaupt seine Sprechfähigkeit wiedergewann, würde nichts mehr so sein wie vorher. Sein Führerschein zeigte ihn als jungen Schwarzen mit einem gewinnenden Lächeln. Ohne gute Krankenversicherung würde kein plastischer Chirurg ihn behandeln, und seine Familie hatte keine – Lorraine hatte es ihm nach dem Besuch der Mutter erzählt. Die Hand der Mutter war über seinem Gesicht geschwebt, weil sie Angst hatte, die Schwellungen und die Blutkruste, unter der wohl eine riesige Narbe zurückbleiben würde, zu berühren. Robert fragte sich, ob er und sein Team den Jungen gerettet oder ins Unglück gestürzt hatten.

Wieder dachte er an Tamara. Überlegte, wie sie als Eltern mit so einer Situation umgegangen wären. Dachte daran, was für eine Mutter sie hatte sein wollen, sie geworden wäre. Vielleicht war ihnen, trotz allem Schmerz, den sie jetzt empfanden, auch etwas erspart geblieben.

Tamara wollte keine Kinder. Das hatte sie bei ihrem zweiten Treffen über dem besten Steak seines Lebens im Donovan's in San Diegos Gaslamp District gesagt. Das Essen ging auf die Rechnung der Pharmafirma, für die sie arbeitete. Sie sagte ihm, dass Kinder nicht in ihren Karriereplan passten, daher wolle sie ihm diese Idee von Anfang an austreiben. Er verschluckte sich beinahe an seinem Wein. Sie grinste ihn an. »Wusstest du etwa nicht, dass das ein Date ist?«

»Ach, das ist also nicht der Teil, bei dem ich dir sage, dass ich an euren Produkten nicht interessiert bin, und du mir Proben versprichst?«

»Gut, dass du das erwähnst, dann kann ich das hier ja offiziell ein Geschäftsessen nennen und die Firma zahlen lassen«, sagte sie. »Aber das hätte ich auch beim ersten Essen mit dem Rest deiner Praxis erledigen können.«

»Ich dachte, das war nur deine Version von ›Teile und herrsche‹«, sagte er. »Dass du dir uns einzeln vornimmst.«

»Wer sagt denn, dass das nicht noch kommt?« Sie zwinkerte. »Morgen stecke ich deinen ältesten Kollegen in den Sack. Ich mag's, wenn's morgens nach Kampfer-und-Menthol-Salbe riecht.« Robert gab einen gespielten Seufzer von sich und lachte. »Hättest du wirklich mit mir zu Abend gegessen, wenn du gedacht hättest, hier geht's nur ums Geschäft?«

»Du hast Steak versprochen. Ich muss meinen Studienkredit abzahlen.«

»Das erklärt alles.« Sie hob ihr Glas. Robert stieß mit ihr an. »Keine Kinder.«

»Du meinst also, du könntest mir gefallen?«

»Tu ich.«

Sie redeten stundenlang. Schon bei ihrem ersten Kontakt, einem Marketinganruf in der Praxis, flirtete sie mit ihm. Nach dem Dinner rief sie noch viel öfter an. Sie war so anders als die schwarzen Frauen, die Robert von der Universität kannte oder vorher kennengelernt hatte. Sie warf ihm nicht vor, wie ein Weißer zu reden, nur weil er grammatikalisch korrekt sprach, vermutlich weil sie es beide taten. Auf der Farbskala verortete sich Robert eher im gelblichen Bereich, während Tamaras hellere Haut einen rötlichen Einschlag hatte. Väterlicherseits Choctaw, sagte sie, aus Oklahoma. Deswegen waren ihre schulterlangen schwarzen Haare auch glatt. Sie konnten einander nachempfinden, wie schwierig es gewesen war, als Außenseiter unter den Außenseitern heranzuwachsen. Sie waren von ihren eigenen Leuten ausgegrenzt worden, weil sie zu weiß waren, und für ihre weißen Freunde waren sie Alibis, auf die sie schnell verweisen konnten, wenn jemand sie als rassistisch bezeichnete. Selbst in Kalifornien, sagte sie, sei es nie ganz leicht. Robert machte es Angst, wie schnell und wie sehr er sie ins Herz schloss. Schon bei ihrem ersten richtigen Rendezvous gingen sie miteinander ins Bett. Für den Robert jener Zeit war das zwar nicht ungewöhnlich, aber wie er sich am Morgen danach fühlte, durchaus. Er wollte, dass sie blieb, und sie tat es. Drei Monate später zogen sie zusammen. Binnen eines Jahres waren sie verheiratet.

Robert hatte gelogen, als er sagte, er wolle keine Kinder. Insgeheim dachte er, dass sie ihre Meinung noch ändern werde, er nur Geduld haben müsse und nicht nachbohren dürfe. Manchmal brachte er die Idee scherzhaft auf, etwa wenn er auf verzogene Gören im Supermarkt hinwies und meinte, das würden sie doch viel besser hinkriegen. Die meisten Frauen, hatte er gelesen, würden Männer, die Vater sein wollten, bevorzugen. Doch dann erinnerte er sich, dass sie nicht wie die meisten Frauen war. In ihrer Firma machte sie schnell Karriere und war binnen eines Jahres zur

Salesmanagerin eines eigenen Gebiets aufgestiegen. Sie war viel auf Reisen, und nach ihrer Rückkehr verbrachten sie oft fast das ganze Wochenende im Schlafzimmer. Einmal rollte er sich von ihr, zog das Kondom ab und warf es mit einem theatralischen Seufzer in den Papierkorb neben dem Bett. Da klatschte sie ihm lässig ihren Handrücken auf die verschwitzte Brust.

»Willst du wirklich, dass ich die Pille nehme und einen Schlag bekomme?«

»Deine Firma verkauft sie doch«, sagte er.

Sie verdrehte die Augen, rollte sich auf die Seite und sah ihn, den Kopf auf die Hand gestützt, an.

»Außerdem könnten wir das Verhüten ganz bleiben lassen«, meinte Robert vorsichtig.

»Solche Wochenenden? Futsch!« Sie schnippte mit den Fingern und blies sich über die offene Hand. »Zumindest bis wir zu alt wären, um noch Spaß daran zu haben.« Robert wischte eine Schweißperle weg, die zwischen ihren Brüsten herunterrann.

»Du unterschätzt meine Libido«, sagte er. »Selbst mit achtzig und löchrigem Frontallappen werde ich dir noch mit runtergelassenen Hosen nachlaufen.«

Sie zwickte ihn in eine Brustwarze, dann schwang sie sich aus dem Bett und ging zum Duschen ins Bad. Er war entzückt von ihrem Hintern und dem weichen Schwung ihrer Hüften, den sie im Bewusstsein, dass er sie beobachtete, beim Gehen zusätzlich betonte. Mist, dachte er, vielleicht hat sie ja recht, und stand auf, um ihr in die Dusche zu folgen.

Nach und nach sah er aber kleine Anzeichen dafür, dass sich etwas änderte. Nach der Geburt von deren erstem Kind besuchten sie Tamaras Schwester im Krankenhaus. Tamara war ganz aus dem Häuschen darüber, Tante zu sein. Nach dem Stillen wollte Tamaras Schwester ihr den neugeborenen Neffen geben, aber Tamara winkte ab und deutete auf Robert. Doch die Schwester ignorierte sie und legte ihr das Baby sanft in die Hände. Entsetzen trat in Tamaras Blick. Der Neffe maunzte und quietschte unzufrieden. Tamara begann ihn sanft zu wiegen und ihm beruhigend zuzuflüstern, doch sein Protest wurde schriller und dringlicher, und Robert rechnete damit, dass Tamara ihn jeden Moment ihrer Schwester in die Hand drücken würde. Doch auf einmal machte der Kleine ein Bäuerchen, und das Gequengel hörte auf. Tamara lachte. Als er die Augen aufschlug, war Tamara endgültig hin und weg. Sie gab den Kleinen nicht mehr her, bis sie gingen. Im Fahrstuhl nach unten und auf dem ganzen Weg zum Auto redete sie davon, dass sie das nie, nie wieder tun wollte. Diese Angst, das Baby fallen zu lassen, und warum ihre Schwester es ihr überhaupt aufgedrängt hatte. Dabei warf sie Robert immer wieder verstohlene Blicke zu. Das machte sie nicht, um sicherzugehen, dass er zuhörte. Sondern um sich zu vergewissern, dass er ihr das alles glaubte. Was er nicht tat. Fast die gesamte Heimfahrt über lächelte er. Sie beide lächelten, auch wenn sie es mit abgewandtem Kopf vor ihm verbarg.

Eine hübsche blonde Abigail mit riesigen blauen Augen brachte die endgültige Wende. Robert wusste nicht, was genau der Auslöser war. Vielleicht die Art, wie sie mit ihren beeindruckenden siebzig Zentimetern dastand. Vielleicht, wie sie auf Roberts Schoß krabbelte und an seinem Bart herumzupfte. Oder dass sie leicht lispelte. Was auch immer es war, die Dreijährige war unwiderstehlich. Wyatt, einer von Roberts Partnern in der Praxis, hatte Robert und Tamara zu sich nach Hause eingeladen. Seine Frau Denise hatte Lammkeule mit Rosmarinkartoffeln aufgetischt. Als Denise aufgestanden war, um das Dessert zu holen, hatte sich Robert zu Tamara gebeugt und ihr ins Ohr geflüstert.

»Diese weiße Frau kann wirklich kochen.« Tamara verschluckte sich an ihrem Wein und hustete.

Wyatt grinste Robert an und sagte: »Ja, das kann sie.«

Tamara schoss Robert einen vorwurfsvollen Blick zu, und er

lachte unbehaglich. Genau in diesem Moment stürmte Abigail durch die Schiebetür. Hinterher kam mit ausgestreckten Händen das Kindermädchen und entschuldigte sich. Abigail trug ein bordeauxrotes Kleid mit einer großen Satinschleife auf dem Rücken. Kichernd und mit wehenden Schleifenenden rannte sie um den Tisch. Der Vater tat so, als wollte er sie fangen, und sie quietschte vor Freude, als sie den Kopf des Tisches erreichte. Als sie neben Robert war, zupfte sie an seiner Hose.

»Hi«, sagte sie leicht außer Atem.

»Na du.«

»Rauf«, sagte sie und streckte Robert die Arme entgegen. Tamara lächelte und zuckte die Achseln. Wyatt nickte ihm aufmunternd zu. Ungeduldig schloss und öffnete Abigail mehrfach die Hände, auf dem Gesicht einen ungläubigen Ausdruck, weil Robert so lange brauchte. Er hob sie hoch und setzte sie sich auf den Schoß. Sie beugte sich vor und gab Wyatt eine Himbeere. Er hob den Finger und wackelte damit in gespielter Drohung, was sie wieder kichern ließ. Aus der Küche rief Denise, sie könne nicht alle Teller tragen, und bat sie in die Küche, der Kaffee laufe schon durch. Robert wollte Abigail wieder absetzen, aber sie schlang die Arme um seinen Hals.

»Kommst du mit mir mit?«, fragte er.

»Mm-hmm«, sagte sie.

»Pass aber auf«, sagte Tamara zu Abigail. »Ich bin nämlich eifersüchtig.«

Abigail blickte über Roberts Schulter zu Tamara und streckte ihr die Zunge raus. Tamara lachte auf und klatschte in die Hände. Wyatt ermahnte sie väterlich, und Abigail sagte »Schuldigung« zu Tamara. Die verzieh ihr, und alle gingen in die Küche. Dort empfing sie der Geruch von warmen Äpfeln und Zimt, vermischt mit frischem Kaffeeduft. Auf dem Küchentresen standen drei verschiedene Kuchen. Eine stählerne Espressomaschine sprotzte in die beiden Tassen unter dem Auslass. Um eine große Kochinsel in der Küchenmitte standen gepolsterte Hocker. Ehe sich Robert setzen konnte, begann Abigail zu zappeln und wollte abgesetzt werden. Ihre Beine schlugen in die Luft, als Robert sich vorbeugte. Sobald sie Boden unter den Füßen spürte, rannte sie aus der Küche ins Wohnzimmer. Nachdem sie Platz genommen hatten, hob Wyatt sein Weinglas und bat seine Frau mit einem Nicken, dasselbe zu tun.

»Auf neue Partner«, sagte er.

Robert wollte den Toast erwidern, noch ehe er begriff, was Wyatt gesagt hatte. Er warf Tamara einen schnellen Blick zu. Sie hielt ihr Glas in einer Hand, die andere hatte sie sich auf den Mund gelegt. Dann streckte sie sie aus, legte sie unter Roberts Kinn und schloss ihm den Mund. Drehte seinen Kopf zu Wyatt und Denise. Lächelnd hoben sie ihre Gläser etwas höher.

»Auf neue Partner«, sagte Robert.

Alle tranken. Wyatt ging um die Kochinsel und reichte Robert die Hand. Denise lief in entgegengesetzter Richtung und umarmte Tamara. Noch während des Händeschüttelns spürte Robert ein neuerliches Zupfen an seinem Hosenbein. Er blickte nach unten. Abigail hielt ein Holzpuzzle in Händen. Als er sie ansah, hob sie es über ihren Kopf.

»Rauf«, sagte sie wieder. Robert tat wie gewünscht und setzte sie sich auf den Schoß. Das Puzzle stellte Farmtiere dar. Sie drehte das Brett um, und die Teile schepperten auf den Küchentresen. Sie drehte sich um und sah Robert an. »Hilfst du mich?«

»Ich weiß nicht«, sagte Robert. »Ich bin kein besonders guter Farmer.«

»Das tut sie sonst nie«, sagte Wyatt. »Sag einfach Bescheid, wenn's dir zu viel wird.«

Robert schüttelte den Kopf und begann mit Abigail, die Teile wieder einzulegen. Dabei tat er so, als müsste er überlegen, wohin sie gehörten. Abigail führte seine Hand an die richtige Stelle. Wenn sie passten, klatschte sie juchzend in die Hände. Robert lachte ebenfalls und warf einen Blick zur anderen Seite der Kochinsel, wo Tamara und Denise saßen. Tamara hielt eine Hand gegen ihre Brust gedrückt, ihre Augen glänzten.

»Alles okay mit dir?« Robert formte die Worte lautlos mit dem Mund.

Ohne ein Wort zu sagen, formten ihre Lippen die Worte »Ich liebe dich«. Robert warf ihr einen Luftkuss zu.

Nach vier Flaschen Wein rief Wyatt ihnen ein Taxi nach Hause. Auf dem Rücksitz fummelte Tamara an Robert herum. Ohne die Augen vom Rückspiegel zu nehmen, wehrte er ihre Hände ab. Sie lachten die ganze Fahrt über. Auf seine Abwehrversuche hin zog sie einen Schmollmund, tippelte aber gleich wieder mit den Fingern seinen Schenkel empor. Als sie den Eingang ihres Wohnblocks erreichten, hielten sie sich nicht mehr zurück. Ihre Zungen fanden einander. Während Robert in der Hosentasche nach dem Schlüssel fummelte, griff sie ihm in den Schritt. Ohne die Münder voneinander zu lösen, stolperten sie unbeholfen und mit aneinanderschlagenden Zähnen durch den Eingang und zum Aufzug. Als die Tür aufglitt, stieß sie ihn gegen die Spiegelwand. Sie öffnete seinen Gürtel und griff ihm in die Hose. Als er über ihre Wildheit lachte, biss sie ihm zärtlich in die Unterlippe. Im zweiten Stock glitt die Tür auf. Sie führte ihn an der Hand in den Gang. Mit seiner freien Hand hielt er die Hose am Bund zusammen und folgte ihr.

Sie ließ ihn los und begann zu laufen. Als er die Wohnungstür erreichte, stand sie offen, in der Diele lag ein Knäuel aus Tamaras Schuhen und Kleidung. Er bog um die Ecke zum Schlafzimmer. Tamara lag auf die Ellbogen gestützt mit überkreuzten Füßen auf dem Bett. Robert liebte es, wenn sie in dieser Position dalag und ihre Brüste seitlich fielen. Mit einer Bewegung des Zeigefingers befahl sie ihn zu sich. Er ließ seine Hose los, sodass sie ihm zu den

Fußknöcheln rutschte, und watschelte mit ausgestreckten Armen auf sie zu, genau wie er es in seinem Bild von sich als altem Mann ausgemalt hatte. Lachend warf sie den Kopf in den Nacken und hielt sich die Hand vor den Mund, als sie kurz prustete. Robert zog sich ganz aus. Sie rutschte zum Kopfende des Betts, und er kroch ihr nach. Sie küssten sich, während er sich an sie drängte, dann hielt er inne und seufzte. Sie wollte ihn festhalten, doch er rollte sich von ihr zum Nachttischchen, zog ein Kondom heraus und nahm den Rand der Hülle zwischen die Zähne. Tamara kletterte auf ihn, nahm das Kondom aus seinem Mund und warf es zur Seite.

»Nein, nein«, sagte sie. Er griff in die Schublade, um ein neues zu holen. »Hey«, sagte sie. »Lass das.«

»Du bist betrunken. Und ich auch.«

Sie nahm ihm das Kondom wieder ab und warf es zu Boden, dann nahm sie sein Gesicht in beide Hände und sah ihm in die Augen. Griff mit einer Hand zwischen seine Beine und führte seinen Penis in sich ein.

Am nächsten Morgen linste die Sonne zwischen den Jalousien durch. Sie lagen aneinandergeschmiegt. Seine Hand umfasste eine ihrer Brüste. Seine Augenlider schienen wie zugeklebt, und er wünschte, er könnte sie geschlossen halten, weil er sich vor dem Kater fürchtete, der schon in seinem Schädel lauerte und nur darauf wartete, die Krallen auszufahren. Er drückte die Nase in die Haare an ihrem Hinterkopf. Sie rochen nach Hibiskus. Ihr Po schob sich gegen seine Lenden. Sie griff hinter sich und massierte seinen Nacken. Dabei bohrten sich ihre Nägel immer ein bisschen zu fest in seine Haut, aber es war ihm egal.

»Nun«, sagte er.

»Ja, ich hab's nicht vergessen.«

»Und das ist okay für dich? Obwohl vielleicht ein Albino rauskommt, weil wir beide so hell sind?« Sie drehte sich um und schlug ihm lachend auf die Brust. Dann rieb sie ihre Nase an seine. Er sprach durch geschlossene Lippen: »Ich glaub, ich hab Mundgeruch.«

Sie verzog das Gesicht. »Stimmt.«

Robert sog durch die Zähne Luft ein und drehte Tamara an den Schultern um, sodass sie wieder wie Löffelchen dalagen. »Und du bist dir ganz sicher?«

Sie drehte sich zu ihm. »Machen wir's doch gleich noch mal. Nur damit's sicher ist.«

Die Nachtschwester öffnete die Tür zu Marcus' Zimmer. Robert wurde aus seinen Träumen gerissen und räusperte sich. Sie lächelte freundlich, als er vom Bett zurücktrat, um ihr Platz zu machen, damit sie die Vitalfunktionen prüfen und den Infusionsbeutel wechseln konnte. Beim Blick auf die Uhr sah Robert, dass fünfzehn Minuten vergangen waren. Er hatte gehofft, dass ihn ein Besuch bei Marcus ablenken würde. Was sich als falsch erwiesen hatte. Weil seine Schicht zu Ende war, ging er die Treppe zur Notaufnahme runter und hinaus ins Freie. An der Außenmauer hing ein Münztelefon. Er nahm den Hörer ab und warf ein paar Münzen ein. Als sein Anrufbeantworter ansprang, gab er den Code zum Abruf der Nachrichten ein. Zwei laute Piepser verrieten, dass es keine gab. Er hängte ein. Die Münzen schepperten durch die Eingeweide des Apparats, während er wieder hineinging.

In der Umkleide tauschte Robert die Arztkleidung gegen eine Stoffhose und ein gebügeltes Hemd. Wieder draußen, zündete er sich eine Zigarette an. Eine zweite Schneefront erreichte die Stadt. Im Licht der Straßenlaternen strahlte der Schnee hell, und ein kontinuierliches Rauschen lag in der Luft, so als würde der Himmel atmen. Er stopfte beide Hände in die Manteltaschen. Er hatte die Winter in Pittsburgh vermisst, und ohne den eisigen Wind wäre das eine schöne Nacht für einen Spaziergang. Er machte sich auf den Weg ins Lou's. Er musste noch seine Schulden begleichen.

Kapitel 9

Isabel hasste es, Bobby anzulügen, nicht zuletzt weil es ihr nie richtig gelang und er es immer merkte. Der Zweifel in seiner Stimme war so wenig überhörbar wie das Türenknallen, als er auf ihre Ankündigung, sie würde eine Doppelschicht einlegen, das Zimmer verließ. Dabei war es nur eine halbe Lüge gewesen. Von der Frühschicht konnte sie problemlos jemanden nach Hause schicken, aber es war nicht vorherzusehen, wann Robert kommen würde, um die offene Zeche zu bezahlen. Kommen würde er, das wusste sie. Solange sie zusammen waren, hatte er allen Klischees widersprochen. Sie hatte keinen Zweifel, dass er seine Zeche begleichen und noch etwas mehr ausgeben würde. Jedenfalls durfte sie die Gelegenheit nicht verpassen, ihn wiederzutreffen. Es gab nur ein Krankenhaus in Gehweite zum Lou's, aber wenn sie ihn dort aufsuchte, lief sie Gefahr, ihn zu verschrecken. Nein, es musste nach Zufall aussehen, nach einer überraschenden Begegnung, ungeplant und nicht von ihr arrangiert.

Während der Arbeit überlegte sie die ganze Zeit, was sie zu ihm sagen sollte. Beim Aufnehmen einer Bestellung schrieb sie »Rühreier sind lange her« auf ihren Block. Sie vergaß, Kaffee nachzuschenken, ließ Teller fallen und bekleckerte sich. Pockets nahm sie zur Seite und fragte, ob sie getrunken habe.

Hätt ich's bloß, dachte sie. Dann wär ich nicht so verdammt nervös.

Harscher als beabsichtigt antwortete sie, dass sie nichts dergleichen getan habe, und Pockets sah sie mit demselben routinierten Zweifel im Blick an, den Bobby über Jahre der Enttäuschung perfektioniert hatte. An anderen Tagen hätte sie diese Herablassung geärgert, nicht aber heute. Vorfreude, Aufregung und Furcht ließen Ärger keinen Raum. Jedenfalls nicht wegen Pockets.

Kurz vor sechs hielt sie vor dem Lou's und stellte den Motor aus. Der Fox hustete wie angeschossen und erstarb. Isabel klappte die Sonnenblende herunter und kontrollierte im Spiegel, ob sie Lippenstift auf den Zähnen hatte. Ihre weiße, tief ausgeschnittene Rüschenbluse war etwas eng am Bauch, aber wenn sie sie aus der Hose hängen ließ, passte sie noch. Sie stopfte sie hinein, zog sie wieder heraus, stopfte sie wieder hinein. Es missfiel ihr, dass sie so alt war, aber es war die neueste, die sie hatte. Sie zog die Bluse ein weiteres Mal aus der Hose und sagte zu sich, dass sie Robert doch gar nicht zu beeindrucken brauchte. Dann lachte sie über sich selbst.

»Ja, ja, red's dir nur ein.«

Sie zog den Lippenstift nach und legte die Hand auf den Türgriff. Hielt inne. Kalte Finger krabbelten ihr über den Rücken und die Arme hinab.

Jetzt bist du genau da gelandet, wo du nie sein wolltest, und das gleich in mehrerlei Hinsicht. Hast du etwa vergessen, warum es schon zwanzig Jahre sind?

»Nein«, sagte sie.

Du hast Bobby versprochen, nichts mehr zu trinken. Und dir hast du geschworen, Robert nie mehr zu treffen. Nicht, nachdem er dich so behandelt hat.

»Ich werde nichts trinken«, sagte sie. »Ich werde dasitzen, was Alkoholfreies trinken wie ein braves Mädchen und warten. Das alles hat einen guten Grund. Es muss einen Grund haben.«

Um wen geht's hier eigentlich? Um Bobby? Oder um dich?

»Ich warte einfach hier«, sagte sie. »Ich bleib im Auto und warte, bis ich ihn hineingehen sehe. Und drinnen verabrede ich nur schnell ein Treffen für ihn und Bobby und gehe.«

Ein Klopfen an der Beifahrertür ließ sie zusammenzucken. Ein

Stammgast winkte und fragte, ob sie reinkäme. Sie winkte zurück und verfluchte sich insgeheim. Ausgeschlossen, dass er Nico nicht sagte, dass er sie gesehen habe. Sie umklammerte das Lenkrad.

»Alkoholfrei«, sagte sie. »Nur alkoholfrei.«

Um wen geht es hier?

»Ich weiß es nicht.«

Als sie die Bar betrat, hatte Nico ihr schon einen Wodka Tonic gemixt.

»Zwei Abende nacheinander? Was beschert uns die Ehre?« Isabel ging zu ihrem Stammplatz. Der Drink perlte, als ein Eiswürfel vom Boden an die Oberfläche stieg. Er würde sie beruhigen, sie lockerer machen. Sie legte die Hand um das Glas und schob es zurück zu Nico.

»Danke, mein Bester«, sagte sie. »Aber mir ist von gestern nicht ganz gut.«

»Sicher? Das könnte dem Kater die Krallen ziehen.«

»Mag sein. Aber ich hätt gern ein Mineralwasser.« Sie zog ihre Jacke aus und hängte sie über die Hockerlehne. Nico pfiff.

»Schau mal einer an«, sagte er. »Du hast dich aber schick gemacht. Nur für mich?«

»Kann sein.«

Er stellte ein Mineralwasser vor sie. »Jetzt mal ehrlich, was treibt dich so früh und so aufgestrapst her?«

Sie hatte nicht daran gedacht, sich eine Geschichte für Nico zurechtzulegen. »Ich hab ein schlechtes Gewissen, dass ich gestern Abend einfach so abgedüst bin. Ich wollte nicht, dass du meinst, es lag an dir«, sagte sie. Nico lächelte. Er nahm es ihr ab. »Wenn wir schon beim Thema sind: War der Typ von gestern da und hat seine Zeche bezahlt?«

»Nö. Überraschung, was? Arschloch.« Isabel atmete aus und trank einen Schluck Wasser. Sie machte es sich bequem und wartete.

Jedes Mal wenn die Tür aufging, schlug ihr Herz etwas schneller. Der Schneefall hatte so weit nachgelassen, dass sich wieder mehr Stammgäste und Leute aus der Nachbarschaft vor die Tür trauten und ins Lou's gingen, um ihren Hintern auf den Barstühlen platt zu sitzen. Stunden vergingen, aber Robert kam nicht. Sie plauderte mit Bekannten, die ihr immer mehr auf die Pelle rückten, je betrunkener sie wurden. Über den Geruch von Salznüssen und alten, ausgetrockneten Brezeln hinweg wehte sie der süßsaure Alkoholdunst an. Die Verlockung war groß. Die Flaschen auf dem obersten Regalbrett waren von unten beleuchtet wie Ausstellungsstücke, nur für sie. Ihr Kopf pochte. Wieder sah sie auf die Uhr. Nico hatte recht. Robert würde nicht kommen. Wie peinlich das alles war, sie fühlte sich lächerlich. Sie massierte sich die Schläfen.

»Geht's dir gut?«, fragte Nico. »Du bist irgendwie blass um die Nase.«

»Ah, danke, das hört man gern.«

»He, versteh mich nicht falsch, ich mein, bei dir sieht das irgendwie gut aus.«

»Ich glaub, ich streich die Segel. Das ist nicht der richtige Ort zum Nüchternbleiben.«

»Und ich lad dich auf Drinks ein. Wer ist jetzt der Trottel?«

»Es sei dir verziehen, mein Lieber. Was kriegst du fürs Wasser?« Nico winkte ab. Sie trank ihr Glas leer, als sich jemand neben sie setzte. Er roch gut. Und vertraut.

»Heut ist mehr los als gestern«, sagte er zu Isabel. Aus der Nähe sah er älter aus. Müder als gestern Abend. Ganz und gar ausgeschlossen, dass er es nicht war. Was zum Teufel sollte sie jetzt sonst tun, als es versuchen?

»Wir kennen uns«, sagte sie mit rauer Stimme, und er drehte sich auf dem Hocker herum, damit er sie ansehen konnte. Er kniff die Augen zusammen und lächelte ein Lächeln, das verriet, dass er höflich sein wollte und nachdenken musste, wie er sie dazu brachte, ihm unaufgefordert ihren Namen zu verraten. Isabel wusste, dass er sich an gestern Abend erinnerte, aber einordnen konnte er sie immer noch nicht. Ehe er etwas sagen konnte, klopfte Nico auf den Tresen.

»Haben Sie was vergessen?«, fragte Nico. Robert zog seine Brieftasche heraus und hielt ihm die Kreditkarte hin. Er bat Nico, eine Rechnung aufzumachen.

»Er mag Glenfiddich pur«, sagte Isabel zu Nico. Robert lehnte sich zurück und musterte sie von Kopf bis Fuß. »Ich nehm noch ein Mineralwasser.« Nico nahm Roberts Kreditkarte vom Tresen und füllte Isabels Glas bis zum Rand. Nachdem er Roberts Drink etwas zu fest auf den Tresen gesetzt hatte, starrte er die beiden kurz an, ehe er sich anderen Gästen zuwandte.

»Ich glaub, der mag mich nicht«, sagte Robert. Isabel prostete ihm zu und nahm schnell einen kleinen Schluck, damit sie nichts Albernes wie »Aber ich dich« sagte und alles vermasselte. Sie mahnte sich zur Ruhe, ihre Gedanken fuhren schon Karussell.

»Sie sehen gut aus heute«, sagte er.

»Gestern nicht?«

»Ich glaube, das hab ich ungeschickt formuliert«, sagte er.

»Sie sehen auch gut aus.«

»Hm, woher wissen Sie, was ich gern trinke?«

Und dafür hast du dich rausgeputzt? Für einen Typen, der keine Ahnung hat, wer du bist? Fällt's dir wieder ein, warum du's ihm nie gesagt hast?

»Sie erinnern sich wirklich nicht an mich?«, fragte Isabel.

»Abgesehen von gestern Abend?« Sie nickte. »Tut mir leid, es ist mir echt peinlich, aber nein.«

»So peinlich auch wieder nicht«, sagte Isabel. »Dafür geben Sie's ein bisschen schnell zu.«

Er lächelte und legte den Kopf zur Seite, nahm einen weiteren kleinen Schluck. Er sah sie an, während er das Glas wieder auf den

Tresen stellte. Es tat ihr weh, dass er so tat, als versuche er sich zu erinnern.

»Bobby, ich bin's, Isabel«, sagte sie.

»Wow! Bobby. So hat mich schon lang keiner mehr genannt.« Er nippte wieder an seinem Whisky, dann wurden seine Augen groß. »Moment mal«, sagte er. »Izzy Saraceno?«

Es gelang ihr nicht, ein Lächeln zu unterdrücken. »Mich hat auch lang keiner mehr so genannt.«

»Wow. Echt wow! Mein Gott, wie lange hab ich nicht mehr an den Namen gedacht. Wie lange ist das her, zwanzig Jahre?«

»Zweiundzwanzig.«

»Ach, ich will's gar nicht wissen«, sagte er kopfschüttelnd. »Immer noch Saraceno?« Sie hob die Linke und wackelte mit dem nackten Ringfinger. »Da bin ich baff.«

»Warum?«

»Ehrlich jetzt?«

»Nein, ich mag auch falsche Komplimente.«

»Na ja«, sagte er. »Ich find's immer noch peinlich, dass ich dich nicht gleich erkannt habe, und wollte was wiedergutmachen.«

»Na, da wär mir aber das falsche Kompliment lieber gewesen.«

Sie lachten. Robert rutschte auf seinem Hocker herum und sah in sein Glas, Isabel blickte ihn weiter an. Ihr Schweigen ließ den Lärm um sie herum noch lauter wirken. Aus dem Augenwinkel warf Robert Isabel einen Blick zu und senkte ihn wieder. Sie wusste, dass sie ihn anstarrte, konnte es aber nicht ändern. Sie musste sich sogar auf ihre Hand setzen, um ihn nicht anzustupsen und zu prüfen, ob er real war. Sie wollte wissen, wo er all die Jahre gesteckt hatte und warum er jetzt hier war. Und vor allem wollte sie wissen, warum er so traurig war.

»Willst du darüber reden?«, fragte sie.

Die Augen auf sein Glas geheftet, drehte er es auf der Stelle herum. Sie erkannte in ihm ihren Sohn, nach der Grundschule zu

Hause beim Abendessen, der auf seinem Teller herumstocherte und sich über ein Mädchen aufregte, das in einem Brief, in dem er gefragt hatte, ob es »mit ihm gehen« wolle, nicht Ja angekreuzt hatte. Ihre Wut und ihr Verlangen nach Robert hielten sich die Waage.

»Worüber denn?«, fragte er.

»Es sind über zwanzig Jahre, such dir was aus.«

»Kann ich mir die Therapie bei dir denn leisten?«

Sie grinste. »Da finden wir 'ne Lösung.«

»Danke der Nachfrage, aber es geht mir gut.« Er hob den Kopf, um sein Glas auszutrinken, und bat Nico um die Rechnung.

»Willst du gehen?«, fragte Isabel.

»Ja, es ist spät, und ich muss morgen früh raus.«

»So spät auch wieder nicht«, sagte sie. Sie hörte selbst, dass sie verzweifelt klang, und atmete tief ein. »Einen noch«, sagte sie. »Noch einen mit mir, und wir vergessen, dass du mich nicht wiedererkannt hast.«

»Das war gemein, oder?«, fragte er. Isabel verzog das Gesicht und nickte. Robert lachte. »Okay, einen noch«, sagte er.

Isabel stand auf, wippte auf ihren Absätzen und grinste. »Dahinten ist was frei«, sagte sie.

Robert bestellte sich noch einen Whisky, Isabel wollte einen Wodka Tonic. Nico brachte die Drinks und warf Isabel einen Blick zu, den sie vorgab zu übersehen, bevor sie Robert ans andere Ende des Raums führte. Der rote Plastikbezug knirschte, als sie sich einander gegenüber auf die Bänke setzten. Robert zog einen Pager aus der Tasche und legte ihn auf den Tisch. Als er auf einen Knopf drückte, leuchtete ein kleiner grün-gelblicher Bildschirm auf.

»Erwartest du einen Anruf?«, fragte sie. Sein Ausdruck wurde wieder melancholisch.

»Nein«, sagte er. »Wär zwar schön, aber ich glaube nicht.«

Ein lautes Klacken kam vom Billardtisch hinter ihnen. Isabel bemerkte den goldenen Ring an Roberts Ringfinger, weil er immer wieder damit herumspielte. Sie fragte sich, ob er einen Anruf von der Person erhoffte, die ihm den Ring angesteckt hatte.

»Wie lang bist du verheiratet?«, fragte sie.

»Kommt drauf an.«

»Auf was?«

Er spielte weiter mit dem Ring, während er auf seine Handfläche blickte. »Wen du fragst.«

Isabel sog an ihrem Strohhalm, und als sie das leichte Brennen des Wodka Tonic spürte, durchfloss sie ein kleiner Strom Zufriedenheit, der das Verlangen und die Wut in ihr austarierte.

»Du willst wirklich nicht darüber reden?«, fragte sie.

»Doch«, sagte er. Er hob den Kopf, um sie anzusehen, doch ehe sein Blick ihre Augen erreichte, blieb er an ihrem Ausschnitt hängen. Isabel bemerkte es. Sie beugte sich vor und stützte die Ellbogen auf den Tisch, um zu sehen, ob sie ihn noch einmal dazu bringen konnte. Nein. »Aber es ist besser, ich lass es«, sagte er.

»Warum denn?«

»Sei mir nicht böse, aber wir haben uns seit über zwei Jahrzehnten nicht gesehen. Wir waren fast noch Kinder. Wir sind nicht mehr so vertraut wie damals. Ich glaube, ich sollte das lieber nicht mit jemandem wie dir bereden.«

Die wohlige Wärme des Wodkas, die sie vor Kurzem noch durchströmt hatte, wurde von brennenden Wangen und Ohren abgelöst.

»Äh, was meinst du mit ›jemandem wie mir‹?«

»Das war nicht so gemeint. Ich meinte, mit einer Frau, mit der ich eine Beziehung hatte, über meine Ehe zu sprechen. Das ist nicht fair meiner Frau gegenüber.«

»Seit wann geht's dir denn um fair? Und wie kommst du dazu, das, was zwischen uns war, eine Beziehung zu nennen?«

»Vielleicht müssen das nicht alle hier erfahren«, sagte er.

Roberts Blick schweifte an Isabel vorbei durch den Raum. Sie sah hinter sich und merkte, dass einige Gäste bereits die Ohren gespitzt hatten.

»Wow, es hat sich gar nichts geändert, was, Bobby? Du willst dich immer noch nicht mit mir in der Öffentlichkeit zeigen. Mit anderen Mädchen – kein Problem. Aber nicht mit mir. Also erklär mir bitte nicht, was fair ist.«

»Wovon redest du da?«

»Wie viele Nächte waren es, Bobby? Wie viele Nächte waren wir in deiner Bude? Nie sind wir ausgegangen, nicht zum Essen, zum Tanzen, irgendwas. Wir haben immer nur Pizza oder was vom Chinesen bestellt und so lange ferngesehen, bis du mich ins Bett gekriegt hast. Und frühmorgens bist du wieder los. Dennoch bin ich geblieben, weil ich gedacht habe, dass du, wenn ich dir Zeit gebe, mich vielleicht doch noch richtig lieben würdest. Mich auch mal wohin mitnimmst. Ich hab so lange auf mich eingeredet, bis …«

Sag's ihm nicht im Zorn, ermahnte sie sich. Sie holte tief Luft und schloss die Augen, um die Tränen zurückzudrängen.

»Eines Nachmittags bin ich zu dir auf den Campus gekommen. Ich musste dir was sagen. Entdeckt hab ich dich in einem Freizeitraum, wo sich eine andere dir an den Hals geschmissen hatte, während du mit deinen Kumpels Billard gespielt hast. In dem Moment hab ich kapiert, was ich dir bedeute. Du hattest kein Problem damit, dich mit ihr zu zeigen. Mann, ihr habt es fast auf dem Billardtisch getrieben.« Sie schob das Kinn vor und schüttelte den Kopf. »Ich war bequem für dich, Bobby, bis ich's nicht mehr war. Aber ich hätte was Besseres verdient. Deswegen hab ich mich umgedreht und bin gegangen und wollte nie wieder an dich denken.« Bei den letzten Worten brach ihre Stimme, und sie hoffte, er würde nicht kapieren, dass sie nur halb wahr waren.

Robert faltete die Hände und ließ den Kopf sinken. *Genau,*

nicht mal anschauen kannst du mich. Sie atmete schneller. Sie hatte so lange gewartet, das alles auszusprechen, und nicht mehr daran geglaubt, dass sie die Gelegenheit dazu bekäme, und für den Augenblick verspürte sie eine große Erleichterung, dass es ihr gelungen war. Aber das Wichtigste musste sie ihm erst noch sagen.

Roberts Schultern hoben und senkten sich bei einem tiefen Atemzug. Als er aufsah, war er nicht zerknirscht. Sondern schäumte vor Wut.

»Du hast vielleicht Nerven. Hast du etwa die ganze Zeit an diesen, verzeih, Blödsinn geglaubt?«

»Blödsinn?«

»Exakt. Du hast dir deine Erinnerungen hübsch einseitig zurechtgelegt. Wie praktisch für dich, dass du mir die Rolle des Bösen in deinem frei erfundenen Melodram zuschreiben konntest.«

»Jetzt aber Moment mal –«

»Nein, jetzt noch nicht, Izzy. Ich mochte dich.« Er hielt inne. »Mehr, als du dir vorstellen kannst. Aber das konnte ich dir nie sagen. Weil ich dir nicht zu nah kommen durfte … nein, wollte.«

»Lass mich raten. Weil du Schiss hattest, oder? Der Gedanke an eine richtige Beziehung hat dich einfach zu sehr eingeschüchtert, was? Mein Gott, ich hab diesen Männerschwachsinn so satt!«

»Du hast verdammt recht, ich hatte Schiss, Izzy. Aber weißt du auch, warum?«

Isabel beugte sich vor und verzog das Gesicht. »Die Verantwortung? Der Verzicht auf all die anderen?«

»Dein Vater.«

Isabel lehnte sich abrupt zurück.

»Die Nächte in meiner Bude, die du jetzt so schrecklich findest. Offenbar, und das ist übrigens auch sehr bequem für dich, vergisst du, warum wir so viel Zeit bei mir verbracht haben. Damals hast du noch bei deinen Eltern gelebt. Hast du vergessen, was du mir über deinen Vater erzählt hast?«

Isabels Wangen brannten wieder. Sie schob sich eine Strähne hinters Ohr. »Nein, ich erinnere mich.«

»Als wir uns immer öfter getroffen haben. Als es ernst wurde mit uns. Mein Gott, du hast darüber gelacht, Izzy. ›Mein Vater würde mit einer Pistole in der Hand an die Tür kommen, wenn ich mit einem Schwarzen heimkäme.‹ Als wär das für dich ein Spiel. Du hast mich sogar gefragt, ob's nicht aufregender ist, wenn man weiß, dass es irgendwie gefährlich ist. Als würde so was nicht dauernd passieren. Erinnerst du dich auch daran? Oder ist das vielleicht unbequem?«

Isabel presste die Lippen aufeinander und nickte.

»Herrgott noch mal, Izzy. Dein Vater war ein pensionierter Cop. Ich hab mich mit dir nicht in der Öffentlichkeit gezeigt, weil, ja, weil ich Schiss hatte. Ich wusste nicht, wen du kanntest, und schon gar nicht, wen dein Vater alles kannte. Für dich war das nur ein Abenteuer. Als wäre ich so was wie eine verbotene Frucht. Klar, er hätte dir die Hölle heißgemacht, wenn er es rausgekriegt hätte, aber das wär's für dich gewesen. Bei mir nicht. Ich musste mich vor was ganz anderem fürchten.

Ich hab's versucht, Izzy, ich hab's wirklich versucht. An all den Abenden, die wir bei mir verbracht haben, und wie du weißt, waren das eine ganze Menge Abende. Weil ich trotz meiner Angst immer herauskriegen wollte, ob es für uns eine Zukunft gibt. Aber gleichzeitig musste ich ständig an die Folgen denken. Und das hab ich am Ende nicht mehr gepackt. Mir wurde klar, dass wir keine Zukunft hatten. Das konnte ich nicht einfach wegschieben. Und deswegen habe ich's auch nicht getan.«

Er trank einen Schluck, wandte den Kopf ab. Isabel schob ihr Glas in der kleinen Lache Kondenswasser herum. Sie beobachtete ihn aus dem Augenwinkel, um zu sehen, ob er sie wieder ansah. Als er sich zu ihr zurückdrehte, senkte sie schnell den Kopf.

»Vielleicht hätte ich's dir sagen sollen«, fuhr er fort. »Aber ich habe mich für mich selbst geschämt. Wie konnte ich als Mann zugeben, dass ich Angst hatte? Da war es einfacher, gar nichts zu sagen. Ich wollte nicht, dass mir die Angst diktierte, wen ich lieben durfte und wen nicht. Gleichzeitig habe ich aber auch gehofft, dass du siehst, was diese Angst mit mir macht. Und ja, ich denke, ich war sauer, weil du es nicht gesehen hast, und so hab ich vielleicht gerade deswegen mit anderen rumgemacht, damit auch du diesen Schmerz spürst. Das war nicht okay, das weiß ich, und das tut mir leid. Aber nur das.«

Robert atmete tief aus. Isabel saß mit hängenden Schultern da, zwinkerte die Tränen weg und starrte wie nach einem Schock ins Leere. Dieses Geständnis hatte sie erschüttert.

Er hatte recht. Mit allem.

Sie war egoistisch gewesen und hatte nicht begriffen, dass sie sich weigerte, über Dinge nachzudenken, die zu ignorieren er nicht die Chance hatte. Und genau deswegen hatte sie ihn zum Schuldigen gestempelt, in ihm nur einen miesen kleinen Schürzenjäger gesehen, der es nicht verdient hatte, von seinem Kind zu erfahren. Reflexartig öffnete sie den Mund, um zu antworten, aber die richtigen Worte wollten ihr nicht einfallen. Robert sah sie erwartungsvoll an, aber sie schloss einfach den Mund und schwieg.

»Dann geh ich mal besser«, sagte er, trank aus und stand auf. »Aber hey, es war trotzdem schön, dich wiederzusehen, Izzy. Wirklich.« Er zog seinen Mantel an. »Ich hoffe ehrlich, das Leben ist gut zu dir.«

Unfähig, ihm in die Augen zu sehen oder etwas zu entgegnen, stierte Isabel vor sich hin.

»Ich geh noch kurz an den Tresen und zahl. Pass auf dich auf.«

Isabel sah zu, wie er bei Nico die Rechnung beglich.

Du hast gar nicht gefragt, warum er nach Pittsburgh zurückgekommen ist und ob er bleibt. Stattdessen bist du gleich auf ihn losgegangen wegen einer Sache, die eigentlich deine Schuld ist. Jetzt wird er wieder verschwinden, und das hast du wieder nur dir zuzuschreiben. Du kannst nichts mehr von ihm erwarten, aber um dich geht's ja auch gar nicht. Krieg endlich deinen Arsch hoch.

Als sie aufsprang, stieß sie mit dem Knie gegen die Tischplatte. Mit einer Hand auf dem Knie hoppelte sie so schnell, wie es ging, in Richtung Tür und rief ihm hinterher.

»Robert, warte.«

Er drehte sich um und sah sie halb gebeugt, eine Hand auf dem Knie, auf ihn zuhumpeln. Er blickte sie verwirrt an.

»Die Sache, die ich dir damals vor zweiundzwanzig Jahren sagen wollte, an dem Nachmittag – das muss ich dir immer noch sagen.«

»Izzy –«

»Aber nicht hier. Nicht so.« Er öffnete den Mund, um etwas zu entgegnen. »Bitte«, sagte sie. Er schwieg. »Du hattest recht. Du hast recht. Du weißt gar nicht, wie recht du hast. Ich muss es dir sagen. Aber hier geht das nicht. Lass uns morgen treffen.« Robert trat von einem Fuß auf den anderen. Schüttelte den Kopf und spielte wieder mit seinem Ehering. »Nicht in einer Bar. An einem besseren Ort für zwei, die sich nach einer Ewigkeit wieder treffen. Vielleicht im Schenley Park? Im Laufe der Nacht soll's aufhören zu schneien. Vielleicht ist es morgen sogar ein bisschen wärmer. Sagen wir, mittags um zwölf an der Eisbahn?«

Er zog einen Mundwinkel nach oben. »Da war ich ewig nicht mehr«, sagte er. »Aber ich weiß nicht, Izzy.«

»Bitte! Ich schulde dir eine Erklärung. Mehr als das. Und für mehrere Sachen.« Stirnrunzelnd legte er den Kopf zur Seite. »Oh Gott, das klingt alles so dämlich geheimnisvoll«, sagte sie, »aber ich versprech dir, ich erklär dir alles. Morgen.«

Robert stopfte die Hände in die Manteltaschen und sah auf seine Schuhe. Isabel war von der jungenhaften Verlegenheit gerührt, die er auch jetzt, als Mann mittleren Alters, zeigte, und musste sich zusammenreißen, um ihn nicht zu umarmen. Er linste unter den Augenbrauen hervor und fragte: »Um zwölf?«

Isabel biss sich kurz innen in die Wange und nickte.

»Also bis morgen«, sagte er. Während sie noch nickte, ging er zur Tür hinaus. Draußen wandte er sich ab, und er sah nicht, wie sie sich die Hand vor den Mund hielt und sich ihre Augen mit Tränen füllten. Als sie bemerkte, dass Nico sie mit verschränkten Armen beobachtete, wischte sie sich die Tränen weg und ging zu ihrem Stammplatz am Tresen.

»Wenn ein Brother dich einlädt, trinkst du also doch?«, sagte Nico. »Wer zum Teufel war der Kerl?«

Isabel blickte über ihre Schulter zur Tür, dann wieder zu Nico. »Jemand, zu dem ich nicht immer nett war, wie mir gerade klar wurde«, sagte sie.

»Oh ja, das kenne ich.« Er warf sich das Geschirrtuch über die Schulter. Im Fernsehen lief wieder ein Sportkanal. Auf dem Bildschirm erschien ein Polizeifoto von O. J. Simpson, gefolgt von Ausschnitten aus der Verhandlung. Nico deutete kurz auf den Fernseher. »Siehst du«, sagte er wieder zu Isabel gewandt. »Wer sich mit denen anlegt, zieht den Kürzeren. Der schaut bald aus wie 'ne PEZ-Figur.« Er fuhr sich mit dem Finger über die Gurgel.

Sie wollte etwas erwidern, aber er war schon unterwegs zum anderen Ende des Tresens. Sie betrachtete das leere Wasserglas vor sich, sah einem Tropfen Kondenswasser zu, der langsam nach unten rann, verharrte, weiterrann und schließlich von der Cocktailserviette aufgesogen wurde. Als sie aufblickte, stand Nico wieder vor ihr und betrachtete sie mit mildem Blick.

»Alles okay mit dir? Was hat er denn zu dir gesagt?«

»Etwas, das ich gebraucht habe.«

»Aber du kommst klar?«

»Gilt das Angebot mit dem Drink noch?«

Er lächelte und goss ihr einen großen Schluck ein. Dann ging er wieder den Tresen entlang, bediente und schenkte nach und machte seine Kommentare zum Prozess.

Yep, dachte sie, *du hättest meinem Vater gefallen.* Sie trank ihr Glas leer. Und ließ sich erneut nachschenken.

Kapitel 10

Bobby drehte sich nicht mehr um. Er war sich sicher, dass Aaron ihn immer noch beobachtete. *Wo blieb nur dieser Scheißbus?* Bobby wippte auf den Fußballen. Dass er Aaron so angeschnauzt hatte, verblüffte ihn selbst. Die Pistole hatte ihn entsetzt, und er hatte sich nicht anders zu helfen gewusst. Er musste verhindern, dass Aaron noch jemandem etwas antat. Seine Untätigkeit hatte Bobby in die jetzige Lage gebracht. Nie mehr würde er untätig bleiben. Trotzdem wurde er das Gefühl nicht los, Aaron habe gewollt, dass er ihn aufhielt. Aber warum das Ganze? Warum diese Show? Wenn er meinte, Bobby Angst einjagen zu müssen, hatte er etwas Wichtiges nicht mitbekommen. Bobby hatte bereits jetzt eine Heidenangst.

Der Bus hielt mit quietschenden Bremsen. Zischend gingen die Türen auf, und Bobby zeigte dem schwarzen Fahrer mit den grau melierten Haaren seine Monatskarte. Die Uniform verlieh dem Mann nur eine vorgespiegelte Autorität, aber Bobby war in seiner Nähe wohler. Helfen würde das jedoch nichts, wenn Aarons kräftige Finger sich durch die Gummilippen der Tür schoben. Wenn er den Fahrer in einer von irgendwelchen Gammastrahlen ausgelösten Raserei vom Sitz riss und ihn in seinem Neonazifuror so lange gegen die Windschutzscheibe drosch, bis sie barst und splitterte, hätte dieser armselige Uniformträger keine Chance. Und Bobby auch nicht. Zum Glück tat der Fahrer das einzig Nötige, um das Drama zu vermeiden. Er fuhr los und ließ Aaron unter den Parkplatzleuchten stehen. Als sich der Bus in Bewegung setzte, begannen sich kleine Rinnsale von Schneewasser zwischen den Noppen der schwarzen Bodenmatte hin und her zu bewegen.

Nach kurzem Flackern erlosch die Innenbeleuchtung. Seufzend sank Bobby in seinem Sitz zusammen.

Der Bus war leer bis auf einen Mann, den Bobby seit dem Beginn der kalten Herbsttage immer wieder gesehen hatte. Er lag in einem schäbigen grauen Mantel quer über eine Sitzreihe, das Gesicht von einem ungepflegten Bart überwuchert, der die Farbe von nikotingetränkten Filtern gerauchter Zigaretten hatte. Seine Hose war voller Flecken undefinierbaren Ursprungs, seine Strickmütze zerlöchert, und der Absatz eines seiner Stiefel war locker und wackelte bei jeder Bodenunebenheit. Der Mann selbst bewegte sich jedoch nicht, als Bobby ihn betrachtete.

»Lebt der Mann eigentlich?«, fragte Bobby den Fahrer.

»Sie können gern mal für mich nachsehen.« Er sah Bobby im Rückspiegel an. Bobby schüttelte den Kopf. Der Fahrer lachte leise.

»Kennen Sie seinen Namen?«, fragte Bobby.

»Warum fragen Sie das?«

Bobby zuckte die Achseln, auch wenn er wusste, warum er die Frage gestellt hatte. Das Gespräch mit dem Fahrer brachte ihn auf andere Gedanken.

»Den Namen kenn ich nicht«, sagte der Fahrer. »Aber er hat einen Fahrschein. Er steigt morgens in den ersten Bus und fährt bis zur letzten Fahrt am Abend. Wenn wir Pause haben, steigt er aus, vermutlich muss er auch mal aufs Klo. Kostet jedenfalls weniger als die Miete, und eine Zeit lang hat er's warm.«

»Ist er obdachlos?«

»Denk ich mal. Schlimm, dass ein Mensch bei so einem Wetter nirgends hinkann. Deswegen lass ich ihn in Ruhe. Die anderen Fahrer machen das auch so. Vielleicht hat er keine Wohnung. Vielleicht kann er auch nur nicht dahin. Oder er mag nicht. Hinter so was steckt immer irgendeine Geschichte.«

Bobby fragte sich, wie lange der Junge, den Aaron niedergeschlagen hatte, blutend und mit zerschmettertem Gesicht dagelegen hatte, ehe ihn jemand fand. Was war seine Geschichte gewesen? Hatten Aaron und er sein Leben beendet? Er wusste nicht, wie er damit weiterleben sollte, ganz zu schweigen davon, wie er damit davonkommen sollte.

Hinter dem Fahrersitz steckte eine Zeitung. Es musste doch etwas über den Vorfall drinstehen. Bobby nahm sie.

Er überflog die Titelseite. Nichts. Nichts auf der nächsten Seite, nichts auf den folgenden.

Das gibt's doch nicht.

Auch auf der Meinungsseite nichts davon. Er blätterte zu den Lokalnachrichten. Weil er so hektisch an den Seiten zerrte, riss die Titelseite ein. Auf der dritten Lokalseite fand er etwas. Eine Viertelspalte in der rechten unteren Ecke.

»Schüler vor dem Original Hot Dog Shop niedergeschlagen.«

Er war kurz nach dem Überfall von einem Freund gefunden worden. Sein Zustand war noch kritisch. Keine Zeugen. Keine Spuren. Die Polizei wertete derzeit die Aufzeichnungen der Überwachungskameras aus.

Gerade mal ein Absatz.

Aaron hatte recht. Es scherte sich niemand drum.

Weil seine Erleichterung das Schuldgefühl überwog, fühlte sich Bobby noch elender. Doch als er erneut das Wort »Überwachungskameras« las, war die Erleichterung schlagartig weg. Er steckte die Zeitung zurück hinter den Fahrersitz und lehnte den Kopf gegen das Fenster. Es würde nicht lange dauern, bis die Aufzeichnungen etwas ergaben. Aber vielleicht sah man ihn gar nicht, er war ja nicht aus dem Auto gestiegen.

Doch, das war er.

Er hatte sitzen bleiben wollen, aber Aaron hatte ihn überredet mitzukommen.

Wie konnte er das nur vergessen? Die Angst legte sich wie ein

Film auf sein Gehirn und gaukelte ihm eine falsche Version des Geschehens vor, um nicht mit dieser überwältigenden Schuld belastet zu sein.

Das war's.

Wenn sie Aaron erkannten, kamen sie irgendwann auch auf Bobby. Sahen, wie er auf den Fahrersitz sprang und Aaron auf der Beifahrerseite einstieg. Sahen, dass sich die Fahrertür nicht öffnete, obwohl ein junger Mann sterbend auf dem Boden lag. Dass ein Pick-up ohne Zögern davonraste, kurz darauf aber bremste und langsamer weiterfuhr, so als wäre nichts geschehen. Vorsätzlich. Das Nummernschild war sogar so gut zu erkennen, dass sie nicht einmal die Aufnahme anhalten mussten, um es zu identifizieren. Das war's. Game over. Alles nur eine Frage der Zeit. Nur, wie viel Zeit blieb noch und was konnte man in dieser Zeit tun?

Auf der McKnight Road hatte der Bus grüne Welle. Bobby lauschte dem einschläfernden Dröhnen des Dieselmotors. Er erinnerte sich an jeden Moment des gestrigen Abends und fragte sich, was er anders hätte machen können, um dieses Ende zu vermeiden. Doch dann fiel ihm auf, dass die Ursache für all das noch viel weiter zurücklag.

Es war an seinem ersten Tag in der Highschool gewesen. Bobby stand an der weißen Linie, die den Schulbusfahrer von den Sitzreihen mit Gesichtern trennte, von denen die meisten anders waren als seines. Der Fahrer brüllte ihn an, er solle sich setzen, und die anderen Kinder lachten. Er schlüpfte auf die leere Bank hinter dem Fahrer und rutschte ganz nach unten, um möglichst unsichtbar zu werden. Mit rumpelndem Motor fuhren sie los.

Bobby zog einen *Avengers*-Comic aus dem Rucksack, und auch als der Bus ächzend stehen blieb und die Türen aufgingen, hielt er den Kopf dahinter versenkt. Solange es ging, wollte er jeden Blickkontakt vermeiden. Da ließ sich jemand auf den Sitz neben ihm fallen: ein weißer Junge in einer schwarzen Adidas-Trainingsjacke und mit einer schief aufgesetzten Pittsburgh-Pirates-Kappe. Er beugte sich vor, um zu sehen, was Bobby las, und Bobby lehnte sich zurück.

»Yo, Marvel-Comics sind Rotz«, sagte der Junge.

Bobby sank noch tiefer in seinem Sitz und tat so, als würde er lesen. Der Junge griff in seinen Rucksack und zog einen Comic heraus, der in einer Magazintasche ohne pappverstärkte Rückwand steckte.

Was für ein Anfänger, dachte Bobby.

»Ach ja«, sagte er, »wenn du nicht willst, dass der Comic verknickt und nichts mehr wert ist, solltest du zumindest 'ne Pappe reinlegen.«

»Ach was, Kumpel«, sagte der Junge. »So Plastiktaschen sind das einzig Wahre. Pappe geht gar nicht, außer säurefrei.« Er deutete mit dem Kopf in Richtung Bobbys Comic. »Du hebst sie wahrscheinlich in 'nem normalen Karton auf? Die Seiten werden ja schon schrottig gelb, Bro.«

»Quatsch«, sagte Bobby, »ich bin ja nicht blöd.« Schnell schloss er seinen Comic, weil er nicht wollte, dass der andere sah, wie er den Umschlag innen mit Klebeband festgeklebt hatte, damit er sich nicht von den Klammern löste. Er nahm sich vor, den Karton wegzuwerfen, sobald er nach Hause kam.

»Okay«, sagte der Junge.

»Aber egal«, sagte Bobby. »Warum redest du eigentlich so?«

»Wie red ich denn, yo?«

»Du weißt schon, dass du weiß bist, oder?«

»Nee, weiß er nicht«, sagte eine genervte Stimme hinter ihnen. Bobby drehte sich auf seinem Sitz und sah hinter sich. Ein schwarzer Junge verzog verächtlich den Mund und bedeutete Bobby mit den Augen, er solle sich wieder umdrehen. Bobby sah ihn weiter an.

»Hab ich mit dir geredet?«, fragte er.

»Nee, aber ich red mit dir«, sagte der Junge.

Als der Busfahrer ihn anbrüllte, er solle nach vorne sehen, setzte sich Bobby wieder aufrecht, drehte aber den Kopf nach hinten. Der Junge neben ihm zupfte ihn am Ärmel, und Bobby gab Ruhe, sah dem Jungen hinter ihnen aber so lange in die Augen, bis der den Blick abwandte.

»Mann, ey«, sagte der weiße Junge. »Ihr seid echt schräg drauf.«

Er öffnete die Magazintasche und holte – so vorsichtig wie Indiana Jones beim Wegnehmen des Götzenbilds, bevor die Felsbrocken herabprasseln – eine Ausgabe von *Crisis on Infinite Earths* heraus. Als Bobby den Kopf näher beugte, sah er Superman ein totes Supergirl in Armen halten.

»Willst du's lesen?«, fragte der andere und hielt ihm das Heft hin. »DC sind die absolut besten, yo.«

»Stimmt doch gar nicht, die Zeichner sind echt Mist.«

»Waaas?« Er warf den Kopf in den Nacken. »Du bist echt schräg drauf. Und die Geschichten sind auch besser.«

»Ach was«, sagte Bobby. »Supergirl etwa? Das ist doch die dümmste Figur überhaupt.«

Der Junge sah das Cover an, dann verdrehte er die Augen. »Okay, da ist was dran«, sagte er. »Die ist nicht so geil. Aber mit der ist ja auch Schluss, also scheiß drauf. Und immerhin ist sie kein Ant-Man, oder? Das ist jetzt echt mal ein Idiot.« Wider Willen musste Bobby lachen, und der Junge grinste. »Aaron«, sagte er und hielt ihm die Hand hin.

»Bobby.«

Bobby reichte ihm die Hand, doch dann begann Aaron ein kompliziertes Handschlagritual, aus dem Bobby sofort rausfiel, und er zog die Hand zurück.

»Hast du noch andere dabei?«, fragte Bobby. Aaron zwinkerte und holte ein weiteres *Crisis*-Heft heraus. Auf dem Cover war The Flash. »Machen die auch Schluss mit Flash?«

Aaron zuckte die Achseln, aber natürlich kannte er die Antwort. Bobby zog das Heft genauso vorsichtig wie Aaron aus der Tasche, was der mit einem anerkennenden Nicken quittierte. Auf der restlichen Fahrt zur Schule lasen sie schweigend.

Als der Bus hielt, standen sie auf. Aber die anderen Kinder drängten sich vor und stiegen vorher aus. Einer schubste Aaron im Vorbeigehen. Über die Schulter blickte er zurück auf Bobby.

»Was soll das denn?«, fragte Bobby. »Warum lässt du dir das gefallen?«

»Die machen nur Spaß«, sagte er. »Die meinen das nicht so.« Bobby sah jedoch, dass er sich schämte, und er wurde wütend, dass sein neuer Freund ausgelacht wurde. Auf eigentümliche Art war er aber auch froh, weil er sich nicht mehr allein fühlte. Er war nicht der Einzige, der anders war.

Sie folgten dem letzten Kind aus dem Bus. Bobby sah alle davonstieben und brüllend und schreiend über den Schulhof und durch die Eingangstüren laufen. Auf sein Gesicht trat ein Lächeln.

Er hatte einen Freund. Am liebsten hätte er es laut gesagt, damit er es wirklich glaubte.

Klar, Aaron war ein bisschen seltsam, aber er mochte Comics, und er mochte Bobby. Auch ohne ihn anzusehen, spürte er, dass Aaron ebenfalls lächelte.

Aaron ging mit Bobby zum Schulsekretariat und zeigte ihm sein Klassenzimmer, später auch die anderen Schulräume. Sie hatten keinen Unterricht zusammen; Aaron meinte, seine Stunden wären super, aber dazu machte er dasselbe Gesicht wie in dem Moment, als ihn die anderen gemobbt und getriezt hatten, sodass Bobby nicht weiter nachfragte. Aarons Miene hellte sich auf, als er feststellte, dass sie zur selben Zeit Mittagspause hatten. Sie verabredeten sich gleich.

Als Bobby am Eingang der Cafeteria stand und Aaron nicht sofort sah, wurde er nervös. Er bemühte sich, das Gestarre und

Geglotze der anderen Schüler zu ignorieren, während er an ihnen vorbei nach Aaron Ausschau hielt. Niemand schien ihn bei sich am Tisch zu wollen. Weder an den Tischen, an denen sich die weißen Kinder versammelten, noch an jenen der schwarzen. In der Mitte der Cafeteria drehte sich Bobby einmal um die eigene Achse auf der Suche nach einem Platz oder nach Aaron. Nichts. Schließlich sagte er sich, er habe gar keinen Hunger, und schon im nächsten Moment war er davon überzeugt und drehte sich um, um zu gehen. Er würde zu Hause essen und das Mitgebrachte einfach für morgen aufheben.

Wo ist Aaron? Und warum glotzen alle so blöd?

Der Lärm im Raum schwoll an, und Bobby bekam feuchte Hände. Jemand packte ihn von hinten am Arm. Sein Herz tat einen Satz. Es schlug ihm bis zum Hals, dann rutschte es ihm in die Hose. Er zog den Arm weg, ließ sein Lunchpaket fallen und ballte die Faust.

»Lass mich los!«, schrie er.

Augenblicklich erstarb der Lärm. Bobby drehte sich um und sah Aaron mit rotem Kopf und roten Ohren. Die Cafeteria brach in Gelächter aus. Bobby erwartete, dass Aaron ebenfalls loslachte.

Aber er tat es nicht. Er legte seinen Arm um Bobby und führte ihn zu zwei leeren Stühlen am Ende eines langen Tischs. Als sie Platz nahmen, rutschten die dort Sitzenden ein paar Stühle weiter. Aaron schien es nicht zu bemerken. Er zog ein Lunchpaket aus seinem Rucksack, dazu zwei weitere Comics. Einen schob er zu Bobby. Bobbys Puls beruhigte sich, sein Hunger kehrte zurück. Sie aßen und lasen, während sie der Rest der Welt ignorierte. Was Bobby durchaus recht war.

Aarons Art, zu sprechen und sich anzuziehen, machte ihn überall zum Außenseiter. Die schwarzen Kinder empfanden es als Beleidigung, dass er sie imitierte – und auch Bobby fand das schrecklich. Dieses Verhalten brachte Aaron nie endende Hänseleien ein, und auch Bobby wurde aufgrund seiner Freundschaft mit ihm zum Opfer, auch wenn es weniger schlimm war, wenn sie zu zweit waren. Die weißen Kinder wollten ähnlichen Ärger vermeiden und behandelten sie wie die Parias in Indien, von denen sie in Sozialkunde gehört hatten.

Bobby musste Aaron für seine Hingabe aber auch bewundern. Es war bei ihm keine Show. Sogar wenn sie allein waren, blieb er bei seinem Verhalten. Weder rückte er die Kappe gerade, noch hörte er andere Musik. Er war ehrlich erstaunt, warum die schwarzen Kinder ihn nicht als ihresgleichen akzeptierten. Die Art, wie sie Aaron behandelten, verwandelte Bobbys Furcht vor ihnen in Abneigung, und er vergrub die Wahrheit über seinen Vater immer tiefer in sich, bis er sie selbst nicht mehr glaubte. Er hasste diese Wahrheit, und sie entfachte den Hass gegen die schwarzen Kinder, der wiederum zu mehr als einem Gang ins Direktorat führte wegen Raufereien in der Aula, wenn er sich für Aaron prügelte, weil der sich nicht wehren konnte oder wollte.

Aaron wollte sein wie sie, ganz egal, wie oft Bobby ihm sagte, dass er sich lächerlich machte. Dass er mehr Selbstachtung haben sollte. Bobby überlegte, was sein Großvater sagen würde, wenn er wüsste, dass er mit einem Jungen wie Aaron befreundet war, und manchmal fragte er sich, ob er es lieber sein lassen sollte. Aber er und Aaron waren Außenseiter, jeder auf seine Weise außerhalb der Norm.

Sie aßen jeden Tag zusammen zu Mittag. Sie liefen zusammen herum, ohne auf ihren Doppelspitznamen zu achten – die Comic-Schwulis. Sie waren immer vor dem Pausenende mit dem Essen fertig, um sich danach draußen in einen überdachten Durchgang zu setzen und zu lesen.

Eines Tages sagte Aaron scherzhaft, dass sie sich vielleicht wirklich mal küssen sollten, damit die anderen endgültig ausflippten. Doch Bobby hatte die großväterlichen Tiraden gegen Schwuchteln und Tunten im Kopf, die irgendeinen Virus verbreiteten und die Gesellschaft kaputtmachten – er hatte sie so oft gehört, dass er sie glaubte. Aaron lachte, aber er klang nicht ganz überzeugt. Da wurde Bobby wütend.

»Das ist überhaupt nicht lustig, Mann.«

»Ach komm schon«, sagte Aaron. »Du verstehst echt keinen Spaß.«

»Schwule sind asslig«, fauchte Bobby zurück. »An denen ist überhaupt nichts lustig. Ernsthaft.«

Aaron lachte wieder und sagte, Bobby solle sich locker machen, dann las er weiter. Den Rest der Mittagspause sagte er nichts mehr, und danach schnitt er das Thema auch nicht mehr an.

Später am Nachmittag fand Bobby Aaron in der Toilette am Boden liegend und mit blutiger Nase und aufgeplatzter Lippe. Seine Augen waren verheult. Bobby half ihm auf und reichte ihm ein Papierhandtuch. Aaron stöhnte vor Schmerz, als er sich die Lippe abtupfte.

»Was war denn wieder?«, fragte Bobby.

»Nichts.«

»Warum versuchst du dauernd, so zu sein wie sie, wenn nur so was rauskommt? Ich sag dir doch, das sind Tiere. Mein Grandpap hat's mir erklärt, aber ich hab's erst nicht geglaubt. Aber du musst mir glauben.«

Aaron stieß Bobby von sich. »Lass mich doch einfach in Ruhe. Ich hab überhaupt nicht gesagt, wer's war, oder?« Mit offenem Mund lehnte Bobby an der Wand. »Scheiße«, sagte Aaron. »Ich geh zum Unterricht. Vielleicht sehen wir uns ja später noch.«

Aaron hatte recht. Bobby war davon ausgegangen, dass es wieder schwarze Schüler gewesen waren. In ihm brodelte eine Mischung aus Frustration und Mitgefühl mit Aaron. Am liebsten hätte er ihm auf der Stelle von seinem Vater erzählt, weil es trotz ihrer Unzertrennlichkeit diese Kluft zwischen ihnen gab, und in diesem Augenblick schien Aaron noch mehr allein als sonst. Aber ihm war auch klar, dass es Aaron verletzen würde, wenn er erfuhr, dass er in gewisser Weise das hatte, was Aaron wollte – nicht nur *wie* sie zu sein, sondern sie zu *sein*. Und dass Bobby das für sich ablehnte, wäre für Aaron wie ein Schlag ins Gesicht. Er dachte, dass Aaron ihm das wirklich übel nehmen könnte. Seinen einzigen Freund wollte er keinesfalls verlieren. Aus einer Art Selbsterhaltungstrieb heraus wusste er auch, dass ihm das Bekenntnis, wer er wirklich war, bei den schwarzen Kids, mit denen er sich zu Aarons Verteidigung anlegte, nichts nutzte. Bobby sagte Aaron in diesem Moment nichts, und er schwor sich, es nie zu tun.

Er würde es nie jemandem erzählen.

Auf dem Weg durch Shadyside in Richtung Homewood quietschten die riesigen Scheibenwischer über die Frontscheibe des Busses. Unterwegs stiegen nur wenige Passagiere ein und aus. Womöglich fuhren sie zu ihrer gepflegten Langeweile nach Hause, zu dem immer gleichen Job mit den immer gleichen Kollegen, ohne das Fehlen von Angst und Unruhe auch nur zu bemerken. Bobby könnte laut »Hallo« sagen, und sie würden ihn schon beim Aussteigen aus dem Bus wieder vergessen haben.

Oder auch nicht.

Vielleicht würden sie rausfinden, dass sie etwas gemeinsam hatten, so wie er und Aaron an jenem ersten Schultag. Danach würde sich ihr Leben vielleicht für immer verändern. Vielleicht zum Besseren, aber vermutlich zum Schlechteren. Weil alles immer auf den Abgrund zuraste. Ohne Ausnahme.

Eine Chemiestunde im vorletzten Schuljahr war Bobby besonders im Gedächtnis geblieben. Es ging um Entropie, die Idee, dass die natürliche Ordnung der Welt allmählich in Unordnung abglitt. Er hatte sich mit dieser Vorstellung sehr schwergetan, doch dann fand die Lehrerin einen Vergleich, den er begriff. Eure Zimmer werden nie aufgeräumter als vorher, sie werden immer unordentlicher, sagte sie. Genauso ist es mit dem Universum. Die Vorstellung ließ ihn nicht mehr los. Er zeichnete einen Schurken in sein Notizbuch. Der Schurke war ein Mutant, Kind einer drogensüchtigen Mutter, dessen einzige Fähigkeit darin bestand, das Leben aller, mit denen er in körperlichen Kontakt kam, ins Chaos zu stürzen. Bobby nannte ihn Entropie. Als er ihn Aaron zeigte, erfuhr er zu seiner Enttäuschung, dass im Marvel-Universum bereits ein Entropy existierte. Bobby nahm ein Lexikon zur Hand und entdeckte Bedlam. Dasselbe. Aaron meinte, Bedlam sei sowieso eine dämliche Figur, und schließlich verwarf auch Bobby sie.

Bobby grinste. Seit Jahren hatte er nicht mehr daran gedacht.

In einer engen Kurve rumpelte der Bus über einen Bordstein. Der Schlag schüttelte den obdachlosen Fahrgast durch. Er bewegte sich kurz, wachte aber nicht auf. Was hat dich hierhergebracht, fragte sich Bobby. War's deine Entscheidung, oder war es nur ein Fall von Entropie? Ein Opfer der Umstände, das Mitleid verdiente, oder ein Krimineller, vielleicht sogar ein Mörder, der sich glücklich schätzen konnte, in diesem Bus schlafen zu dürfen? Vielleicht wusste er nicht, ob er morgen etwas zu essen hatte oder von einem anderen in einer noch elenderen Lage wegen seiner wenigen zusammengeschnorrten Münzen überfallen würde. Aber solange er genug Geld für den Bus hatte, wusste er, wo er morgen sein würde. Seine Zukunft war in gewisser Weise vorhersehbar. Obwohl Bobby nie sicher war, ob er und seine Mutter die Miete für den nächsten Monat zusammenkratzen konnten, gab es ihnen Sicherheit, dass sie mehr Arbeit als Freizeit hatten, dass sie von Schicht zu Schicht lebten, und dass er an manchen Abenden die Scherben ihrer gebrochenen Versprechen zusammenkehren konnte. So beschissen das war, dieses Gleichmaß war auch tröstlich. Er wollte dieses Gefühl wiederhaben, und auf einmal begriff er, dass es nur einen Weg gab, es zurückzubekommen.

Der Bus bog in die Frankstown Avenue. Bobby hob die Hand, um an dem Stoppseil zu ziehen, hielt aber in der Bewegung inne. »Wie lange fahren Sie noch?«, fragte er den Fahrer.

»Knapp zwei Stunden«, sagte er. »Warum?«

»Stört's Sie, wenn ich noch 'ne Runde mitfahr?«

Er sah Bobby im Rückspiegel an, zuckte die Achseln und schüttelte den Kopf.

»Was ist Ihre Geschichte?«

»Wird noch geschrieben«, sagte Bobby. Der Bus fuhr weiter. Bobby dachte wieder an seinen Entropie-Schurken. Er hätte ihn Aaron nennen sollen.

Kapitel 11

Der Bus hatte seine Tour ein zweites Mal absolviert und röhrte wieder über die Frankstown Avenue. Jetzt zog Bobby am Stoppseil. Der Bus hielt an der Straßenecke, und Bobby stieg die Stufen zur Tür hinab.

»Passen Sie auf sich auf, junger Mann«, sagte der Fahrer.

Bobby drehte sich um. Die Ehrlichkeit in seiner Stimme und die Freundlichkeit seines Lächelns gaben Bobby ein Gefühl von Sicherheit. Vielleicht sollte er noch eine Runde mitfahren? Doch die kontemplative Ruhe des Busses bliebe nur eine Zuflucht auf Zeit. Er musste entscheiden, was zu tun war, und je länger er wartete, desto unwahrscheinlicher wurde es, dass er wirklich handelte. Er nickte dem Fahrer zu und erwiderte das Lächeln. Zischend gingen die Türen zu, der Motor röhrte, und Bobby sah dem Wagen nach, bis er nach einem letzten Gruß der Bremslichter um eine Ecke bog. Bobby hob die Hand und winkte kurz. Schon jetzt empfand er eine Art Verlust wegen des Fahrers und seines obdachlosen Gefährten, der weiterschlafen würde, bis die Sonne aufging oder ein weniger mitfühlender Kollege ihn hinauswerfen würde. Als sein Refugium entschwunden war, übermannte Bobby erneut Sorge und ließ ihn den halben Block zu seinem Wohnhaus eilen. Davor stand der Fox mit einer dünnen Schneeschicht auf der Motorhaube. Lange parkte er noch nicht. Er hatte gehofft, dass seine Mom noch eine Spätschicht übernommen hatte, aber mit etwas Glück schlief sie schon. Er benötigte Zeit zu überlegen, wie er ihr beibringen konnte, was geschehen war, wie sein Plan aussah, alles. Aber er war erschöpft. Er brauchte ein paar Stunden Schlaf. Ehe er sich ihr anvertrauen konnte.

Er schob den Schlüssel ins Schloss und öffnete vorsichtig die Tür. Sie war nicht abgesperrt. In der Wohnung roch es nach Drakkar Noir und Zigaretten. Ein lautes Schnarchen hallte durch den Gang. Es war viel zu tief für Isabel.

Unglaublich.

Jedes Mal wenn sie auf dem Weg war, trocken zu werden, und halbwegs in den Tritt kam und einen ausreichend großen Bogen um die Bar machte, tauchte dieser verfluchte Nico auf und zerrte sie zurück in den Sumpf. Am liebsten hätte Bobby die Tür eingetreten und diesem Kretin den Hals umgedreht, ihn aus der Wohnung geschmissen und die Tür verrammelt, sodass er mit seinen Klamotten in der Hand bibbernd davorstand. Aber das war eine Wunschvorstellung. Er war genauso wenig ein harter Typ wie Nico. Er wünschte es sich allerdings. Vielleicht wäre es dann nicht so weit gekommen.

Seine Couch hatte noch nie so einladend ausgesehen, und Bobby legte sich darauf und drückte sein Gesicht in die Kissen. Als der Bus seine Runde vollendet hatte, war auch Bobby zu einer Entscheidung gekommen. Er musste sich bei der Polizei melden und sie beide anzeigen. Er würde sagen, dass Aaron ihn bedroht hatte und ihm nichts anderes übrig geblieben war, als wegzufahren, weil er sonst ebenfalls getötet worden wäre. Da hatte Aaron zwar noch keine Pistole gehabt, aber jetzt hatte er eine im Handschuhfach. Wenn die Polizei sie fand, könnte das eine plausible Geschichte ergeben und Bobby mildernde Umstände verschaffen. Vielleicht käme er sogar ganz ungeschoren davon. Aber wenn sie die Videoaufzeichnungen gesehen hatten, wäre es zu spät. Diese und jede andere Geschichte, die er ihnen auftischte, würde nur danach aussehen, dass er den Kopf aus der Schlinge ziehen wollte. Und was, wenn Aaron sich auf Notwehr berief oder irgendeinen anderen Quatsch erzählte und damit durchkam? Was dann? Würde er sich an Bobby rächen?

Vor gestern Abend glich die Idee, dass Aaron irgendwas in der Art tun könnte, einer Folge von *What if …?*, in der Uatu der Watcher die alternativen Wirklichkeiten des Marvel-Universums erläuterte. Darin war Bobbys bester Freund zu einem Neonazi-Killerpsycho geworden. Hätte Bobby einfach gesagt: »Scheiß auf das Dirty O, die Pizzas da sind Dreck«, dann wären sie in einen Taco-Bell-Drive-in gefahren und hätten sich den Wanst vollgeschlagen. Aaron hätte sich mit Bier weggeschossen. Und am Morgen hätte Bobby ihm erzählt, was er alles nicht mitbekommen hatte, als er im Gefängnis gewesen war. Sie hätten sich nicht mehr eingekriegt darüber, wie viele super Zeichner von Marvel weggegangen waren und Image gegründet hatten. Wie Michael Keaton gleich in zwei Filmen einen klasse Batman abgegeben hatte und die Ninja Turtles zu einer bescheuerten Kinderserie mutiert waren, auch wenn Raphael immer noch einigermaßen cool war. Währenddessen hätte Bobby Aaron geholfen, alles zu vergessen, was im Knast passiert war, und ihn dazu gebracht, in einen Anschein von Normalität zurückzukehren.

Aber das war *What if …?*. Das war eine alternative Wirklichkeit.

Aaron hatte es verdient, wieder ins Gefängnis zu kommen. Aber war nicht genau das Gefängnis das, was ihn so hatte werden lassen? Dort hatte man ihm die Haare ausgerissen und die Zähne ausgeschlagen. Sein Gesicht verunstaltet und ihn vergewaltigt.

Mein Gott, was würde da drin mit mir passieren? Wo würde ich in der Knast-Cafeteria sitzen?

So klein die Wohnung war und sosehr er die Couch hasste, der ekelhafte Vermieter war kein Wachmann und die Couch keine Metallpritsche. Die Zimmer hatten normale Türen, und die Türen hatten Schlösser, die Bobby, wann immer er aufs Klo musste oder duschen wollte, selbst auf- und zusperren konnte.

Die Überlegung, Aaron anzuzeigen, verlor an Überzeugungskraft.

Hau einfach ab. So schnell und so weit weg, wie du kannst. Kellnern kannst du überall. Du hast kein Handy und keine Kreditkarte. Selbst wenn dein Gesicht auf den Aufzeichnungen zu erkennen ist, der Pick-up ist nicht auf dich zugelassen. Du kannst abtauchen. Dich in Luft auflösen. Selbst wenn sie Aaron schnappen, er würde dich nie verraten.

Er würde dich nie verraten.

Er würde dich nie verraten.

Als Bobby langsam in den Schlaf hinüberdämmerte, gaukelte ihm sein Gehirn lebende Comic-Panels vor. Aaron war ein Red-Skull-Ableger auf Steroiden, der wie ein Hampelmann seine Arme zum Hitlergruß hochriss und seine Füße im Stechschritt in die Luft schleuderte, während Bobby ein Peter-Parker-Verschnitt ohne Spider-Man-Kräfte war, aber trotzdem seine wahre Identität vor dem Erzsupermegaschurken verbergen musste. Kurz vorm Einschlafen waren sie noch immer in einen kinotauglichen Endkampf zwischen Hirnschmalz und Muskelkraft verstrickt.

Stunden später wachte er wegen eines Asthmaanfalls auf. Vorher hatte er einen Albtraum gehabt, in dem er gegen einen Gesichtslosen kämpfte und nur in Zeitlupe zuhauen konnte, so als würde er auf Erdnussbutter einschlagen. Kaum ein Schlag traf das Ziel, und wenn doch, dann zeigte er bei seinem anonymen Gegner keinerlei Wirkung. Deshalb lief er davon. Aber auch das funktionierte nicht. Ganz egal, wie sehr sein Gehirn seine Beine anfeuerte, sie blieben in einer anderen Zeit stecken und mühten sich zappelnd und zerrend gegen eine unsichtbare Kraft. Auf einmal änderte sich der Traum. Jetzt brach er im Eis ein, sein Mund füllte sich mit eiskaltem, stinkendem Schmutzwasser, bis er sich übergab. In diesem Moment wachte er in das speichelfeuchte Kissen gedrückt und nach Luft ringend auf. Er griff nach dem Inhalator in seiner Hosentasche und sog daran, bis die Würgeschlange um seine Brust locker ließ.

Am Ende des Gangs ging Isabels Tür einen Schlitz weit auf. Kurz darauf Geflüster. Bobby hörte, wie Nico zu Isabel sagte, Bobby schlafe wohl noch. Er ließ den Kopf auf der Couch, die Augen nur einen winzigen Spalt geöffnet, und komplettierte die Show mit einem Schnarcher. Mit quietschenden Angeln wurde die Tür ganz geöffnet, und Bobby wartete auf die Schritte auf dem abgetretenen Läufer, der den kalten Steinboden bedeckte. Es dauerte nicht lange, und er sah unter den Augenlidern Bewegung, roch Nicos Eau de Cologne. Nico machte große, leise Schritte, Elmer Fudd auf der Pirsch nach Bugs Bunny. Bobby musste sich das Lachen verkneifen. Nico ließ ihn bei keinem seiner vorsichtigen Schritte aus den Augen, und als Bobby die Augen aufschlug und den Kopf hob, stieß er einen leisen Fluch aus.

»Hey Bobby.«

»Hey Trottel.«

»Ja, freut mich auch, dich zu sehen Bobby. Immer wieder ein Vergnügen.« Er zog den Reißverschluss seiner Jacke zu und ging zur Tür.

»Halt dich von meiner Mutter fern, du Wichser«, rief Bobby ihm kopfschüttelnd nach. Als er sich umdrehte, sah er Isabel in der Tür. Sie trug ihren abgewetzten Frotteebademantel im schlimmstmöglichen Lila, den ihr Bobby vor vielen Jahren vom Geld seines ersten Jobs zu Weihnachten gekauft hatte. Er hatte sie schon öfter gebeten, ihn wegzuwerfen, aber sie wollte nicht.

»Das ist nicht, wonach es aussieht«, sagte sie. »Jedenfalls nicht ganz. Er hat mich nach Hause gebracht und in die Wohnung begleitet, und da ist er eingeschlafen.«

»Na, dann ist ja alles super«, sagte Bobby und hob beide Hände. »Das sind zwei Tage hintereinander! Mein Gott, Mom, das ist kein Rückfall, das ist ein Kopfsprung.«

Sie schob die Hände in die ausgeleierten Manteltaschen und lief mit gesenktem Kopf durch den Gang. Strich sich die Haare zurück. Setzte sich neben ihn auf die Couch und legte ihm eine Hand aufs Knie. »Darf ich's dir erklären?«

Bobby legte sich die Hände aufs Gesicht und ließ sich gegen die Lehne sinken. Er murmelte: »Ist es jetzt denn was anderes als bei den Malen davor? Ich kann so nicht mehr, Mom.«

»Ich weiß«, sagte sie.

»Ich glaub nicht, dass du das tust«, sagte er. »Ich mein, ich kann das wirklich nicht mehr. Du wirst allein klarkommen müssen.«

»Das versuch ich ja.«

»Versuchen allein reicht aber nicht!«

Sie erschrak über den scharfen Ton und nahm die Hand von seinem Knie. Zog die Bademantelschöße über ihren Schenkeln enger zusammen. »Bobby, was ist denn los mit dir?«

»Nichts.« Er lachte. »Alles. Ist doch egal. Darauf kommt's doch nicht an. Wie spät ist es? Ich schau besser mal, ob ich eine Mittagsschicht bekomme, weil du dazu offensichtlich nicht in der Lage bist.«

»Ich hab gestern nicht getrunken. Nicht so wie sonst, meine ich. Nico war nur der Meinung, dass ich nicht mehr fahren sollte.«

»Siehst du, genau das ist das Problem. Es hätte heißen müssen: ›Ich hab gestern *nichts* getrunken.‹ Den Unterschied kapierst du, oder, Mom?«

»Du hast ja recht. Ich weiß.«

»Okay, und warum dann? Warum auch nur ein einziger Drink in der Bar dieses Schleimscheißers?«

Isabel holte tief Luft und atmete gepresst aus. »Ich hab dich gestern gefragt, ob du mir vertraust. Erinnerst du dich?«

»Ja.«

»Wenn ich anfange, dir zu erklären, was in den letzten zwei Tagen passiert ist, lässt du mich schon nach dem ersten Satz nicht weiterreden, und das kann ich dir nicht mal verübeln. Für dich muss das wie der übliche Stuss klingen. Und bis zu einem gewissen

Punkt war's das auch. Aber wenn du mir wirklich vertraust, dann kommst du heute Morgen mit mir. Es ist nicht weit, und du darfst mir keine Fragen stellen, bis wir dort sind. Wenn du das machst, versprech ich dir, dass ich nie wieder was trinke. Ich geh sogar zu den Anonymen Alkoholikern, wenn's sein muss. Ich würd auf was schwören, aber wir haben ja außer dir nichts, was irgendwas wert wäre. Also, so ist es.«

Sie lachten beide, müde, aber aufrichtig. Bobby öffnete den Mund, um Nein zu sagen, er müsse sich darum kümmern, dass sie die Miete für den Monat zusammenbrächten, aber da fielen ihm die gefalteten Hundertdollarscheine in seiner Hosentasche ein. Er hatte vor, Aarons Tasche in der Umkleide zu durchsuchen, den Autoschlüssel zu nehmen und in einem unbeobachteten Augenblick zu seinem Pick-up zu gehen, um das Geld ins Handschuhfach zu legen. Er hatte sich geschämt, es nicht gleich zu tun, aber falls er ins Gefängnis käme, würde es nur in einer Asservatenkammer rumliegen, während seine Mutter auf der Straße landete. Isabel sah ihn mit einer Entschlossenheit an, die er bei ihren früheren Versprechen vermisst hatte. Er hatte ihr damals nicht geglaubt, aber etwas an ihrer Stimme, etwas an ihrem Blick ließen ihn jetzt Vertrauen fassen.

»Okay«, sagte er. »Ich komm mit.«

Mit einem strahlenden Lächeln schlug ihm Isabel aufs Knie. »Okay. Willst du als Erster duschen?«

»Mach du.« Er gähnte. »Ich muss erst richtig aufwachen.«

Isabel sprang von der Couch auf und rannte fast durch den Gang. Als Bobby sicher war, dass sie unter der Dusche stand, ging er zu dem Einmachglas im Schrank über der Küchenspüle. Er fächerte die Geldscheine auf und starrte sie kurz an, zählte eine ausreichende Menge für die nächste Monatsmiete ab und steckte den Rest wieder in die Hosentasche. Er war entschlossen, sie zurückzugeben.

Damit konnte er leben.

Kapitel 12

Isabel konnte nicht anders, als Bobby bei jedem Stoppschild und jeder Ampel anzusehen. Er sah weiß Gott kein bisschen nach Robert aus und glich ihm dennoch so sehr, vor allem jetzt. Diese Ähnlichkeit würden die beiden auch sofort erkennen. Sie wusste es einfach. Bobby lächelte jedes Mal, wenn er ihren Blick bemerkte, sie spürte jedoch, wie seine Ungeduld wuchs, jene harmlose Ungeduld von Söhnen, wenn sie als junge Männer von ihren Müttern wie die kleinen Jungen behandelt wurden, die sie für sie immer blieben.

»Was ist?«, fragte er.

»Seit wann bist du so hübsch?«

»Was ist denn mit dir los?« Er kurbelte das Fenster einen Spaltbreit runter. »Ist dir eigentlich die Parfümflasche ausgerutscht?«

Er hatte recht. Sie hatte es übertrieben. Aber durch den Rest wog sie es wieder auf. Geschmackvoll. Sie trug eine schicke Bluse mit Button-down-Kragen, von der nur die beiden obersten Knöpfe offen waren, und eine schwarze Baumwollhose mit scharfer Bügelfalte bis übers Knie. Die offenen Haare hatte sie über eine Schulter gestrichen. Auch das Make-up war dezent, nicht zu viel und nicht zu wenig. Sie hatte das alles aber nicht für Robert getan. Diesen Tag würde sie nie vergessen, so oder so. Für Hochzeiten und Beerdigungen warfen sich die Leute immer in Schale.

»Keine Fragen, hatten wir ausgemacht«, sagte sie. »Das waren schon zwei.«

Bobby hob beide Hände und sah aus dem Fenster. Wie mochte sie dieses liebevolle Gefrotzel zwischen ihnen. Und dieses Lächeln. Es sah so ehrlich aus, dass sie es kaum glauben konnte. Eine Hupe machte sie darauf aufmerksam, dass sie drauf und dran war, einem anderen die Vorfahrt zu nehmen. Sie konnte gerade noch bremsen, bevor es zum Zusammenstoß kam. Bobby stützte sich mit den Händen auf dem Armaturenbrett ab.

»Mein Gott, Mom!«

Sie entschuldigte sich. Ihr Herz schlug bis zum Hals, ihr Puls raste. Es waren nur noch wenige Minuten bis zu ihrem Ziel, was immer sie dort erwartete. Sie fühlte sich wie vor zweiundzwanzig Jahren, als sie Robert dieselbe Botschaft hatte überbringen wollen, und hoffte, der heutige Tag würde anders enden.

An dem Morgen, als sie es herausfand, hatte sie sich erst nichts dabei gedacht, als sie sich übergeben musste. Sie war am Vorabend ausgegangen, und im Laufe der Nacht hatte sie den Überblick über die Zahl der Drinks verloren, auch wenn sie sich noch an die Nummer der Taxizentrale erinnerte. Ein Kater fühlte sich allerdings anders an. Ganz anders. Konnte es sein, was sie vermutete? Unmöglich. Und dann wieder nicht.

Sie beide hassten Kondome.

»Ich möchte dich spüren«, hatte er gesagt.

Sie hatte geantwortet, dass sie es auch wolle, und das war die Wahrheit. Er zog ihn vorher raus, da war sie ziemlich sicher, aber ganz sicher vielleicht doch nicht, deswegen war sie sofort aufs Klo gegangen und hatte sich bemüht, alles auszuspülen. Es war nur einmal gewesen, und sie hatte gedacht, dass nichts passiert war. Wie wahrscheinlich war das? Wie empfängnisbereit war sie gewesen? War überhaupt genug Zeit vergangen? Sie rechnete die Tage zurück, und als sie das Ergebnis hatte, musste sie den Impuls unterdrücken, sich wieder zu übergeben.

An jenem Morgen konnte sie das Frühstück nicht mal ansehen. Sogar von ihrer Morgenzigarette wurde ihr übel, sodass sie sie nach einem Zug wegwarf. An ein Konterbier mochte sie gar nicht erst denken. Sie musste sich den Magen verdorben haben. Als sie auch das nicht mehr glaubte, fuhr sie zu einem kostenlosen Test ins Krankenhaus.

Nachdem ihr der Arzt das Ergebnis mitgeteilt hatte, hörte sie nicht mehr, was er noch sagte. Seine Stimme war seltsam gedämpft, als hätte sie einen Motorradhelm auf. Sie fühlte sich schwerelos und zugleich bleischwer, und am liebsten wäre sie davongeflogen, doch der Schweiß auf der Unterseite ihrer Schenkel klebte sie auf dem Behandlungsstuhl fest.

Ich kann mich um kein Kind kümmern, ich kann mich ja kaum um mich selbst kümmern.

Dass das Kind jede Nacht schreien würde und sein Überleben von ihr abhinge, von ihr und ihrer Liebe, kam ihr wie ein grausamer Scherz vor.

Aber etwas rührte ihr Herz an, das war nicht zu leugnen. Zwischen den Anfällen blanker Panik und dem vertrauten Gefühl von Selbsthass verspürte sie ein kleines bisschen Freude in sich. Das Gefühl, dass Gott alles so eingerichtet hatte, wie es sein sollte, und jetzt ihre Prüfung kam. Ihre Chance, mit sich ins Reine zu kommen. Ein Kind würde sie zwingen, klar zu sehen und zu denken.

Vielleicht kann Mama tagsüber auf das Kind aufpassen, und ich such mir einen Job, vielleicht kann ich sogar wieder aufs College gehen und was aus mir machen, damit ich ein gutes Vorbild für das Kind werde.

Für Augenblicke, die so winzig waren wie das Kind in ihr, war Isabel glücklich.

Aber eigentlich mochte sie ihr Leben. Dass sie für niemanden verantwortlich war. Das Interessanteste am College waren für sie die ständigen Partys, und als sie herausfand, dass man auch ohne den lästigen Unterricht daran teilnehmen konnte, suchte sie sich einen Kellnerinnenjob auf dem Campus, nahm sich zusammen mit einer Bedienung aus dem Diner eine Wohnung und schmiss das Studium. Es folgten sorglose Tage mit schnell verdientem

Geld. Die Vorstellung, ein Leben als Erwachsene mit Verantwortung zu führen, verschreckte sie, aber damit war sie nicht allein. Bis ihr klar wurde, dass sie es doch war.

Sie entdeckte ihn im Freizeitraum der Studentenvereinigung. Schon als sie die Tür öffnete, sah sie ihn. Und sie. Sehr kurze Shorts und sehr lange Beine mit dunkelbrauner Haut, viel dunkler als die Roberts. Sie lehnte an seiner Schulter, während er die Kreide auf die Queuespitze rieb. Ihre Hand strich über seinen Rücken, als er sich vorbeugte, um den Stoß auszuführen. Ihr Blick wanderte über seine Beine, dann blickte sie auf und sah Isabel in der Tür stehen und sie anstarren. Isabel trat zur Seite und presste sich gegen die Wand neben der gläsernen Doppeltür.

Sag ihm, dass du schwanger bist, und er bleibt bei dir. Das muss er. Aber er wird's dir auf ewig übel nehmen.

Dir übel nehmen? Wer darf hier wem was übel nehmen? Er macht mit einer anderen rum und hat nicht mal den Mumm, es dir zu sagen. Der wird nie ein guter Vater sein, aber allein schaffst du es auch nicht. Das ist doch kein Leben für ein Kind.

Sie richtete sich auf, weil eine neue Welle der Übelkeit in ihr aufstieg.

Du weißt, was du zu tun hast. Was du tun musst.

Ihre Augen brannten. Die Hand auf den Mund gelegt, lief sie zum Ausgang, stieß die Türen auf und rannte ins Freie. Der Himmel war gelblich geworden. Bullige Wolken türmten sich übereinander. Blitze schärften ihre massigen Formen, Donner grollte so langsam wie eine Bowlingkugel auf der Bahn. Eine weitere Welle der Übelkeit stieg auf und ließ beißende Magensäure in ihren Mund schwappen. Sie schluckte. Ein Drink schien plötzlich verlockend, noch verlockender eine Zigarette. Sie zog die zerknautschte Schachtel aus der Gesäßtasche, hastig nahm sie einen tiefen Zug. Sie wusste, wohin sie als Nächstes gehen würde, es kam also nicht darauf an.

Sie hielt auf dem Krankenhausparkplatz, ließ aber den Motor laufen. Im Becherhalter neben dem Lenkrad steckte eine Papierserviette mit Kaffeeflecken. Als sie sie herauszog, blieb etwas davon am Plastik kleben. Manisch zerriss sie sie in Fetzen, die ihr die Oberschenkel sprenkelten. Erste dicke Regentropfen klatschten auf die Windschutzscheibe, dann wusch ein Wolkenbruch die Pollen in gelblichen Schlieren von den Fenstern und trommelte so laut auf das Autodach, dass die Musik darin unterging. Sie stellte das Radio lauter, erkannte Jim Croces »Time in a Bottle« und machte sofort aus.

Sie löste den Sicherheitsgurt, zog das Tanktop hoch und streckte ihren dünnen Bauch vor. Ein kleiner Hügel entstand. Mit dem Zeigefinger malte sie Kreise darauf.

Sie richtete sich wieder auf und zog ihr Top wieder runter.

Die dicken Tropfen droschen auf das Dach wie Hagel. Im Takt trommelte Isabel mit den Fingern auf das Lenkrad. Nur die Blitze krachten lauter als der Regen.

Es wäre nicht fair, es zu behalten. Ein Junge braucht einen Vater.

Ach ja, so einen wie deinen? Wäre das fair? Du kannst das besser als er.

Auf dem Beifahrersitz lagen drei Wodkaflaschen in braunen Papiertüten. Isabel hatte sie gekauft, ehe sie sich auf die Suche nach Robert machte. Sie hatte gehofft, sich ein letztes Mal mit ihm zu betrinken und mit ihm ins Bett zu gehen, wo er sie auf den Bauch küssen würde, um schließlich weiter nach unten zu wandern. Sie zwickte sich kräftig in den Arm, bis der Schmerz stärker war als die glückliche Erinnerung an ihre Lust. Ähnlich hatte der Anblick der Hand einer anderen auf Roberts Rücken gewirkt, wie ein Schlag ins Gesicht. Dort hatte auch Isabels Hand gelegen. Es war ihr Rücken. Erst lachte sie, dann weinte und schrie sie. Wem machte sie etwas vor? Was für ein Desaster. Sie war keine Mutter, konnte keinen Sohn haben.

Einen Sohn. Schon zum zweiten Mal dachte sie an das Baby als einen Er. Sie hatte keine Ahnung, warum. Sie wusste es einfach. Und mit diesem Wissen verloren alle Gründe, warum sie kein Kind haben konnte, ihre Gültigkeit. Es war kein kleines Es mehr, sondern ein Er. Sie lächelte, kicherte, konnte nicht mehr aufhören.

Sie legte den Gang ein und fuhr vom Krankenhaus weg.

Auf der Fahrt nach Hause änderte sie an jeder Ampel ihre Meinung.

Grün. Das ist das Beste, was mir je passiert ist, er ist ein Geschenk.

Gelb. Nur vielleicht jetzt nicht. Nachdem dir klar geworden ist, dass du ein Kind willst, solltest du vielleicht noch etwas warten, bis du selbst ein bisschen erwachsener bist. Behalte dieses Kind lieber nicht. Du weißt gar nicht, ob es wirklich ein Er ist. Verdammt, vielleicht willst du ihn nur, weil du insgeheim glaubst, dass du so Robert behalten kannst. Meine Güte, Izzy, denk lieber noch mal nach, mit klarem Kopf.

Rot. Du bist völlig übergeschnappt. Ruf Robert an. Er will kein Kind, und du auch nicht. Vielleicht zahlt er sogar die Abtreibung. Lass es wegmachen und leb das Leben weiter, das dir Spaß macht. Willst du die ganze Nacht aufbleiben? Nicht mehr ausgehen? Kannst du das überhaupt? Sei realistisch.

Auf dem Weg nach Hause überfuhr sie mehrere rote Ampeln.

Als bei Isabel das Fruchtwasser abging, räumten sie und ihre Mutter gerade das Abendessensgeschirr ab. Ein Teller fiel auf den Fliesenboden und zerbrach, die Scherben verteilten sich über den Boden. Ihre Mutter ließ sie Atemübungen machen und stellte den Küchenwecker ein, um den Abstand zwischen den Wehen zu messen. Isabel sah einer halbmondförmigen Scherbe zu, die auf der Wölbung hin und her schaukelte wie eine Kinderwiege. Ein Ruf ihres Vaters aus dem Wohnzimmer riss sie aus ihrer Trance.

Isabel stand in der Fruchtwasserlache, umfasste ihren Bauch und flehte das Baby lautlos an, sie nicht innerlich in Stücke zu reißen.

Lass mir bitte, bitte noch eine Woche Zeit, weil ich noch nicht so weit bin, jetzt noch nicht.

Da begriff sie, dass sie nie so weit sein würde, weil es nicht nur das Baby war, das kam. Es kamen auch schlaflose Nächte, ein Hängebauch, das Saubermachen von allem, was ein anderes Wesen hinterließ. Sie musste es lieben, musste ihn lieben, mehr als sich selbst, und sie wusste nicht, ob sie das konnte. Sie lehnte gegen die Küchenzeile und tropfte auf den Linoleumboden ihrer Eltern, während sie die Atemübungen machte, die ihre Mutter vormachte, weniger um den Schmerz zu lindern, weil das gar nicht funktionierte, sondern um nicht in Panik zu verfallen. Was auch nicht funktionierte.

Ihr Vater parkte den Wagen, während ihre Mutter Isabel in die Notaufnahme schob. Dort wurde sie von einer Schwester übernommen, die jedes Mal das Gesicht verzog, wenn Isabel auf dem Weg zur Entbindungsstation nach einer PDA schrie. Jede Wehe überkam sie wie eine Welle, die langsam anschwoll und sie zu zerreißen drohte. Sie übergab sich. Stellte sich vor, wie sie die Köpfe aller Gäste in ihrem Diner, die behauptet hatten, eine Geburt sei etwas Wunderschönes, gegen die Scheiben der Glasfront schlug. Warum war sie damals nur nicht ins Krankenhaus gegangen und hatte den nächstmöglichen Termin vereinbart? Getan, was auch immer nötig war, um ihr diesen Schmerz zu ersparen, wenn sie das Baby von innen zerriss. Sie wollte das nicht mehr.

Für eine PDA war es zu spät. Man schob ihr Bett in den Kreißsaal. Zwischen den Wehen zischte ihr durch den Kopf, welche Verheerungen die Geburt an ihrem Körper anrichtete, und ob sie je wieder von einem Mann begehrt werden würde. Bis der Schmerz wieder so unerträglich wurde, dass sie den Arzt anschrie, er solle ihn rausholen. Vor Panik begann sie zu hyperventilieren.

Wie komme ich da wieder raus? Bei wem kann ich ihn lassen? Wen kann ich dazu bringen, dass er sich um ihn kümmert?

Pressen, sagten sie, und sie presste. Roch Kot. Und weinte.

Der Kopf schaut schon raus, sagte der Arzt. Er klang so begeistert, wie sie es sein sollte.

Als er ihr sagte, es sei ein Junge, verschwanden augenblicklich alle ihre Zweifel, ausgeblasen wie eine Kerze. Sie holte Luft und verspürte keinen Schmerz, nicht so wie vorher. Die Ruhe, die sie überkam, nahm so plötzlich von ihrem Innersten Besitz, dass es beinahe erschreckend war, und sie widerrief alles, jedes einzelne der schrecklichen Dinge, die sie gesagt und gedacht hatte.

Sie bat darum, ihn in den Arm zu nehmen, aber der Arzt drehte sich um und ging mit dem Baby an einen Tisch. Die beiden Schwestern traten neben ihn, eine weitere kam an Isabels Seite und nahm ihre Hand. Alles war still, nur der Atem der Schwester hinter der OP-Maske war zu hören.

»Warum schreit er nicht?«, fragte Isabel.

Die Schwester streichelte ihr die Haare.

Dann war es nicht mehr still. Isabel hörte feuchtes Schmatzen, ähnlich wie von einem Speichelsauger beim Zahnarzt. Aber immer noch kein Schreien.

»Stimmt etwas nicht?«, fragte Isabel.

Die Schwester drückte ihre Hand fester, und Isabel traten Tränen in die Augen. Sie bedauerte jeden Drink, von dem sie gewusst hatte, dass sie ihn nicht trinken sollte, jede Zigarette, bei der sie sich geschworen hatte, es wäre die letzte, jedes zu lange Aufbleiben. Der Arzt murmelte etwas, und eine der beiden Schwestern verließ die Gruppe und ging zum Telefon. Die Sauggeräusche hielten an, als sich die Schwester die OP-Maske herunterzog und zu telefonieren begann.

Auf einmal maunzte er wie ein junges Kätzchen. Das Lächeln der Schwester neben Isabel schob ihre Maske nach oben und verengte ihre Augen zu Schlitzen. Sie umfasste Isabels Hand und rieb sie. Die Wärme kroch Isabels Arm entlang bis in die Brust. Der Arzt drehte sich um, ihren kleinen Sohn in der Armbeuge. Er war so klein, als würde er fast in seine Hand passen. Der Arzt reichte Isabel das Baby, und obwohl sie noch nie eines gehalten hatte, wussten ihre Arme von allein, was zu tun war. Das kleine, rote, knittrige Gesicht sah zerdrückt und gequetscht aus. Er hatte einen Schopf glatter schwarzer Haare, und Isabel seufzte erleichtert, weil er zumindest in diesem Augenblick nicht wie sein Vater aussah, jedenfalls nicht in einer Art, an der sich ihr eigener Vater stören würde. Er riss den Mund auf und gähnte, zog eine Schnute, und die winzigen Hände öffneten und schlossen sich. Isabel kicherte.

»Ein hübscher Junge«, sagte die Schwester.

»Oh nein, das ist er nicht.« Isabel lächelte. »Aber das müssen Sie natürlich sagen.« Die Schwester klopfte ihr auf die Schulter. »Er ist hässlich, aber meiner.« Die Schwester, die telefoniert hatte, kam zu Isabel und wollte das Baby nehmen.

Isabel zog ihn an sich und sagte: »Nein.«

Der Arzt am Tisch drehte sich zu ihr um. Eine andere Schwester trat zu ihm. Isabel hielt das Baby eng an sich gedrückt. Warum wollten sie ihn ihr wegnehmen? Isabel sah die Schwester neben ihr flehend an. Der Arzt kam hinzu und sagte, dass sie noch mehr Messungen durchführen müssten und er eine Lungenuntersuchung angeordnet habe, weil sie so viel Wasser aus seiner Lunge hatten absaugen müssen. Er wolle sichergehen wegen des leisen Grunzens und des verzögerten Schreiens, des geringen Gewichts und des flachen Atems. Isabel wollte das Baby nicht hergeben, aber die Schwester neben ihr hatte einen sanften Blick. Als sie die Hände nach ihm ausstreckte, vertraute sie ihr.

»Machen Sie sich keine Sorgen«, sagte sie. »Er ist in den besten Händen. Und kommt bald wieder zu Ihnen.«

Seine winzigen Halsmuskeln spannten sich bei jedem Atemzug

an, und bei jedem Atemzug war ein leises Pfeifen zu hören. Er rang nach Luft. Isabel schwor sich, die Finger von Zigaretten zu lassen. In den Augen des Arztes und der Schwestern entdeckte sie keinen Vorwurf. Sie wog ihn noch einmal in den Händen, dann reichte sie ihn der Schwester. Die bedankte sich und übergab ihn einer anderen, die ihn in ein Säuglingsbett mit Rollen legte und durch die Doppeltür hinausschob.

»Haben Sie schon einen Namen ausgesucht?«, fragte die Schwester.

Die Türen schlossen sich, und sofort sehnte sich Isabel nach ihm. Der Schmerz ähnelte dem, als sie begriff, dass Robert weg war. Aber ihr Kind würde sie nie verlassen. Er würde zurückkommen. Er würde sie für immer lieben.

»Bobby.« Erschöpft lehnte sich Isabel zurück, schloss die Augen und war eingeschlafen, bevor sie zurück in ihrem Zimmer war.

Die Uhr am Armaturenbrett zeigte zehn nach zwölf, als sie auf den Parkplatz der Eisbahn im Schenley Park bogen. Isabel musterte sich im Rückspiegel. Bobby beobachtete sie aus dem Augenwinkel. Sie strich sich die Haare zurück, ließ sie nach vorne fallen, strich sie sich wieder zurück. Sie drehte sich zu Bobby, der sie verwirrt ansah.

»Was denn?«, fragte sie.

»Das frag ich dich. Was machst du da die ganze Zeit?«

»Bin gleich so weit, mein Schatz. Versprochen.«

Die Eisbahn war voller Eltern mit Kindern, die den schönen Wintertag nutzen wollten. Isabels Blick wanderte durch die Menge, bis sie ihn fand. Er trug eine grau melierte Winterhose mit scharfer Bügelfalte, dazu eine schwarze Marinejacke. Gut sah er aus, der Mistkerl. Er lehnte an der Begrenzung der Eisbahn. Ein Vater und eine Tochter hielten sich an den Händen und versuchten wackelig und stolpernd, eine Kurve zu fahren. Dabei führte eher das Mädchen den Vater als umgekehrt. Als sie sich der Ecke, an der Robert stand, näherten, verlor der Vater das Gleichgewicht, seine Beine rutschten auseinander, und er klammerte sich mit aufgerissenen Augen an den Rand der Begrenzung. Robert streckte ihm die Hand entgegen, um ihm zu helfen, und das kleine Mädchen packte ihren Daddy am Unterarm. Sie lachte, aber nicht über ihn. Sondern stolz, dass sie seine Retterin war. Lächelnd sah Robert den beiden hinterher, als sie weiterrutschten. Isabel erkannte an ihm dieselbe Traurigkeit wie gestern Abend. Das war ihre Chance. Sie drehte sich um und stellte sich vor Bobby.

»Warte bitte hier«, sagte sie und deutete auf die Bank neben ihnen.

»Also ehrlich, Mom, was soll das? Ich war noch nie in meinem Leben eislaufen, und ich hab auch nicht die geringste Lust, es zu lernen. Ich wär lieber im Restaurant, um mir noch eine Spätschicht zu angeln.«

»Setz dich einfach hin.«

Seufzend nahm er Platz. Isabel legte die Hände aneinander wie zum Gebet und hob sie vor ihren Mund.

»Danke. Zehn Minuten. Gib mir zehn Minuten. Ich bin gleich wieder da.« Isabel machte ein paar Schritte rückwärts, drehte sich um und ging zu Robert.

Als er sich umdrehte und sie bemerkte, lächelte er. Kein breites Lächeln, doch ein freundliches, beinahe erleichtertes. Ihre Füße und ihre Lippen fühlten sich plötzlich taub an. Sie fragte sich, ob es möglich war, sich selbst so viel Angst einzujagen, dass man einen Schlaganfall bekam, denn sobald er sie ansah, überfiel sie blanke Panik. Sie hatte das nicht ausreichend vorbereitet. Irgendwie hatte sie sich vorgestellt, dass sie ihn einfach begrüßen und ein bisschen mit ihm plaudern würde, um ihm im nächsten Moment zu eröffnen, dass er einen erwachsenen Sohn hatte.

Hab ich dir eigentlich schon gesagt, dass er glaubt, du bist tot, weil ich ihm das erzählt habe? Weil du mir das Herz gebrochen hast? Ja, klar, du hast recht, es war meine Schuld, aber das wusste ich damals nicht, also, na ja. Übrigens hab ich ihn nach dir benannt, weil das die einzige Möglichkeit war, dich bei mir zu behalten. Du findest das jetzt nicht seltsam, oder?

Oh Gott, das ist das Dümmste, was ich je getan habe.

Er kam auf sie zu. Sie wischte sich die Hand an der Hose ab und streckte sie ihm entgegen, während er beide Arme hob. *Du meine Güte, er will mich umarmen, was soll ich tun?* Schnell hob auch sie die Arme, während er umschaltete und ihr eine Hand entgegenstreckte. Beide erstarrten, dann lachten sie. Es fühlte sich gut an, sie war erleichtert. Dann umarmte er sie wirklich. Tränen traten in ihre Augen, die sie zurückdrängte, während sie einen Arm um ihn legte, sich an seine Brust drückte und seinen Geruch einatmete. Als sie merkte, dass er sie losgelassen hatte, sie ihn jedoch nicht, gab sie ihm drei schnelle Klapse auf den Rücken und ließ ihn ebenfalls los.

»Ich dachte schon, du hättest es vergessen«, sagte er.

»Tut mir leid«, sagte sie. »Ich hatte noch was zu erledigen.« Er verzog das Gesicht. »Nein, stimmt nicht. Tut mir leid, dass ich zu spät bin.« Mit einem Nicken deutete sie auf die Eisbahn. »Sollen wir ein paar Runden drehen?«

»Schwarze sind nicht fürs Eis gemacht«, sagte er. »Außerdem wär's schlecht für mein Ego, wenn ich mich auf den Hintern setze.«

»Gott sei Dank«, sagte sie. »Wenn du Ja gesagt hättest, hätt ich ein Problem gehabt.«

Er lachte wieder.

»Wollen wir ein bisschen gehen?«, fragte sie.

»Ja, gerne.«

Isabel wollte, dass er ihr den Ellbogen anbot, damit sie ihren Arm durchschieben und sich beim Parkspaziergang an seine Schulter lehnen konnte. Trotz seiner freundlichen Begrüßung, trotz des Lachens gerade eben ahnte sie, dass ihre gemeinsame Zeit vorbei war. Sie sagte sich zum letzten Mal, dass es hier nicht um sie ging. Er schob die Hände in die Hosentaschen, sie machte es ihm nach. Sie schluckte den großen Kloß in ihrem Hals hinunter, und gemeinsam gingen sie von der Eisbahn auf den Weg, der in den Park führte und sie zu Bobby brachte. In dem Moment piepste Roberts Pager.

Kapitel 13

Am Morgen, gleich nach dem Aufwachen, hätte Robert die Sache am liebsten abgeblasen, und er hätte es auch getan, wenn er nicht versäumt hätte, Isabel nach ihrer Telefonnummer zu fragen. Es war nicht wegen des Aufflammens alter Gefühle, zumindest keiner, über die er sich Gedanken hätte machen müssen. Es schmerzte, sie wiederzusehen. Sich an die Angst, dass ihre Beziehung bekannt werden könnte, zu erinnern. Die Furcht vor dem, was ihr Vater tun würde. Wie sehr er sich bemüht hatte, keine Angst zu haben, und wie sehr er sich gewünscht hatte, Isabel würde begreifen, dass das kein Spiel war. Wie sehr er sich gewünscht hatte, nichts mehr für sie zu empfinden, sie einfach verlassen zu können. Und dass es für ihn nicht leicht war, auch wenn es ihr anders vorkam. Er wollte sich nicht an seine Gefühle von damals erinnern. Er wollte so wütend auf sie sein, wie sie es offenbar all die Jahre auf ihn gewesen war, und zugleich wollte er ihr nicht die Genugtuung seiner Wut verschaffen.

Dennoch hatte er es gesagt. Er hatte ihr alles gesagt, was er schon vor Jahren hatte sagen wollen. Er war überrascht, wie sehr ihn diese jahrzehntealten Gefühle belasteten. Er hätte nicht gedacht, dass sie für ihn noch eine Rolle spielten. Sie hatten ihn nicht im ersten Moment überfallen, als er sie wiedererkannte, aber als er ihr sagte, was sie ihm bedeutet hatte, war plötzlich alles wieder da. Wie es ihn geschmerzt hatte, dass sie seine Angst, ob bewusst oder unbewusst, leichthin abtat. Warum er auf ihre Kränkung mit einer Kränkung reagiert hatte. Weil damit eine Last von ihm abfiel. Sich das Problem verschob. Die Euphorie dabei war zu schön, um sie nicht auszukosten.

Geduscht und angezogen ging er hinunter und blieb vor der Glasschiebetür zum Wohnzimmer stehen. Noch immer lagen die Scheidungspapiere auf dem Tisch, und kein Wünschen würde sie zum Verschwinden bringen. Er zog die Tür auf und setzte sich an den Tisch, fuhr mit den Fingern über die Dokumente, um die Knickfalten zu glätten. Schließlich nahm er den Stift, der danebenlag, zog die Papiere zu sich heran und beugte sich darüber.

Nachdem er überall unterschrieben hatte, ging er aus dem Wohnzimmer in sein Büro und faxte die Dokumente an Tamaras Anwalt. Während er die Blätter eins nach dem anderen in das Gerät schob, empfand er eine andere Art von Leichtigkeit. Nachdem alles durchgegangen war, faltete er die Papiere und trat zu dem feuerfesten Safe im Büroschrank. Ein leerer Ordner stand neben dem mit ihren medizinischen Unterlagen. Darin Dokumente wie der Abschlussbericht der Geburtsklinik. Robert heftete die Scheidungsunterlagen ab und schloss den Safe.

»Es tut mir so leid«, sagte er.

Er ging in die Diele. Isabel öffnete eine Tür für ihn, bot ihm die Chance, eine andere zu schließen, und er musste sie nutzen.

Für einen Werktag war der Hauptparkplatz des Schenley Park ziemlich voll. Der Schnee der gestrigen Nacht war von den Wegen geräumt worden, und in der strahlenden Nachmittagssonne schmolzen die Schneehaufen trotz der frischen Luft. Robert schirmte die Augen mit einer Hand gegen das Gleißen ab, als er sich auf dem halb vollen Parkplatz umsah. Weil er Isabel nicht entdeckte, machte er sich auf den Weg zur Eisbahn.

Ein wild kicherndes kleines Mädchen rannte an ihm vorbei, verfolgt von seinem Bruder. Schlagartig vermisste er Tamara. Das Mädchen kicherte genau wie sie, als sie aneinandergeschmiegt dalagen und er sie, kurz nachdem sie von der Schwangerschaft erfahren hatten, am Bauch kitzelte. Er erinnerte sich noch, wie sie hinter sich gegriffen und seinen Kopf an ihren Nacken gezogen hatte. Er hatte seine Nase daran gerieben und an ihren Bauch gefasst, um die erste Wölbung zu ertasten. Sie hatte seine Hand genommen, sie weiter nach unten geführt und mit einem Seufzer zwischen ihre Beine geschoben. Aneinandergepresst lagen sie in der Bettmitte. Nie hätte er gedacht, dass diese Mitte jemals zur unüberwindlichen Barriere zwischen ihnen werden würde. Es war ein Fehler gewesen, die Scheidungspapiere zu unterschreiben.

Der Schnee lag wie Zuckerguss auf den Ästen der Bäume am Wegrand und bog sie herunter. Die hohe Mittagssonne blinzelte zwischen ihren blattlosen Kronen. Wie leichter Regen tröpfelte der schmelzende Schnee auf den asphaltierten Weg. Ein Zweig schüttelte seine Schneelast ab, und sie landete platschend auf dem Boden. Der Zweig wackelte, als würde er winken. Lockte er ihn vorwärts oder wollte er ihn warnen? Robert ging weiter.

Je mehr er sich der Eisbahn näherte, desto lauter gellte Kinderlachen durch die Luft. In manchen Stadtteilen waren die Straßen noch schneebedeckt gewesen, und das Radio hatte eine weitere nahende Unwetterfront und die Schließung der Schulen gemeldet. Eltern nahmen sich mit ihren Kindern frei. Manche Jungen und Mädchen glitten geschmeidig übers Eis, während ihre Eltern mit stolzgeröteten Gesichtern hinter ihnen hereierten. Andere staksten übers Eis wie neugeborene Fohlen, die sich ihrer Beine noch nicht sicher waren. Ihre Mütter und Väter folgten ihnen mit ausgestreckten Armen, um Stürze aufzufangen. Robert stützte die Ellbogen auf die Begrenzung und sah ihnen zu.

Mit einem Klatschen schlug knapp neben Robert eine Hand auf die Brüstung. Der Mann, zu dem sie gehörte, zog sich nach einem Beinahesturz in die Höhe. Ein Mädchen von höchstens zehn Jahren, das seine Tochter zu sein schien, bremste lässig neben ihm ab. Sie half ihm zurück in die Senkrechte, als er bei seinem Versuch, wieder ins Gleichgewicht zu kommen, die Kufen immer wieder unter sich wegrutschen ließ, um sie zu amüsieren. Das Mädchen quietschte vor Vergnügen. Der Mann zwinkerte Robert zu. Sie kicherte, und er und Robert lächelten sich wissend an. Überschwänglich bedankte sich der Mann bei ihr für ihre Hilfe, und die zwei mischten sich wieder unter die Eisläufer auf der Außenbahn.

Robert sah auf die Uhr. Isabel kam anscheinend nicht, stellte er zu seiner Erleichterung fest. Aber kaum drehte er sich um, sah er sie auf dem Weg kommen. Sie lächelte und winkte. Als sie einander gegenüberstanden, streckte sie ihm eine Hand entgegen, während er die Arme ausbreitete. Er hielt ihr die Hand hin, und sie öffnete beide Arme. Schließlich einigten sie sich auf die Umarmung. Sie war innig. Er roch an ihr einen Herrenduft, und ihre Haut sonderte den säuerlichen Geruch von Alkohol ab. Sie drückte ihn zum Schluss noch einmal und klopfte ihm ein paarmal auf den Rücken, ehe sie sich voneinander lösten.

Sie gingen los. Ihr Blick wanderte ständig zwischen ihm und ihren Schuhspitzen hin und her, und die Anspannung auf ihrem Gesicht verriet, dass sie ihm etwas sagen wollte. Genau in dem Moment, in dem sie dazu bereit schien, piepste sein Pager. Er blickte auf das Display, und als er dort eine kalifornische Nummer sah, durchzuckte es ihn. Sofort sah er sich nach einem Münztelefon um und entdeckte eines hinter ihnen.

»Entschuldige bitte«, sagte er. »Ich muss da anrufen, aber es dauert nur eine Minute.« Er wartete Isabels Antwort nicht ab, sondern eilte zum Telefon. Sie hob beim ersten Klingeln ab.

»Das ging aber schnell«, sagte Tamara.

»Na ja, ja«, sagte Robert. »Also, ich … es ist nicht so, als hätte ich direkt drauf gewartet. Ich bin nur …« Er verdrehte die Augen und schüttelte den Kopf über seine Unbeholfenheit. Als er zu Isabel sah, wandte sie den Kopf ab, weil er sie beim Starren erwischt hatte. Sie trat von einem Fuß auf den anderen. Ihre Nervosität brachte ihn für einen Augenblick durcheinander.

»Danke«, sagte sie.

Robert schrak zusammen. »Sorry«, sagte er, »aber wofür?«

Tamara schwieg.

»Ach so, ja«, sagte er. »Na klar.«

Keiner sagte etwas. Tamara hielt kurz die Luft an, atmete weiter. Robert stellte sich vor, wie sie ihre Lippen öffnete, um Worte, irgendwelche Worte herauszulassen, die ihr jedoch schon im Mund erstarben. Jedes Mal wenn er etwas sagen wollte, kamen solche kleine Pausen, und so wartete er, bis sie das Schweigen brach.

»Pass auf dich auf, Robert«, sagte sie.

Er wollte etwas erwidern. *Lass uns in Verbindung bleiben. Ab und zu telefonieren. Vielleicht mal zusammen essen gehen, wenn du in der Stadt bist.*

Aber er wusste, was sie meinte. Sein Wunsch zerrann.

»Du auch, Tamara. Auch wenn's vielleicht nichts hilft: Es tut mir leid.«

Sie seufzte. »Es hilft schon was.« Noch ein Seufzer. »Mach's gut.« Ein Klicken, und die Verbindung war unterbrochen.

Am Anfang ihrer Beziehung, als Tamara noch zu Konferenzen reiste, telefonierten sie oft bis spät in die Nacht. Jeder wollte, dass der andere zuerst auflegte, auch wenn nur der Anrufer die Verbindung trennen konnte. Legte der Angerufene auf und nahm den Hörer wieder ab, wurde die Verbindung wiederhergestellt. So rangen sie ständig miteinander darum, wer als Erster ermüdet aufgab, weil der nächste Arbeitstag drohend am Horizont aufzog.

Robert wartete ein paar Augenblicke darauf, dass Tamara erneut den Hörer nahm. Dann legte auch er auf.

Er ging zurück zu Isabel, die ihm mit einem Lächeln entgegensah.

»Alles in Ordnung?«, fragte sie.

»Ja«, sagte er. »Und nein. Aber eigentlich ja.«

»Okay, dann ist ja alles gut. Oder nicht?«

»Isabel«, sagte er. »Ich muss los.«

»Wie? Warum? Was hab ich denn gesagt?«

»Nichts. Wirklich. Es liegt nicht an dir. Dieser Anruf. Ich hab nicht damit gerechnet –« Er unterbrach sich. »Hör zu, gestern Abend haben wir doch alles gesagt, was zu sagen war, oder? Worüber sollen wir denn noch sprechen? Wir haben beide Fehler gemacht. Ich glaube, wir sollten nicht noch länger darauf herumreiten.«

Mit zitternder Stimme sagte sie: »Aber du hast dich doch mit einem Treffen einverstanden erklärt.«

»Ich weiß, aber das war ein Fehler«, sagte er. »Es tut mir leid. Bei mir war in letzter Zeit ziemlich viel los, und ich hab ehrlich geglaubt, es wäre gut, mit dir über all das zu reden, worüber du reden möchtest. Damit alles ein vernünftiges Ende findet.« Er warf einen Blick auf das Münztelefon. »Mein Bedarf an Enden ist nur für heute wirklich gedeckt.«

»Du kannst jetzt nicht einfach weggehen!«

»Izzy, mach mich nicht zum Sündenbock. Nicht schon wieder. Ich will und muss dir nicht erklären, warum ich jetzt gehe. Ich will es einfach. Bitte, akzeptier das.«

»Ich hab's nicht anders verdient, das stimmt. Ich hab auch kein Recht, von dir zu verlangen, dass du mir etwas von dir erzählst oder sagst, worum es bei diesem Telefonat ging, warum du nach all den Jahren überhaupt zurückgekommen bist. Du musst gar nichts sagen. Aber ich will dir was sagen. Nein, ich *muss* dir was sagen. Das bin ich dir schuldig. Um in Ordnung zu bringen, was ich dir angetan hab, ohne es zu merken, weil ich zu sehr mit mir beschäftigt war.«

Robert sah auf seine Uhr. »Okay, ich hab's kapiert. Aber ganz ehrlich, mir wär's lieber, wenn wir einfach jeder sein Leben weiterleben würden. Lass uns die Vergangenheit begraben.« Er hielt inne, dann legte er ihr die Hände auf die Schultern und gab ihr einen flüchtigen Kuss auf die Wange. »Mach's gut.«

»Bitte nicht«, flüsterte sie, als er sich von ihr löste. Robert hörte den Schmerz in ihrer Stimme, widerstand aber dem Impuls, sie zum Abschied zu umarmen. Er wollte nicht grausam sein, aber sie ließ ihm keine Wahl. Das Letzte, was er wollte, war, ihr Hoffnungen zu machen.

»Bye«, sagte er, als er an ihr vorbei losging. Dabei kam er an eine Bank, auf der ein junger Mann saß. Er kam ihm bekannt vor, aber er hatte nicht die geringste Ahnung, warum. Hinter ihm rief Isabel in tiefer Verzweiflung.

»Bobby!«

Ihr Ton ließ Robert wie angewurzelt stehen bleiben. Er drehte sich um, und im selben Moment stand der junge Mann von der Bank auf.

»Was ist denn?«, riefen sie beide.

Verwundert sahen sie sich an, dann Isabel. Sie lief auf sie zu.

Kapitel 14

Als Isabel kurz den Kopf drehte, um zu sehen, ob Bobby sie beobachtete, tat er so, als guckte er sonst wohin. Sobald sie sich abwandte, ließ er sie wieder nicht mehr aus den Augen. Sie ging zu einem älteren Schwarzen an der Begrenzung der Eisbahn. Die beiden umarmten sich, wenngleich etwas ungelenk, um kurz darauf gemeinsam, aber nicht Arm in Arm oder Händchen haltend in Bobbys Richtung zu laufen.

Was hatte Isabel mit dem Typen zu tun? Und was das Ganze mit ihm selbst?

Als sie näher kamen, kniff Bobby die Augen zusammen. Unter dem Baldachin, den die ineinander verschränkten Kronen der kahlen Bäume entlang des Wegs bildeten, war das Gesicht des Mannes mal im Schatten, mal in helles Licht getaucht. Er war ihm noch nie begegnet, dennoch kam er ihm merkwürdig bekannt vor. Sie waren nur noch ein paar Schritte entfernt, als der Mann von Isabel wegging, um zu telefonieren. Bobby sah, wie seine Mutter von einem Fuß auf den anderen trat. Wieder drehte sie sich zu ihm um, und wieder wandte Bobby schnell den Blick ab. Er fragte sich, warum er sich überhaupt darum scherte, ob sie merkte, dass er sie beobachtete, aber irgendwie kam er sich wie ein Voyeur vor, als ertappte er sie in einer Situation, in der sie nicht gesehen werden wollte. Deswegen sah er weg und warf ihr nur heimliche Blicke zu, bis er sich wieder unbemerkt glaubte.

Als der Mann zu ihr zurückkehrte, hatte sich etwas zwischen ihnen geändert. Sie sprachen nur noch kurz miteinander, dann ließ er sie stehen. Was sie auch vorgehabt hatte, es war nicht gut gelaufen. Sie wirkte wie vom Donner gerührt und ließ die Schultern hängen. Bobby starrte den näher kommenden Mann an, und ihre Blicke trafen sich. Dabei meinte Bobby ein ähnliches Erkennen in seinen Augen zu sehen, wie er es beim Anblick des Mannes empfunden hatte.

Plötzlich hörte er seine Mutter seinen Namen rufen.

Er stand auf.

Er und der Mann antworteten gleichzeitig.

Isabel lief die wenigen Schritte zu ihnen. Verwirrt blickten Bobby und der Mann erst einander, dann Isabel an. Bobby sah Angst in ihrer Miene.

»Stimmt was nicht, Mom?«

»Mom?«, sagte Robert. »Hast du einen Sohn?«

»Ja«, sagte sie.

»Mom, was zum Teufel ist hier los? Wer ist der Typ?«

Tränen liefen über Isabels Gesicht. »Ich hab gedacht, ich könnte es sagen, aber ich kann's nicht.«

»Izzy, was soll das alles? Was kannst du nicht sagen?«

»Oh Gott«, sagte sie. »Er ist dein Sohn, Robert. Du bist sein Vater. Oh Gott, es tut mir so leid.«

Bobby runzelte die Stirn, gleich darauf riss er ungläubig die Augen auf. Das Gesicht des Mannes kam ihm nicht deswegen vertraut vor, weil er ihn kannte. Und dennoch war es ihm vertraut – was unmöglich war. Er trat einen Schritt zurück, stieß mit den Beinen gegen die Bank und ließ sich darauf fallen. Er sah auf seine Füße, den dreckigen Schneematsch um sie herum. Das erste Mal, als Bobby geschlagen worden war, hatte es sich angefühlt, als wäre sein Kopf unter Wasser, so sehr hatte der Druck auf den Ohren alle Geräusche gedämpft und sein Blut rauschen lassen wie einen Wasserfall. Denselben Druck spürte er auch jetzt.

Er ist *tot*. Das hatte sie zu ihm gesagt. Schon vor seiner Geburt gestorben.

Tot, tot, tot.

War der Junge auch tot? Mein Gott, sie hatten ihn blutend und stöhnend liegen gelassen. Er hatte ihn liegen gelassen. War weggefahren.

Der Druck auf den Ohren wuchs und breitete sich aus bis hinter seine Augen. Sein Blick verschwamm. Seine Wangen fühlten sich taub an. Er legte sein Gesicht in beide Hände und schloss die Augen. Und hörte zu.

»Was hast du da gesagt?«, fragte Robert.

»Wir haben einen Sohn«, sagte sie.

»Wir haben einen Sohn.«

»Wir haben einen Sohn«, wiederholte Isabel. Robert stieß ein gereiztes Lachen aus. Er trat näher an Isabel heran und redete leise weiter.

»Komm mir nie mehr unter die Augen«, sagte er. »Hast du mich verstanden?« Der bedrohliche Klang seiner Worte ließ den Druck auf Bobbys Ohren verschwinden. Seine Wangen waren plötzlich heiß von dem Blut, das in sie schoss. Er nahm die Hände vom Gesicht und sah beide scharf an, auch wenn sein Verstand noch damit zu kämpfen hatte, diese irreale Szene vor seinen Augen zu begreifen.

»Ich versteh, dass du wütend bist«, sagte Isabel. »Es ist ja wirklich total verrückt.«

»Ist es wegen dem Namensschild?«, fragte er. Seine Stimme wurde laut. Spaziergänger, die vorbeikamen, sahen sie an. Sie taten desinteressiert, mit wenig Erfolg. »Lag's daran? Ich hätte es abnehmen sollen, bevor ich in die Bar kam.«

»Ich weiß nicht, was du meinst«, sagte Isabel.

»Du hast den Doktor auf dem Namensschild gesehen und die Kasse klingeln hören, oder?«

»Was? Nein. Aber halt mal, was willst du damit sagen?«

»Mach mir nichts vor.« Inzwischen starrten die Leute ungeniert zu ihnen herüber. »Es tut mir leid, dass du nicht weißt, wer der

Vater deines Kindes ist. Ehrlich, das tut mir leid. Und es tut mir leid, dass Leute wie du einfach ein Kind bekommen können, wann immer sie wollen, oder sogar ohne es zu wollen, während Leuten wie mir, die studiert haben und die finanziellen Mittel hätten, um Kindern ein liebevolles Zuhause zu geben, die Kinder sterben, bevor sie auf die Welt kommen.«

Isabel entgleiste das Gesicht. »Du hast dein Kind verloren?« Sie trat einen Schritt auf ihn zu, aber er wich ihr aus.

»Tu das ja nicht«, sagte er und wischte sich mit dem Daumen über den Augenwinkel. Mit erhobenen Händen machte Isabel einen Schritt rückwärts. Er deutete auf Bobby, ohne ihn anzusehen. »Der Junge könnte von irgendwem sein, und das weißt du. Wie kannst du dein Kind dazu benutzen, um Geld aus mir rauszuleiern? Was bist du nur für ein Mensch? Das, was ich gestern gesagt hab, ist dir wohl völlig egal? Jetzt tust du mir noch mal weh, einfach so?«

»Angeblich bist du doch tot«, flüsterte Bobby in Richtung seiner Füße.

»Was?« Robert riss den Kopf herum und sah ihn an.

»Sie hat mir von dir erzählt. Ja, das hat sie, aber sie hat auch gesagt, du wärst tot. Dass du sie vor meiner Geburt verlassen hast und gestorben bist.«

Ungläubig blickte Robert wieder zu Isabel.

»Ich war so wütend«, sagte sie mit zitternder Stimme. »Und ich wollte, dass auch er auf dich wütend ist. Aber er war's nicht. Je älter er wurde, desto mehr wollte er von dir wissen. Er hatte keinen Grund zu glauben, dass du … dass er … Als er auf die Welt kam und so aussah, und weil wir noch bei meinem Dad wohnten, hab ich …« Sie wurde rot und sah zu Boden. »Es war einfach leichter, zu lügen. Und als er nicht aufgehört hat mit seiner Fragerei, hab ich gesagt, du wärst tot. Ich konnte nicht riskieren, dass er vor meinem Vater die falschen Fragen stellt. Meine Güte, ich war so erleichtert, dass er weiß aussah, da hab ich ihn in dem Glauben gelassen. Ich dachte, so würde alles weniger kompliziert. Nur wurde es das nicht. Jedenfalls nicht auf Dauer. Als er von dir erfuhr, also, dass du, du …«

»Dass ich schwarz bin, Isabel«, sagte Robert. »Hör verdammt noch mal auf, so zu tun, als wär das was Unanständiges.«

»Es tut mir leid«, sagte sie. »Du hast recht. Als er es erfuhr, hatte er schon begonnen, Dinge zu glauben, und es war zu spät. Dagegen kam ich nicht mehr an.«

»Was für Dinge? Wogegen kamst du nicht mehr an?«

Wieder sah Isabel zu Boden. »Du weißt, was, und du weißt auch, warum. Er hat einfach zu viel von seinem Großvater.«

Wie vor den Kopf gestoßen ließ sich Robert neben Bobby auf die Bank sinken. »Wie konntest du nur? Wie konntest du ihn anlügen? Und mich auch?«

Bobby sah auf. »Dich anlügen?«, fragte er Robert. Er sah erst ihn, dann Isabel an. Sie blickte zum Himmel, hielt sich die Hand vor den Mund, wandte sich ab. Bobby sah wieder Robert an. »Moment mal, du hast uns also gar nicht verlassen, als sie schwanger war?«

Robert warf Isabel einen bösen Blick zu. »Verlassen? Ich wusste bis jetzt überhaupt nicht, dass es dich gibt. Bis zu diesem Moment.«

Bobby stützte seine Ellbogen auf die Knie und vergrub das Gesicht in den Händen. Sein Oberkörper wiegte sich vor und zurück.

»Bobby«, sagte Isabel.

Bobby schrie in seine Hände: »Fuck!«

Isabel und Robert schraken zusammen, und auch die Familie, die in diesem Moment vorbeikam, blieb stehen, bis der Vater sie weitertrieb. Robert stand auf. Bobby ebenfalls. Er musste sich selbst überzeugen. Sein Blick wanderte über Roberts Gesicht, den Schwung seiner Nase, die Form des Kinns, die dunkelbraunen

Augen, und er verstand, warum ihm dieses Gesicht auf den ersten Blick so vertraut vorgekommen war. Der einzige echte Unterschied war die Hautfarbe. Robert stand vor seinem Ebenbild, und Bobby sah, dass sich in Roberts Augen dasselbe verwirrte Begreifen breitmachte. Der Druck auf seinen Ohren und hinter seinen Augen war verschwunden, das Blut war in Arme und Beine zurückgekehrt und hatte sie schwer gemacht, als müssten sie einer plötzlichen inneren Leere entgegenwirken und ihn auf dem Boden halten. Er hatte eine verzweifelte Ehrlichkeit aus Roberts Worten herausgehört, eine Wut, die von Trauer und mehr als nur ein bisschen Bedauern gebändigt wurde. Robert hatte wirklich nichts gewusst. Doch jetzt war er da, und genau zu einem Zeitpunkt, an dem er einen Vater, *seinen* Vater nötiger hatte denn je.

Aber ausgerechnet der?

Bobby sackte wieder auf die Bank und schlug die Hände vors Gesicht.

»Baby …«, sagte Isabel.

Bobby sah auf. Aus seinen zusammengekniffenen Augen sprühte Wut. »Dein Gequatsche kann ich jetzt wirklich nicht brauchen.«

Isabel erstarrte. Ihre Augen füllten sich mit Tränen. Robert blickte zwischen den beiden hin und her.

»Hey, jetzt mach mal langsam«, sagte er zu Bobby.

»Nein«, sagte Isabel. »Er hat recht. Ich sollte … ich geh jetzt besser.«

»Gut«, sagte Bobby mit einer Gereiztheit, die er nicht unterdrücken wollte und konnte. Robert wandte ihm den Rücken zu und stand jetzt zwischen ihm und Isabel, aber Bobby sah noch, wie Isabel mit den Lippen die Worte »Rede mit ihm« formte, ehe sie sich umdrehte und auf den Parkausgang zuschritt. Als wollte er sie zum Bleiben auffordern, streckte Robert kurz die Hände seitlich aus, ließ sie aber fallen, als sie sich immer weiter entfernte, und setzte sich neben Bobby.

»Meinst du nicht, dass das etwas hart war?«, fragte er Bobby.
»Als ob du ihr nicht gern dasselbe gesagt hättest.«
Robert lachte. »Da hast du auch wieder recht.«
»Das ist echt eine abgefahrene Scheiße.«
»Das bringt es ziemlich auf den Punkt, würde ich sagen.«
Sie lachten in widerwilligem Einvernehmen. Dann beugten sie sich beide vor und rieben ihre Hände. Bobby bemerkte, dass sie den gleichen Tick hatten, und lehnte sich zurück.
»Seit wann weißt du's denn jetzt?«
Bobby neigte fragend den Kopf.
»Dass du schwarz bist.«
»Ich bin nicht schwarz.«
»Ich glaube, da dürften ein paar Milliarden Leute anderer Meinung sein.«
»Ja, aber sie erfahren es nur, wenn sie fragen. Und ich sag's ihnen garantiert nicht.« Bobby stand auf und ging los.
Robert folgte ihm.
»Ich frag dich aber. Also erzähl's mir. Erzähl mir, wann du's rausgefunden hast.«

Kapitel 15

Bobby war elf. Seit seiner Geburt wohnten er und Isabel bei seinem Großvater, der seit dem Tod der Großmutter zunehmend vereinsamt war. Wenn Isabel nicht zu Hause war, musste Grandpap an der Bushaltestelle auf Bobby warten und ihn abends zu Bett bringen. Damals arbeitete sie sehr viel, weil sie genug Geld verdienen wollte, um sich eine schöne Wohnung leisten zu können, am besten in einer Gegend mit einer guten Schule für Bobby. Aber manchmal ging sie zu lange aus. Nur ein Drink nach der Arbeit, zum Runterkommen. Grandpap sagte, wenn sie bleiben wolle, müsse sie sich einen festen Job suchen, ihr Geld sparen und mit dem Trinken aufhören. Er habe nicht jahrelang als Polizist den Kopf hingehalten und sich mit Gesocks rumgeschlagen, um seine Pension für seine versoffene Tochter und ihren Bastard zu verpulvern. Doch obwohl er so tat, als wären die beiden eine Last für ihn, spürte Bobby schon als kleiner Junge, dass Grandpap sie gerne bei sich hatte.

Im Sommer saßen sie oft auf rostigen weißen Metallstühlen auf dem Kunstrasen in Grandpaps Vorgarten. Sein Aschenbecher auf dem Klapptisch quoll über. Er palaverte über Gott und die Welt und stieß mit seiner Iron-City-Bierdose an Bobbys Limodose. Sie gluckerten und rülpsten gemeinsam. Grandpap ließ Bobby einen Schluck Bier probieren. Bobby unterdrückte einen Würgreiz und hoffte, dass es nicht auffiel. Er tat so, als schmeckte es ihm, und wollte es Grandpap nicht zurückgeben, als er danach verlangte, worauf ein zustimmendes Lächeln die Runzeln in seinem Gesicht vertiefte. Bobby fühlte sich sicher und sogar geliebt. Auch wenn er das Gefühl nicht hätte beschreiben können, wusste er, dass er mehr davon wollte, deswegen gab er vor zu verstehen, wovon Grandpap redete, und stimmte immer, wirklich immer mit ihm überein, weil er dann Bobby durch die Haare ruffelte und ihn einen guten Jungen nannte. Er sagte ihm, er würde ein richtiger Mann werden, weil er Männerdinge verstand.

Bobby verstand, warum es lustig war, wenn man sich laut fragte, ob durch Sally Ride der Flug ins All langsamer wurde, weil sie nach dem Weg fragte.

Er verstand, warum Reagan etwas tun musste, und zwar schnell, wenn die Windelköpfe vor der US-Botschaft in Beirut Bomben zündeten.

Und er verstand, warum nichts den Verfall dieses Landes besser illustrierte als eine Niggerin als Miss America.

Je mehr Grandpap redete, desto klüger wirkte er auf Bobby. Es gab nichts, was er nicht wusste, und Bobby war froh, dass er inzwischen so schlau war, den Mund zu halten und zuzuhören, denn wenn er Glück hatte, würde er irgendwann ein fast so toller Mann werden wie Grandpap.

Und das wusste er, weil Grandpap es sagte.

An einem besonders heißen Nachmittag blieben sie alle im Haus. Als er sich mit den Spider-Man-Wiederholungen langweilte und Grandpap, eine Dose Iron City schief auf dem Bauch, auf der Couch schlief, schlich Bobby hinaus. Die feuchtheiße Luft beengte seine Brust, und er klopfte auf seine Hosentasche. Leer. Er hatte seinen Inhalator vergessen, aber er wollte nicht mehr zurück ins Haus und Gefahr laufen, Grandpap zu wecken. Er hatte ihm verboten, allein rauszugehen, und erst recht nicht in die Gasse hinterm Haus.

Sieh bloß zu, dass du nicht allein draußen bist, bei dem Gesindel in der Straße, hatte er ihn gewarnt.

Bobby hatte pflichtschuldig genickt, obwohl das eine der Lehren war, die zu begreifen Bobby schwerfiel.

Das »Gesindel« waren die Kinder ein paar Häuser weiter, die in den Sommermonaten bei ihren Großeltern waren. Sie gingen mit Hemd und Krawatte in die Kirche und trugen ihrer Großmutter die Einkäufe nach Hause. Sie warfen sich einen Football zu und entschuldigten sich jedes Mal, wenn er auf Grandpaps Rasen landete. Sie saßen auf den Stufen ihrer Veranda und lasen Comics. Und gerade in diesem Moment waren sie in der Gasse hinter dem Haus und schienen riesigen Spaß zu haben.

Sie johlten vor Lachen und klatschten sich immer wieder ab. Der vierzehnjährige Darius, der Älteste der Brüder, hielt die Hüften von jemand Unsichtbarem umklammert und begattete die Luft. Er trug ein Netzträgerhemd, Schweiß stand auf seiner Stirn. Miles und Kevin, die zwei Jüngeren ungefähr in Bobbys Alter, kicherten über seine Possen, bis sie nach Atem rangen. Als Kevin aufsah, um sich die Tränen aus den Augen zu wischen, bemerkte er Bobby. Er winkte ihm, zu ihnen zu kommen, während die anderen ihm bedeuteten, leise zu sein, weil sie ihm ein Geheimnis verraten wollten.

Bobby blickte hinter sich auf Grandpaps Haus. Er dachte an die Bierdose, die vorhin langsam von seinem Bauch geglitten war, als wäre sie die brennende Lunte an einer Comic-Dynamitstange. Er dachte an die Bierdose. Noch schien sie nicht auf den Boden gefallen zu sein, weil er nicht aus der Tür gestürmt kam und nach ihm suchte. Bobby wusste, dass er nicht zu den Jungen gehen sollte, aber etwas, das stärker war als Grandpaps Mahnungen, zog ihn hin. Die Jungen schienen ganz aufgeregt, ihn zu sehen. Er hatte keine Freunde im Viertel und wollte auch Spaß haben.

Als er bei ihnen war, sah er, dass sie eine *Penthouse*-Ausgabe hatten. Bobby kannte Vanessa Williams von der Fernsehpressekonferenz, als man ihr die Miss-America-Krone wegnahm. Miles und Kevin packten Bobby an den Armen, und in ihrer Aufgekratztheit schüttelten sie sie, bis sie fast taub waren, und fragten, ob er schon mal eine nackte Frau gesehen habe. Bobby spürte eine Regung in seinen Shorts, und an der Art, wie sie ihn fragten, meinte er zu erkennen, dass sie das hatten. Daher nickte er unbeeindruckt und schob lässig das Kinn vor, als wäre das nichts Besonderes. Miles und Kevin hoben ihre Hände, damit er sie abklatschte. Nach kurzem Zögern hob auch Bobby die Hand und klatschte die ihren lachend ab.

In Grandpaps Straßenzug lebten vor allem Leute wie er, knurrig und nach Arznei riechend, wenn sie um Bobby auf den Kirchenbänken saßen. Kinder waren nie zu sehen, jedenfalls keine, mit denen er spielen durfte. Er hatte Bobby mit Angst vor diesen Jungen imprägniert, aber in diesem Moment hatte Bobby das Gefühl, er würde sie schon sein ganzes Leben lang kennen.

Vielleicht wusste Grandpap doch nicht *alles*.

»Wo habt ihr das her?«, fragte Bobby. »Dürfen wir das überhaupt anschauen?«

Die drei Brüder hörten auf zu lachen und sahen sich an. Und dann Bobby.

»Ja, logisch!«, sagten sie wie aus einem Mund. Darius sagte, er habe den Müll rausgebracht und dabei sei die Tüte gerissen und das Heft rausgefallen. Sie vermuteten, es sei das ihres Großvaters, und Darius machte eine Wichsbewegung. Miles und Kevin kicherten, dann prusteten sie los, bis jeder den anderen ermahnte, nicht so laut zu sein. Auch Bobby lachte, warf aber einen Blick auf Grandpaps Haus.

Sie blätterten die Fotos von vorne bis hinten durch und zurück von hinten bis vorne. Als Miles und Kevin großspurig davon anfingen, dass sie genau so eine Frau wollten, spottete Darius, dass sie gar nicht wüssten, was sie mit ihr anfangen sollten. Sie wehrten sich, er habe ja nicht mal eine Freundin, woher wolle er es denn wissen. Sogar Bobby witzelte, und Miles und Kevin brüllten vor Lachen. Auch Darius stimmte ein. Doch plötzlich wurde er ernster.

»Eigentlich ist es nicht okay, was sie mit ihr machen«, sagte Darius. Seine Brüder schüttelten den Kopf und gaben ihm mit einem missbilligenden Grummeln recht.

»Wie meinst du das?«, fragte Bobby.

»Dass sie nicht mehr Miss America sein darf. Das ist nicht okay. Grandma meinte, sie könnte ein bisschen öfter in die Kirche gehen, aber wenn sie eine Weiße wär, hätten sie das nicht mit ihr gemacht.«

Bobby war verwirrt. Vielleicht wussten sie einfach nicht, wie's wirklich war. Wie Grandpap es ihm erklärt hatte.

»Aber sie muss doch weiß sein«, sagte Bobby. »Eine Niggerin kann keine Miss America sein.«

Darius ließ die Arme hängen. Mit zwei Fingern hielt er das zerknitterte Heft an einer eingerissenen Seite. Plötzlich bemerkte Bobby die Hitze, den Geruch des gemähten Grases, das laute Sirren eines Rasentrimmers ein paar Häuser weiter. Schweiß rann ihm in die Ohren, aber weil Darius ihn so anstarrte, traute er sich nicht, ihn wegzuwischen.

Was hatte er denn Falsches gesagt? Warum wirkte Darius auf einmal so wütend?

Bobby sah kurz zu Kevin und Miles. Sie schienen nicht wütend zu sein. Furchtsam wanderte ihr Blick von Bobby zu Darius und wieder zurück. Auch Bobby hatte Angst. Warum hatte er nicht auf Grandpap gehört? Seine Worte fielen ihm wieder ein.

Bloß nicht kneifen.

Die rammen dir 's Messer in den Rücken.

Nie weglaufen, immer in die Augen schauen.

Bobby sah wieder zu Darius und erwiderte das Starren. Die Seite riss, und das Heft fiel zu Boden. Bobby bemerkte nicht einmal, wie er ausholte.

Blitze hinter den geschlossenen Lidern. Tränen schossen ihm in die Augen, das Blut im Mund schmeckte metallisch und scharf.

Seine Nase pochte. Er war noch nie geschlagen worden, aber er beherrschte sich, wollte nicht weinen. Miles und Kevin rissen vor Schreck die Augen auf. Dann zischten sie ihrem Bruder zu, Ruhe zu geben, mit ihnen reinzugehen. Darius stand mit geballten Fäusten und hochgezogenen Schultern vor Bobby und wartete auf eine Reaktion. Eine Antwort.

Bobby drehte sich auf der Stelle um und schrie nach Grandpap. Er sah, wie die Fliegengittertür aufging und Grandpaps Blick in die schmale Gasse und auf Bobby fiel, der auf ihn zulief. Er verschwand kurz, kam aber gleich zurück und humpelte die Stufen hinab auf seinen Enkel zu. Bobby sah, wie etwas in seiner Hand die Sonne reflektierte. Er wischte sich die Tränen aus den Augen und bremste auf dem Kies rutschend ab, als er Grandpaps alten Dienstrevolver erkannte.

Die Brüder sahen ihn auch und schrien. Rannten zu ihrem Haus. Grandpap legte seinen Arm um Bobby und führte ihn zu sich hinein.

Als sie ins Haus kamen, war Isabel in der Küche. Bei Bobbys Anblick schrie sie auf. Grandpap setzte ihn auf einen Stuhl und sagte, er solle sich die Nase zuhalten und den Kopf in den Nacken legen. Bobby spürte Blut durch seinen Hals rinnen. Isabel ging vor ihm in die Hocke und tastete seinen Nasenrücken ab. Sie zuckte zusammen, als er vor Schmerz stöhnte, drückte aber noch einmal darauf, so als könnte sie es nicht glauben und müsste es ein zweites Mal spüren, um ganz sicherzugehen. Grandpap hielt Bobby ein Geschirrtuch voller Eiswürfel hin.

»Hör das Kreischen auf und lass ihn in Ruhe«, sagte er. »Dem Jungen geht's gut.«

»Das passiert also, wenn ich ihn allein mit dir lasse«, fauchte sie. Als sie das Tuch mit dem Eis fest gegen Bobbys Nase drückte, jammerte er. »Oh, entschuldige, mein Baby.«

»Was machst du überhaupt hier?«, fragte Grandpap. »Ich hab

doch gesagt, lass ihn in Ruhe. Er kann das Eis selber halten. Ihm fehlt nichts.«

»Es war wenig los in der Arbeit, und sie haben gefragt, ob ich nach Hause will«, sagte sie. »Da dachte ich, gut, ich mach Schluss und verbring ein bisschen Zeit mit meinem Baby. Was zum Teufel ist passiert? Du solltest doch auf ihn aufpassen. Und ich weiß selbst, wie ich mit meinem Sohn umgehen muss.«

»Brüll mich nicht an. Und erzähl mir nicht, du wärst gleich nach Hause gekommen.«

»Was?«

»Ich riech's doch«, sagte Grandpap. »Also erzähl mir nichts.«

Er hatte recht. Selbst mit seiner blutverklebten Nase roch Bobby den bekannten süßsauren Geruch. Sie senkte den Kopf und beugte sich zu ihm, aber er lehnte sich zu ihrer Verwirrung zurück, hielt sich das Eis an die Nase und legte den Kopf wieder in den Nacken. Die Nase pochte bei jedem Herzschlag.

»Ich hab auf dem Nachhauseweg nur kurz was getrunken«, sagte sie zu Grandpap. »Ein Glas.«

»Es ist mitten am Tag«, brüllte Grandpap.

»Und wie viele Bier hattest du bis jetzt, Dad? Hm? Bist du eingepennt? Wieder mal? Wo war er? Wer hat das getan?«

Bobbys Schädel dröhnte. Von dem Schlag. Von dem Geschrei. Er war wütend, weil er immer noch Angst hatte, Angst vor seiner Wut auf sich selbst, weil er nicht auf Grandpap gehört und sich von diesen Jungen ferngehalten hatte, Wut auf Isabel, weil sie den Mann anschrie, der ihn beschützte und sowieso immer besser auf ihn aufpasste, als sie es je getan hatte. Ob spät oder nicht, er war jedenfalls da. Sie dagegen ging in die Bar. Mit diesem Gedanken ließ er seiner Wut freien Lauf und schrie ihr die Antwort ins Gesicht.

»Das waren diese Nigger von nebenan!«

Isabel gab ihm eine heftige Ohrfeige, dann zog sie die Hand, mit der sie zugeschlagen hatte, rasch weg und legte sie auf ihren

Mund. Im nächsten Moment nahm sie sein Gesicht in beide Hände und entschuldigte sich. Bobby weinte so sehr, dass er Seitenstechen bekam. Nicht nur wegen der Ohrfeige. Auch wegen der vielen Abende, an denen er allein ins Bett gegangen war und sie am Morgen noch nicht da war. Schluchzen schüttelte ihn. Er ließ sich nicht beruhigen. Das einzige Wort, das er hervorbrachte, war: »Warum?«

Warum hast du mich geschlagen? Warum bist du nie zu Hause? Warum hast du so viel getrunken? Unaufhörlich schoss »Warum?« aus ihm hervor, fast wie das Wasser aus einem aufgedrehten Hydranten auf der Straße. Grandpap packte Isabel und zog sie hoch.

»Warum zum Kuckuck hast du ihn geschlagen?«, schrie er.

»Hat er das von dir gelernt?«, fragte sie. »Kein Wunder, dass er Schläge bekommt.«

»Spar dir diesen Hippiekrampf, Isabel.« Er fasste Bobby am Kinn und hob ihm den Kopf. »Ruhig, ganz ruhig«, sagte er zu Bobby. Bobby schniefte und wischte sich die Nase, aber die Tränen rannen weiter. »Komm schon, es ist alles in Ordnung. Du warst wirklich tapfer und hast deinen Mann gestanden, das kann ich dir versichern. Hör nicht auf deine Mutter. Du hast nichts Unrechtes getan.«

»Doch, das hat er«, schrie Isabel. »Du sollst ihm nicht einreden, dass es richtig ist, so zu reden und so zu denken. So wie du.«

Er machte einen Schritt auf Isabel zu und drängte sie zurück, bis sie mit dem Rücken am Herd stand. »Du streckst deine Füße unter meinen Tisch, ich ernähre dein Kind und geb mir Mühe, einen Mann aus ihm zu machen, was der Junge weiß Gott bitter nötig hat. Und was machst du? Die halbe Zeit bist du nicht hier, wenn du hier sein könntest, sondern besäufst dich.«

Sie sah kurz Bobby an, dann Grandpap und machte dazu ein Gesicht, das besagte, er solle so etwas nicht vor ihm sagen. Nach einem kurzen Blick zu Bobby lachte er Isabel ins Gesicht.

»Wie, glaubst du etwa, dass er nicht weiß, warum du nie hier bist? Dass er denkt, dass du immer nur arbeiten bist? Nur zu, frag ihn. Frag ihn, was er von dir hält. Oder möchtest du das lieber nicht wissen?«

Isabel sah zu Boden. Grandpap beugte die Knie, um ihr in die Augen zu sehen, aber sie drehte immer wieder den Kopf weg, wich seinem Blick aus.

»Ja, genau, das hab ich mir gedacht«, sagte er. Er packte ihr Kinn und zwang sie, ihn anzusehen. »Er braucht einen Mann in seinem Leben. Um ihm zu erklären, wie's zugeht in der Welt. Also, sag mir, was daran so schlecht sein soll, wenn der Kleine nur ein bisschen so wird wie ich. Er ist ein Junge, verdammt noch mal, der Junge, den ich hätte kriegen sollen.«

Schlagartig veränderte sich Isabels Miene. Die Scham darin war wie weggewischt.

»Du willst wissen, warum es schrecklich ist, wenn er wird wie du?«, fragte Isabel. Sie fletschte die Zähne wie eine in die Ecke gedrängte Wölfin. »Weil sein Vater ein Nigger war.«

Bobby nahm den Eisbeutel von seinem Gesicht. Plötzlich flossen keine Tränen mehr. Grandpap trat einen Schritt zurück und stieß einen Lacher aus, der allerdings mehr wie ein Blöken klang.

»Blödsinn«, sagte er. »Der Junge ist so weiß wie ich.«

Isabel ging zu ihm und wischte sich die Tränen aus den Augen. »Schau mir in die Augen«, sagte sie und deutete auf ihr Gesicht. »Und sag mir, dass ich lüge.«

Grandpaps Lächeln erstarb. Sie blickte an ihm vorbei zu Bobby, der wie vom Donner gerührt dasaß. Lautlos formte sie die Worte »Es tut mir leid«.

Bobbys Ohren dröhnten, sein Kiefer schmerzte.

Grandpap gab Isabel eine Ohrfeige. Es klatschte so laut, dass Bobby meinte, es müsse entweder ihr Kopf oder seine Hand wegfliegen. Sie taumelte gegen den Herd, eine Hand auf die Wange gedrückt. Jetzt stürzte sich Bobby auf ihn und schlug gegen seinen breiten Rücken. Grandpap drehte sich um und nahm sein Gesicht zwischen seine kräftigen Hände. Isabel schrie, er solle ihn nicht anrühren, und stieß ihn zur Seite. Sie schlang beide Arme um Bobby und zog ihn mit sich auf den Boden. Bobby zappelte und schlug nach ihr, traf die gerötete Wange, auf die Grandpap sie geschlagen hatte. Sie drehte sich weg und hielt sich wieder das Gesicht. Bobby stand über ihr mit geballten Fäusten. Seine Schultern hoben und senkten sich, seine Brust wurde eng.

Vor dem Haus tat es ein metallisches Scheppern, und alle drei drehten ihren Kopf. Ein Polizist stand vor der Fliegengittertür und klopfte dagegen. Hinter ihm stand Darius' Großmutter. Grandpap fluchte leise. Er steckte den Revolver ins Holster und legte ihn wieder in das oberste Fach im Küchenschrank. Mit einem Finger fuchtelte er in Isabels Richtung.

»Du kommst nachher dran«, sagte er mit unterdrückter Wut. Er strich seine dünnen weißen Strähnen zurück und begrüßte den Polizisten an der Tür mit Vornamen. Bobby lief aus der Küche und die Treppe hinauf. Isabel flüsterte ihm hinterher: »Robert.«

Kapitel 16

»Grandpap kannte den Polizisten an der Tür. Kurz gesagt drehte er es so, als wäre die Großmutter des Jungen hysterisch und hätte sich das Ganze ausgedacht. Am Ende stellte er die Fakten auf den Kopf und sagte, eigentlich sollte er die Cops rufen, weil ihr Enkel auf seinen losgegangen war.«

»Und, hat er?«, fragte Robert.

»Nee«, sagte Bobby und schenkte Robert ein halbes Lächeln. »Der hatte ganz andere Sachen im Kopf.«

»Ja, kann ich mir denken.«

Bobby fischte eine Zigarette aus seiner Schachtel und hielt sie Robert hin. Der winkte ab, doch dann schnappte er sie, bevor Bobby sie einstecken konnte. Bobby riss ein Streichholz an und schirmte die Flamme mit einer Hand gegen den Wind ab. Sie zündeten ihre Zigaretten gleichzeitig an, zogen daran und stießen den Rauch aus. »Und was war danach?«

»Wir sind ausgezogen«, sagte Bobby. »Mom hatte die Nase voll. Sie stopfte meine Anziehsachen und meine Comics in eine Sporttasche und ging.« Bobby lachte leise auf.

»Was?«

»Er hat nicht mal versucht, uns aufzuhalten. Dabei hat er mich praktisch großgezogen. Und weißt du, was er gesagt hat, als wir zur Tür gingen?« Robert schüttelte den Kopf. »Nichts. Nicht ein Wort.«

»Hat dich das wütend gemacht?«

»Weißt du, was mich wirklich ausflippen ließ? Da fahren wir also weg, und ich kann Mom nicht mal anschauen, geschweige denn mit ihr reden. Deswegen wühle ich in der Sporttasche nach meinem Lieblingscomic. Es ist dieses X-Men-Jahrbuch mit einem komischen Schurken namens Horde. Aber eigentlich geht's mehr um Wolverine, deswegen mag ich es, verstehst du?«

Robert zuckte die Achseln. »Wer mag Logan nicht?«

Überrascht lehnte sich Bobby zurück. »Du mochtest Comics?«

»Mochte?«, sagte er. »Ich mag sie immer noch.«

»Oh«, sagte Bobby. »Egal, ich blättere also das Buch durch und bleib an einem Panel hängen, das mir bisher gar nicht aufgefallen war. Da küsst Wolverine Storm. Ich hab das Buch auf die Rückbank geschmissen und nie mehr angesehen. Das war das, was mich so wütend gemacht hat. Nicht dass Grandpap uns hat gehen lassen. Sondern dass Mom getan hatte, was sie getan hatte, und ihn angelogen hatte.«

»Dieser Kuss von Storm und Wolverine«, sagte Robert, »der hat dich an deine Mutter und mich denken lassen. Daran, warum du deinen Großvater verloren hast. Wolltest du deswegen immer als weiß durchgehen?«

»Hättest du das nicht?«

»Bobby.« Robert hielt kopfschüttelnd inne, ehe er leise auflachte.

»Abgefahren, oder?«, sagte Bobby.

Robert nickte. »Ich bin Arzt. Ich hab mir echt den Arsch aufgerissen, um so weit zu kommen, aber es gibt keinen Tag, an dem ich nicht in den Spiegel sehe und zuerst einen Schwarzen erblicke und dann erst einen Arzt. Weil ich es muss. Um zu überleben. Ich bin Arzt, Bobby, ein Arzt, verdammt noch mal, aber wenn ich überleben will, muss ich mich zunächst als Schwarzen sehen. Um sicher zu sein, muss ich mir immer und immer wieder sagen, dass es überall massenhaft Typen wie deinen Grandpap gibt, die mich so sehen. Für die bin ich erst mal schwarz. Wenn ich nicht daran denke, kann mich das mein Leben kosten. Und ich glaube, du weißt das. Weißt du auch, warum?«

Bobby schüttelte den Kopf.

»Weil ich glaube, dass du jeden Tag dasselbe tust. Ich glaube, du blickst auch in den Spiegel und sagst dir, du bist weiß, weil du glaubst, dass du das tun musst, um zu überleben. Das ist, was dich zufrieden macht und dir Sicherheit gibt.«

Bobby blickte zu Boden.

»Darf ich dich was fragen?«, sagte Robert.

Ohne den Blick zu heben, nickte Bobby.

»Hat dich das wirklich zufrieden gemacht?«

Bobby schüttelte den Kopf.

»Hat dir das wirklich Sicherheit gegeben?«

Eine Träne rann über Bobbys Wange. Eine zweite folgte. Er schüttelte den Kopf und wischte sich mit dem Ärmel übers Gesicht. Als er ein Piepsen hörte, hob er den Kopf und sah, wie Robert sich zurücklehnte, um einen an seinen Hosenbund geklipsten Pager abzunehmen. Robert las die Nachricht auf dem Bildschirm und ließ seufzend den Kopf sinken. »Was für eine Scheiße«, flüsterte er.

»Was ist?«

»Vor zwei Tagen wurde nachts ein Junge eingeliefert. Er wurde wahrscheinlich mit einem Ziegelstein geschlagen. Schwere Schädelfraktur. Wir konnten ihn stabilisieren, aber er war noch nicht übern Berg. Er ist gerade gestorben. Verdammt noch mal, ich war gestern Abend noch bei ihm.«

Bobby spürte, wie ihm das Blut in den Kopf schoss, spürte, wie ihm Schweiß auf die Stirn trat und er sauer aufstoßen musste. Im nächsten Moment war seine Zunge so klebrig, dass sie oben am Gaumen hängen blieb.

»Weiß man schon, wer's getan hat?«, brachte er heraus.

Robert schüttelte den Kopf. »Ich jedenfalls nicht. Aber man sucht nach dem Täter. Jetzt wahrscheinlich mit etwas mehr Nachdruck.« Roberts Augen verengten sich. »Geht's dir nicht gut?«

»Mir? Warum?«

»Ich weiß nicht«, sagte Robert. »Aber du wirkst ein bisschen – wie soll ich's sagen? – angegriffen.«

»Ist das ein Wunder?« Bobby lachte unnatürlich laut. Er bemerkte, dass Robert es bemerkte.

»Eher nicht«, sagte Robert. »Ich sollte ins Krankenhaus. Ich vermute, seine Familie ist grad dorthin unterwegs.« Gemeinsam standen sie auf. Das Schwindelgefühl kehrte zurück, und Bobby drückte seine Kniekehlen gegen die Bank, um etwas sicherer zu stehen. »Soll ich dich irgendwohin mitnehmen oder …«

»Nein, danke«, sagte Bobby. »Ich nehm den Bus.« Unschlüssig traten sie von einem Bein auf das andere, Hände wanderten in die Hosentaschen, Arme verschränkten sich vor der Brust. Endlich fuhr Bobby fort: »Also gut, ich muss was erledigen. Da gibt's eine Sache, um die ich mich kümmern muss, und ich weiß ehrlich nicht, ob das gutgeht. Das klingt jetzt albern, so geheimnisvoll und was weiß ich. Aber das hier –« er zeigte abwechselnd auf sich und auf Robert – »können wir das vielleicht fortsetzen? Miteinander reden?«

»Ja«, sagte Robert, und einer seiner Mundwinkel wanderte nach oben. »Ja, das können wir gern.«

Bobby kritzelte seine Adresse auf das Streichholzheftchen und reichte es Robert. »Vielleicht morgen, am späteren Vormittag?«

Nickend nahm Robert das Heftchen. Bobby streckte ihm die Hand entgegen. Robert sah sie kurz an, dann trat er seitlich daran vorbei auf Bobby zu. Er schlang die Arme um Bobbys Schultern und drückte ihn fest. Bobbys Arme blieben erst in der Luft. Als Bobby Robert doch an sich zog, legte ihm Robert eine Hand auf den Hinterkopf und drückte ihn an seine Brust. Bobby hielt inne, die Anspannung wich, und er begann zu weinen. Von Seufzern geschüttelt schluchzte er. Robert hielt ihn fest und streichelte ihn beruhigend.

»Ruhig atmen«, sagte Robert.

Mit jedem tränengeschüttelten Ausatmen brach eine schwärende Mischung aus Angst und Wut, Verbitterung und Leid aus Bobbys Innerem hervor, aber mit jedem Einatmen sog er etwas Neues ein: Sicherheit. Er fühlte sich sicher. Obwohl er kein Kind mehr war, fühlte er sich in Roberts Armen geborgen. Er fühlte sich beschützt, so wie er es von einem Vater erwartet, von seiner Mutter erhofft hatte.

Bobby beruhigte sich, und er und Robert traten auseinander. Auch Robert wischte sich Tränen aus den Augen. Schließlich nickten sie einander mit zusammengepressten Lippen zu und gingen. Bobby drehte sich noch einmal um.

»Hey, es tut mir leid«, sagte er. »Dass du dein Kind verloren hast. Weißt du, ob's ein Junge oder ein Mädchen war?«

Robert schüttelte den Kopf. »Danke. Sei heute Abend nicht so streng mit deiner Mutter, ja? Rede mit ihr.«

Bobby nickte und winkte ihm halbherzig zu, bevor er zur Bushaltestelle ging.

»Du bist entweder total früh oder total spät dran«, sagte die Restauranthostess, als sie Bobby die Tür öffnete. Die Mittagsschicht war fast fertig, und für die zweite Schicht war es viel zu früh. Er ging hinauf in den Raucherbereich. Sein Magen knurrte. Im Wirbel der vergangenen Stunden hatte er völlig vergessen, etwas zu essen. Deshalb nutzte er seinen Mitarbeiterrabatt, während er darauf wartete, ob er jemand von der Abendschicht ablösen konnte. Er fragte sich, ob Aaron auch arbeiten würde.

Als er die Treppe hochkam, sah er Michelle. Sie trank Mineralwasser und las ein Lehrbuch. Bei Bobbys Anblick verdrehte sie kurz die Augen und las weiter. Er setzte sich hinter sie an den nächsten Zweiertisch. Als er seine Zigaretten herausholte, fiel ihm ein, dass er Robert seine Streichhölzer gegeben hatte.

»Hey«, sagte er zu Michelles Rücken. Ohne von ihrem Buch aufzusehen, streckte sie ihre Hand nach hinten und reichte ihm ein schwarzes Zippo mit dem Totenkopflogo der Misfits. Sobald er sich die Zigarette angezündet hatte, streckte sie die Hand wieder nach hinten und öffnete und schloss sie ungeduldig, bis er das Feuerzeug hineinlegte.

»Danke«, sagte er. Sie schnaubte nur. Aus den Lautsprechern über ihren Köpfen kam A Flock of Seagulls. Er lachte kurz, als »I Ran So Far Away« gespielt wurde. Nicht die dümmste Idee, dachte er.

»Dieser Achtzigerjahre-Sound«, sagte er. »Russell muss da sein und die Schicht leiten. Er ist der Einzige, der diesen Mist mag.« Sie blätterte um und stieß einen übertriebenen Seufzer aus. Danach saßen sie schweigend da, bis die Bedienung Michelles Bestellung brachte und die von Bobby aufnahm.

»Kann ich dich was fragen?«, sagte er.

»Ich lerne«, sagte sie.

»Okay, sorry, alles klar.«

A Flock of Seagulls blendete über in »Take On Me«.

»Ich werd Russell bitten, dass er mir einen anderen Coach gibt«, sagte sie.

Eine andere Bedienung brachte Bobby Chicken Nuggets und Pommes. Ausgehungert schlang er sie in sich hinein. »Ich bin heut nicht mal eingeteilt«, sagte er mit vollen Backen. »Ich würd nur gern einspringen. Aber ich kapier's, alles klar.«

»Ach wirklich?«

»Wie meinst du das?«

»Ich mein den Scheiß, den du und dein Kumpel Aaron gestern abgezogen haben. Bist du echt so drauf?«

Bobby hörte auf zu kauen und sah ins Restaurant hinüber, als fände sich die Antwort auf ihre Frage irgendwo zwischen der Plastikdeko und den Retrofilmpostern, mit denen der Raum praktisch tapeziert war. Aber sie gaben die Antwort nicht preis. Es gab nämlich keine.

»Nach dem, was in den letzten paar Stunden passiert ist, weiß ich überhaupt nicht mehr, wie ich so drauf bin«, sagte Bobby. »Wobei ich's ehrlich gesagt vorher auch nicht so genau wusste.«

Michelle stand auf, nahm ihren Essensteller und setzte sich auf den Stuhl neben Bobby. Ihre glatten schwarzen Haare fielen ihr über das rechte Auge. Sie schob sie hinters Ohr, aber sie rutschten langsam wieder nach vorne und fielen in ihr Gesicht, sodass sie sie immer wieder zurückstreichen musste. Bobby wollte schon fragen, warum sie den Haarschnitt trug, wenn sie die Haare störten, aber um sie nicht zu vergraulen, hielt er sich zurück. Heute trug sie einen blauen Stein im Nasenflügel und einen kleinen Nasenring. Bobby fuhr sich mit der Zunge über die Zähne, um etwaige Essensreste zu entfernen. Wieder strich sie sich die Haare hinters Ohr.

»Wie kann's sein, dass du das nicht weißt?«, sagte sie. »Entweder bist du's oder du bist's nicht.«

»Was soll ich sein?«, fragte Bobby. »Kapier ich nicht.«

»Ja«, sagte sie, »das glaub ich auch.«

»Können wir vielleicht noch mal von vorn anfangen? Jetzt weiß ich überhaupt nicht mehr, wovon du redest.«

Sie beugte sich zu ihm. »Ich hatte recht, oder?«, fragte sie. »Du bist gemischt, oder nicht?«

Bobby richtete sich auf und sah sich kurz um, ob jemand sie hören konnte. Trotz der Begegnung mit Robert wollte er nicht, dass andere es erfuhren. Noch nicht. Er hatte keinen Hehl daraus gemacht, was er davon hielt, schwarze Tische zu bedienen – wegen dem, was sie bestellten, wegen des Benehmens am Tisch, wegen des knausrigen Trinkgelds. Er würde sich zum Idioten machen, wenn die Wahrheit über ihn ans Licht kam. Wenn, dann sollte er das wenigstens selbst bekannt machen.

Eine ihrer Bedienungen lehnte am Servicecounter und bemühte sich, in der Nase zu bohren, ohne es so aussehen zu lassen, indem sie mit dem Knöchel an ihrer Nase rieb. Zu weit weg, um zu lauschen.

Er sah an Michelle vorbei die Treppe runter zu den ersten Tischen im Hauptraum. Auch niemand. Sie sah ihn weiter mit vorgerecktem Hals an, allerdings nicht aggressiv oder herausfordernd, sondern eher mit einem neugierigen, fast verständnisvollen Blick.

Zwei Tage hatten gereicht, um Bobbys Leben in ein Filmnegativ zu verwandeln. Alles, was hell sein sollte, war jetzt dunkel. Die Perspektiven verkehrt, Farben verwandelt. Vor der Begegnung mit Aaron war alles ganz leicht gewesen, weil Bobby nur sich selbst hatte belügen müssen. Er war wie Beast aus der ersten X-Men-Ausgabe – zwar ein Mutant, aber von allen unbemerkt, bis er die Schuhe auszog und seine mutierten Füße zum Vorschein kamen. Als Aaron und Bobby sich kennenlernten und Aaron so sehr darum bemüht war, wie ein Schwarzer zu wirken, spürte Bobby, dass die blaue behaarte Mutation von Beast durchbrechen wollte, und er musste aufpassen, dass das nicht geschah. Nie nahm er Aaron mit zu Isabel. Bobby versuchte, Aaron zu vermitteln, dass es peinlich war, wenn er so tat, als wäre er wie »sie«, obwohl »sie« auch in ihm steckten.

Er bemerkte, dass Michelle weiter auf eine Antwort wartete. Auch wenn er heute etwas Hoffnung geschöpft hatte und sich geschützter fühlte, war er erschöpft und empfindlich.

Er nickte.

»Ich wusste es!« Sie schlug mit der Hand auf den Tisch. Als er sie mit einer Geste bat, ruhiger zu sein, sah er, dass seine Hand zitterte. Jedoch nicht aus Angst, da war er sicher. Er fühlte sich erleichtert, genau wie vorhin im Park, genau wie nach dem ersten Zug an einer Zigarette, wenn er den ganzen Tag nichts gegessen hatte. Wie von einer Last befreit. Michelle lehnte sich zurück, faltete zufrieden die Hände auf dem Buch und blickte ihn weiterhin neugierig an. »Warum dann diese Nummer?«, fragte sie.

»Welche Nummer?«

»Dass Schwarze kein ordentliches Trinkgeld geben. Den ganzen Mist, den Aaron gestern verzapft hat.«

»Das ist keine Nummer«, sagte Bobby.

»Ja, klar, für ihn nicht, das weiß ich auch.«

»Na, für mich auch nicht.«

Sie atmete hörbar durch die gespitzten Lippen aus. »Das ist doch krank.« Ihr vorwurfsvoller Ton versetzte Bobbys Hoffnung einen kräftigen Dämpfer. Er stand auf, um zu gehen. »He, warte, was ist los?«, fragte sie. »Wo willst du denn hin?«

»Das war ein Fehler. Weißt du, was? Ich hab dich angelogen, um dich in die Kiste zu kriegen. War bloß ein Witz, und du bist drauf reingefallen. Vergiss es einfach.«

Sie packte Bobbys Handgelenk, damit er sich wieder setzte. Ihr Blick war unverändert freundlich, so als hegte sie keine Hintergedanken. Er setzte sich.

»Ich hab das bisher niemandem erzählt«, sagte er. »Noch nie. Vielleicht war das ja noch nicht alles. Wart also noch mit deinem Urteil.« Er führte Daumen und Zeigefinger ganz nah aneinander. »Nur ein kleines bisschen.«

»Du hast recht«, sagte sie. »Entschuldige.«

Bobby inhalierte kurz. Seine Lunge entspannte, aber das Medikament machte ihn noch kribbliger, als er ohnedies war, deswegen fischte er eine weitere Zigarette aus der Packung und zündete sie an. Michelle stützte ihr Kinn auf die Hand.

»Was?«, fragte er.

»Erzähl«, sagte sie.

»Was soll ich erzählen?«

»Du hast doch gesagt, dass es noch nicht alles war. Erzähl's mir.«

Das tat er. Er konnte gar nicht anders. Er erzählte ihr von Isabels

Trinkerei. Von seinem Leben mit Grandpap. Dem Kampf in der schmalen Gasse hinter dem Haus und wie es war, als er die Wahrheit über seinen Vater erfuhr. Von dem Abend, an dem sie auf die Straße flogen. Dass er schon als kleiner Junge gelernt hatte zu erkennen, wenn Isabels Schnarchen eigenartig klang, um sie so hinzulegen, dass sie nicht an ihrem Erbrochenen erstickte. Er erzählte ihr, wie er Aaron kennengelernt und an das Gefängnis verloren hatte. Wie er beinahe jeden Tag, seit er alt genug war, gearbeitet hatte, und dass er und seine Mutter mit ihren Diner-Trinkgeldern manchmal sogar rechtzeitig die Miete zahlen konnten. Und er erzählte, dass er mit zweiundzwanzig Jahren vor ein paar Stunden seinen Vater kennengelernt hatte, von dem er gedacht hatte, er hätte sie verlassen und wäre tot.

Michelle unterbrach ihn kein einziges Mal. Sie hing die ganze Zeit an seinen Lippen.

Bobby lehnte sich zurück. Er fühlte sich wie damals im Sportunterricht, als er zum ersten Mal eine Meile gelaufen war – ausgelaugt und aufgekratzt. Als er auf die Uhr sah, stellte er geschockt fest, dass er mehr als eine Stunde geredet hatte. Michelle hatte ihm zugehört, ihn angehört, ohne ein Urteil zu fällen. Er hatte eine tonnenschwere Last abgeworfen und seinen Sack an Problemen vor ihr auf den Tisch geleert – alles bis auf den einen Brocken, der noch ganz unten festhing und nicht herauswollte. Ehe er diese Last auf der Seele nicht loswurde, würde er nicht ganz frei sein, auch wenn ihm das die Aussicht auf ein Leben in Freiheit verbaute. Als er fertig war, atmeten sie beide gleichzeitig auf und lachten. Dann fingen sie gleichzeitig an zu reden und lachten wieder.

»Du zuerst«, sagte sie.

Tu's. Du hast ihr alles andere ja auch gesagt. Sag ihr alles. Sie hat danach gefragt.

»Ich glaub, ich hab genug geredet«, sagte er.

»Komm schon, sag's.«

»Ich hab noch nie irgendwem von diesem ganzen Scheiß erzählt«, sagte Bobby. »Und jetzt tu ich's gleich zweimal hintereinander. So als hätte ich neben mir gestanden und mir selbst zugeschaut, wie ich das alles sage.«

»Aber warum erzählst du mir das?«, fragte sie. »Bei deinem Dad, klar, das versteh ich. Warum ich?«

»Vielleicht weil du gefragt hast.«

»Ich mein das ernst.«

»Ich schon auch.« Er wusste es wirklich nicht. Nach gestern Abend hätte sie guten Grund, einfach aufzuspringen, auf Bobby zu zeigen und ihn lachend zu outen. Aber weil sie das nicht getan hatte, war der Rest einfach aus ihm hervorgebrochen. Erst durch ihre Frage »Warum ich?« begriff er, warum er ihr alles erzählt hatte, und die Einsicht war wie ein Schlag in den Magen.

»Ich glaub, ich hab's dir erzählt, weil ich niemand anderen habe.« Sie verzog den Mund, und Bobby spürte ihr Mitleid. »He, lass das.«

»Was lassen?«, fragte sie.

»Mich anschauen wie ein armes Häschen.« Seine Stimme wurde fester. »Mir geht's gut.«

»Ich hab doch nichts anderes behauptet.« Ihre Stimme blieb ruhig und unaufgeregt. Bobby schüttelte seine Zigarettenschachtel, aber es fielen nur noch Tabakkrümel heraus. Michelle nahm zwei aus ihrer, zündete beide an und reichte ihm eine.

»Kann ich dich was fragen?«, sagte er.

»Nur zu.«

»Wie kam's zu deiner Entscheidung? Du weißt schon, zu sein, wie du bist.«

»Kapier ich jetzt nicht.«

»Du siehst nicht weiß aus. Aber das hört man nicht, wenn du sprichst.«

»Na ja«, sagte sie. »Ich spreche einfach richtig.«

Er verdrehte die Augen. »Schon klar. Aber du weißt doch, was ich meine.«

»Ich glaube nicht«, sagte sie.

»Wie hast du entschieden, was du bist?«, fragte er. »Na los, lass mich doch nicht so blöd aussehen. Okay, wie hast du entschieden, ob du weiß oder schwarz sein willst?«

Lachend lehnte sie sich zurück. »Oh Mann. Bei dir sind echt nicht nur die Gene durcheinander.«

»Da sagst du mir nichts Neues.«

»Okay, also – ich bin nicht gemischt.«

Bobby beugte sich vor und flüsterte. »Jetzt hör auf. Du bist weiß?«

»Was? Nein!«

»Was denn dann?«

»Schwarz, du Blödmann. Meine Eltern sind beide schwarz.«

Bobby ließ sich in seinem Stuhl zurückfallen. »Das gibt's doch nicht.«

»Warum ist das denn so schwer zu glauben?«, fragte sie. »Weil ich ›hellhäutig‹ bin?« Sie machte Anführungszeichen in der Luft. »Oder weil man's mir nicht ›anhört‹?«

»Na ja, eigentlich beides«, sagte Bobby. »Aber ganz sicher, weil du so redest.«

Kopfschüttelnd drückte sie ihre Zigarette aus. »Also, bis zu dem Tag hinterm Haus hast du geglaubt, du bist weiß, richtig?« Bobby nickte. »Und als du rausgefunden hast, wer dein Dad ist, hast du da plötzlich anders geredet? Bist du etwa morgens die Treppe runter, hast dir die Eier gekrault und zum Abschied kurz mal ›Yo, Pops, ich und Momma checken aus. Bye, Felicia‹ abgesondert?«

Schmunzelnd schüttelte Bobby den Kopf. »Wenn du das sagst, klingt's noch absurder.«

»Du weißt, was ich meine. Du hattest nicht plötzlich deine Basecap schräg auf, bist in Adidas ohne Schnürsenkel rumgelatscht und hast Rap gehört –«

»Okay, okay«, sagte er. »Ich kapier's, aber für mich war das was anderes. Ich bin ja anders.«

»Nein, bist du nicht«, sagte sie. »Du warst jahrelang schwarz, ohne es zu wissen, und hast trotzdem nicht so geredet und nichts von dem getan, was deiner Meinung nach Schwarze tun, die dir andere, Leute wie dein Großvater, eingeimpft haben. Dass ein Schwarzer automatisch so redet und sich auf eine bestimmte Weise verhält und anzieht. Aber das hast du damals nicht gemacht, und heute tust du's auch nicht. Diesen ganzen Quatsch, Bobby, dass man wie ein Weißer redet oder sich anzieht wie ein Schwarzer. Dass es so was wie einen genetischen Code gibt, der einen dieses oder jenes tun lässt. Das ist doch Blödsinn. Totale Scheiße. Und ich glaube, das weißt du auch. Das hast du schon immer gewusst.«

Sie lehnte sich zurück und rieb mit beiden Händen ihre Oberschenkel. Dabei sah sie Bobby an, als erwartete sie eine Antwort. Aber ihm fiel nichts ein. In wenigen Minuten hatte sie jede Erklärung ad absurdum geführt, all seine Floskeln zerrissen, die man ihm so lange vorgesagt hatte, bis er sie glaubte. Wie Adamantiumkrallen waren ihre Worte einem Feind in die Eingeweide gefahren und hatten sie herausgerissen. Der griff zwar noch danach, um sie zurückzustopfen, sah aber schon die Vergeblichkeit seines Tuns. Wieder atmeten beide laut aus, dann stand sie auf.

»Ich muss mal«, sagte sie, »aber wir reden gleich weiter.« Im Vorbeigehen legte sie Bobby eine Hand auf die Schulter und ließ sie kurz liegen. Er drehte sich um und sah ihr nach.

Er konnte ihre Rückkehr kaum erwarten. Wieder knibbelte er an den Schwielen und fragte sich, ob die Leichtigkeit nach seiner Offenbarung dasselbe Gefühl war, das Isabel immer wieder zum Alkohol trieb. Er hatte sich so lange versteckt, dass er gar nicht mehr wusste, wie es sich anfühlte, sich wirklich jemandem zu öffnen und über sich selbst zu sprechen, ohne sich vor einem Urteil oder den Folgen der Wahrheit zu fürchten. Er hatte keine Angst vor Michelle oder dem, was sie mit seinen Geheimnissen tat. Vielleicht sollte er das. Aber der Blick, mit dem sie ihn ansah, weckte in ihm den Wunsch, ihr immer noch mehr zu erzählen. Alles. Der Wunsch wurde immer stärker, und seine Augen brannten.

»Mein Gott, was bist du heute bloß für eine Heulsuse«, sagte er zu sich. Er hob den Kopf, um eine Serviette von der anderen Tischseite zu nehmen. Da sah er Aaron am Fuß der Treppe. Er starrte zu ihm herauf. Wer wusste, wie lang er da schon stand.

Zusah.

Zuhörte.

Er kann uns nicht gehört haben, beruhigte sich Bobby. Nicht bei der Musik, und nicht von dort, am Fuß der Treppe, außerdem hätte Michelle ihn gesehen.

Völlig ausgeschlossen.

Verdammt noch mal, seit wann steht er da?

Aaron starrte noch immer herauf. Als Bobby ihm winkte, ging Aaron wie aus einer Trance erwacht in die Küche. Bobby hatte gehofft, dass er heute Abend kommen würde. Seine Idee, den Rest des Gelds in Aarons Pick-up zu legen und ihn zu überreden, sich zu stellen und vielleicht sogar Bobby zu entlasten, war ihm wie ein guter Plan erschienen, jedenfalls besser als gar keiner. Doch das war, bevor Aaron wie ein lauschender Geist aufgetaucht war. Jetzt zog es ihm den Boden unter den Füßen weg.

Als Bobby eine Hand auf seiner Schulter spürte, schrak er zusammen. Michelle quiekste kurz.

»Meine Güte«, sagte sie. »Bleib locker, selbstverständlich hab ich mir die Hände gewaschen.« Bobby lachte nervös. Als sie sich wieder setzte, sah sie ihn fragend an. Schließlich ergriff sie selbst das Wort, doch Bobby sah nur Comic-Sprechblasen über ihrem Kopf, gefüllt mit irgendwelchen Kürzeln und Krakeln. Über seinem eigenen hing eine schwarze Gedankenwolke, in der Aarons Gesicht sich in Red Skull verwandelte, der eine Pistole auf Bobby richtete.

Kapitel 17

Bobby lehnte an seinem Servicecounter und kaute an einem Daumennagel herum. Michelle kam, um eine neue Getränkebestellung am Computer einzugeben.

»Er hat nichts gehört«, sagte sie.

»Woher weißt du das?« Er inhalierte wieder.

»Ich frag mich schon die ganze Zeit, warum du rauchst, wenn du Asthma hast«, sagte sie.

»Weil ich so gut inhalieren kann. Woher weißt du, dass er nichts gehört hat?«

Sie seufzte und leitete die Bestellung an die Küche weiter. Dann lehnte sie sich neben Bobby. Gemeinsam übersahen sie ihre Tische. »Wissen tu ich's nicht«, sagte sie. »Aber wie soll er? Bei der Musik. Von da unten. Und wer weiß, wie lang er überhaupt dagestanden hat? Es ist sicher alles okay. Mach dich locker. Außerdem kannst du im Moment doch an was Angenehmeres denken, oder? Zum Beispiel das mit deinem Vater. Das ist doch irre.«

»Stimmt«, sagte er. »Hast recht.«

Sie hatte Aaron nicht gesehen, als er dastand und Bobby anstierte. Nachdem er in die Küche verschwunden war, hatte Bobby Michelle gefragt, ob sie es sich nicht anders überlegen wolle und doch mit ihm arbeiten, und sie sagte Ja. Ehe ihre Schicht begann, sagte er, er würde den Servicecounter übernehmen und sie solle die Bestellungen aus der Küche holen. Sie fragte nicht nach dem Grund, aber nach ihrem Lächeln zu schließen, war ihr klar, dass er sich vor dem Gang zur Küche fürchtete. Und jedes Mal wenn sie von dort zurückkam, fragte er sie nach dem Stand der Dinge. Wirkte er sauer? Was hatte er gesagt? Sprach er überhaupt mit ihr?

Sie erwiderte, dass Russell genervt war, weil Bobby kein Essen holte, und jedes Mal wenn er das sagte, sah Aaron sie seltsam an.

»Seltsam? Wie seltsam?«, fragte Bobby.

»Ich weiß nicht, einfach komisch.«

»Komisch wie ›Hm, ich frag mich, warum Bobby keine Bestellungen holt‹ oder eher wie ›Dieser Schweinepriester zieht den Schwanz ein, aber ich schnapp ihn mir noch und mach ihn fertig‹? Welches von beiden ›komisch‹?«

»Mein Gott, Bobby, woher soll ich das wissen? Ich kenn den Typen nicht. Schau doch selber.«

Bobby schüttelte den Kopf und kaute am anderen Daumennagel. Michelle servierte. Er lehnte an der Station und nagte. Nagte und lehnte an der Station.

Sie hat recht. Komm endlich runter. Er kann dich unmöglich gehört haben. Du hättest ihn da unten doch stehen sehen. Auf jeden Fall.

Nur dass das nicht stimmte. Er hatte keine Ahnung, ob Aaron dort gewesen war, als er vor einem Mädchen, das er kaum kannte, seine ganze Lebensgeschichte ausbreitete.

Oh Gott, ich hätte ihr beinah noch erzählt, was mit dem Jungen passiert ist.

Auch das hätte er gehört, und wenn er es getan hätte, dann wusste Bobby genau, wie Aaron reagiert hätte. Haargenau.

Bobby wollte – musste – nur wissen, ob Aaron das mit seinem Vater mitbekommen hatte. Wenn ja, brauchte er sich nicht mehr weiter den Kopf zerbrechen. Vielleicht würde Aaron sich nicht mal aufregen. Irgendwann fände er es sowieso heraus, und dann würden sie miteinander reden müssen.

Aber wenn er's weiß, dann nicht, weil du's ihm gesagt hast. Er weiß nur, dass du ihn angelogen und einer Fremden statt ihm die Wahrheit erzählt hast.

Bobby nahm wieder einen Zug von seinem Inhalator. Zwar schien kein Anfall zu kommen, aber er fühlte sich aus Gewohnheit besser. Allerdings hatte er jetzt schon zum fünften Mal in einer Stunde inhaliert, und inzwischen zitterten seine Hände, und das machte ihn noch nervöser, was wiederum hieß, dass er den Inhalator bald wieder brauchen würde. Michelle kam zurück zu ihrer Station.

»Kannst du mal für 'ne Minute allein übernehmen?«, fragte er.

»Ich glaub, das mach ich schon seit 'ner Stunde«, sagte sie. »Hör mal, ich hab zwar nicht das Geringste für den Typen übrig, aber hast du dir mal überlegt, dass es okay wäre, wenn er das alles gehört hätte? Ich mein, immerhin ist er dein bester Freund.«

Bobby sah sie geschockt an. »Spinnst du? Außerdem ist es ›war‹. Er war mein bester Freund.«

»Erzählst du mir, was zwischen euch beiden vorgefallen ist?«

»Ich muss eine rauchen«, sagte er. »Bist du sicher, dass du allein klarkommst?«

»Dir ist aber schon klar, dass du an ihm vorbeimusst, wenn du hinten rausgehst?«, sagte sie.

»Nee, muss ich nicht.« Ihre Station stand neben der Tür zur Terrasse, und Bobby deutete dorthin.

»Dann mach«, sagte sie. »Aber beeil dich. Wenn Russell nachschauen kommt, deck ich dich nicht. Ich hab keine Lust rauszufliegen.«

In einem Anflug von Sarkasmus streckte ihr Bobby, als er mit dem Rücken die Tür aufdrückte, beide erhobenen Daumen entgegen. Auf der Terrasse lagen mehrere Zentimeter Schnee, und er musste mehrmals schieben, bis die Tür ganz aufging. Kalte Luft strömte herein, als hätte er eine Luftschleuse geöffnet, und die Gäste an den nahen Tischen warfen ihm verärgerte Blicke zu. Kopfschüttelnd winkte ihm Michelle zu, er solle abziehen. Bobby sprang über den niedrigen Zaun und ging auf die Rückseite des Gebäudes.

Er zündete eine von Michelles Zigaretten an und spuckte in den

Schnee. Sie waren schwächer als seine und schmeckten mies, aber sie lösten keinen Asthmaanfall aus, sodass er sie zu Ende rauchte. Seine Gedanken wanderten zu Isabel. Nach und nach verstand er, warum sie trank, obwohl er jetzt einen anderen Grund erkannte als das Suchtpotenzial seines Geständnisses. Allmählich machte ihn das Gedankenkarussell völlig kirre. Er wollte nach Hause, sich neben sie auf die Couch setzen, eine Flasche Wodka öffnen und auf das morgige Treffen mit Robert warten. Und zu ihr sagen: *Zeig mir, wie man das macht, weil ich's sonst nicht mehr aushalte.*

Bobby drückte das Tor des Maschendrahtzauns zur Ladezone auf. Als die Hintertür zur Küche aufging, schrak er zusammen. Im Gegenlicht sah er nur einen menschlichen Umriss in der Tür. Er bedauerte, dass er allein gekommen war. Sein Herz schlug so kräftig, dass er es in den Ohren spürte.

Als die Tür zuschwang, war mehr zu erkennen. Ein Spüler zerrte zwei große Mülltonnen mit leeren Bierflaschen hinter sich her. Bobby sank gegen den Zaun und atmete erleichtert aus, während der Spüler einen Keil in die Tür schob, damit sie nicht ganz zufiel. Die Luftschleuse blies und übertönte das Geklapper und Geschrei in der Küche. Der Spüler leerte die erste Tonne. Die Flaschen zerbrachen, als sie aufeinanderknallten. Bobby drehte sich um und sah durch den Zaun auf die parkenden Autos dahinter. Als er die Finger in die Maschen steckte, schoss ihm durch den Kopf, dass er sich womöglich an so eine Perspektive gewöhnen musste: Nach draußen schauen, in die Freiheit. Aber eigentlich hatte er das schon sein ganzes Leben getan. Als der Spüler die zweite Tonne leerte, klirrten wieder Flaschen, und Bobby zuckte erneut zusammen.

Jetzt krieg dich endlich wieder ein, Mann.

Der Spüler steckte die Tonnen ineinander und ging zurück in die Küche, doch kurz bevor die Tür zufiel, drückte sie jemand auf.

Aaron trat hinaus in die Ladezone.

Überrascht sah er Bobby an. Der Keil, mit dem sich die Tür

offen halten ließ, lag zu seinen Füßen, und er schob ihn unter die geschlossene Tür und trat ihn fest. Als Aaron ihm den Rücken zuwandte, überlegte Bobby, ob er wegrennen sollte, aber er wusste nicht, wohin, zu wem. Selbst wenn er ihm hier entkam, wäre das nur vorübergehend, ein kleiner Aufschub vor dem, was kommen musste, und er hatte seine Furcht so satt, dass er es lieber gleich hinter sich bringen wollte.

Aaron zündete sich eine Zigarette an und sog gierig daran. Keiner sagte etwas. Sie waren wie Logan und Creed, Wolverine und Sabretooth, zugleich Bruder und Feind, die sich umkreisten und darauf warteten, dass der andere die Krallen ausfuhr und angriff.

Genau wie gestern Abend tastete Bobby nach dem Korkenzieher in seiner Schürzentasche, spürte aber nur Michelles halb leere Zigarettenschachtel. Sie hatte noch keinen eigenen, und er hatte ihr seinen Korkenzieher geliehen. Er verdrehte die Augen und zog eine weitere Zigarette heraus.

Wenn ich jetzt sterben muss, dann wenigstens rauchend. Schade nur, dass ich keine Augenbinde hab.

Aaron lehnte an der Wand neben der Tür und beobachtete, wie Bobby ihn beobachtete.

Bobby war klar, dass Aaron abwartete, bis seine Furcht vor ihm so weit anwuchs, dass er die Wahrheit preisgab und Aaron die Rechtfertigung hatte, das zu tun, was er tun wollte. In Gedanken hörte Bobby ein metallisches Klicken, so als würde er die Krallen ausfahren.

»Ich weiß nicht, was du gehört hast«, sagte Bobby, »oder meinst gehört zu haben.« Aaron zog eine Braue nach oben und stieß wie ein Cartoonstier Rauch durch die Nase aus. »Ich hab niemanden, mit dem ich reden kann, Mann, und das, was wir getan haben, was du mit diesem Jungen gemacht hast, Aaron, das bringt mich verdammt noch mal um.« Er wollte schon sagen, dass der Junge gestorben war, hielt sich aber zurück. Dass er es wusste, würde nur weitere Erklärungen erforderlich machen. Weil Aaron ihn nur anstarrte, fuhr er fort. »Ich kann nicht mehr schlafen, ich kann kaum noch was essen, und ich krieg fast ununterbrochen Anfälle. Ich hab ihr nicht erzählt, was passiert ist, Mann, das schwör ich dir.«

Aaron blieb an der Wand kleben, zog an der Zigarette und blies den Rauch in die Luft. Sein Blick löste sich von Bobby, wanderte in die Ferne. Bobby schloss die Augen und holte tief Luft.

»Aber ich hab ihr viele andere Sachen erzählt, und wenn du die gehört hast und mich jetzt verachtest, ist das eben so. Ich kann's nicht ändern, ob ich will oder nicht.«

Aaron schnippte seine Zigarette in den Schnee. Er ging zu Bobby und lehnte sich neben ihn an den Zaun. Bobbys Körper ging in Alarmbereitschaft, alle Muskeln waren auf Kampf oder Flucht eingestellt und warteten nur auf ein Zucken von Aaron. Kampflos würde er sich nicht ergeben, auch wenn er keine Chance hatte. Er hatte die Nase voll, wie eine Spielzeugmaus von einer Katze herumgeschubst zu werden. Unter der Beleuchtung der Ladezone sah Bobby inzwischen Aarons Gesicht besser, und auch er schien Angst zu haben.

»Du hattest gestern Abend nicht recht«, sagte Aaron. Seine Stimme zitterte. »Als ich die Waffe geholt hab. Als du gesagt hast, es geht nicht um dich. Es geht natürlich um dich. Immer ging's um dich. Seit wir uns kennen, hat alles, was irgendwas mit mir zu tun hat, auch mit dir zu tun.« Er atmete so schwer, als wäre er gerade eine Meile gerannt, und fingerte eine neue Zigarette heraus. Als das Feuerzeug an sein Gesicht kam, zitterte die Flamme, und Bobby sah, dass er Tränen in den Augen hatte. Aaron hatte wirklich Angst. »Seit dem Tag, an dem wir uns im Schulbus begegnet sind. Ich wusste sofort, dass du der beste Freund sein würdest, den ich je haben würde, und dass ich für den Rest meines Lebens mit dir befreundet sein würde. Ich hab die Schule gehasst. Und meine Eltern hab ich gehasst, weil sie mich auf diese Schule schickten, wo solche wie du und ich in der Minderheit waren. Ganz egal, wie ich mich bemüht hab, dazuzugehören, ich bekam immer nur die Hucke voll. Und auf einmal kamst du und hast gesagt, dass ich mich nicht unterbuttern lassen soll, und bist für mich eingestanden, hast dich sogar für mich geprügelt, obwohl du's gar nicht gemusst hättest. Mann, du warst mein Held. Trotz deines beschissenen Comicgeschmacks.«

Sie lachten beide kurz auf.

»Aaron«, sagte Bobby.

Aaron hob die Hand, damit Bobby nicht weitersprach, und wischte sich die Augen. »So beschissen es für uns in der Schule auch war, ich fand's immer Mist, wenn der Schultag zu Ende war. Und ich hab mir gewünscht, dass das Wochenende schnell vorbeigeht und ich dich am Montag wiedersehe. Ich hab sogar angefangen, diese bescheuerten Marvel-Comics zu lesen.« Er lachte wieder, kurz und rau.

»Ich hab einfach gewusst, dass du es wusstest. Das musstest du. Ging gar nicht anders. Wir waren doch die Comic-Schwulis, oder nicht?«

Bobby nickte.

»Weißt du noch, was du danach zu mir gesagt hast?«

Bobby nickte wieder, aber aus Scham hielt er den Kopf gesenkt.

»Ja«, sagte Aaron, »ich weiß es auch noch.«

Bobby erinnerte sich, was danach passiert war. Aaron wurde distanzierter, aber es fühlte sich normal an, zwei Jungs, die sich voneinander entfernten, ohne dass etwas zwischen ihnen vorgefallen war. Nach kurzer Zeit hatte Bobby es ganz vergessen. Als sie in die Highschool kamen und Aaron zu dealen begann, sah Bobby ihn immer seltener. Aaron hatte neue Freunde. Bobby hatte immer noch nur Aaron, aber er war so damit beschäftigt, auf Isabel aufzupassen und die Miete zusammenzukratzen, dass ihm nicht mehr viel Zeit blieb für anderes. Bobby verschwendete keinen Gedanken mehr daran. Was für ihn ganz leicht war; aber für Aaron schien es unmöglich zu sein. Trotz des bulligen Körpers, der gegen den Zaun lehnte, wirkte er gebrochen. Bobby wollte die Hand ausstrecken, ihn an sich ziehen und umarmen, doch selbst jetzt hatte er Angst davor, was das für Aaron bedeuten könnte. Beschämt über seine Angst, überlegte er, ob er Aaron gestehen sollte, dass er nicht der Einzige war, der ein Geheimnis hatte. Wenn er es ihm verriet, würde bei Aaron vielleicht der gleiche innere Konflikt aufbrechen, wenn er versuchte, so zu tun, als wäre es ihm egal.

Oder auch nicht.

Vielleicht würde sich Aaron auch nur nach dem nächstbesten Ding umsehen, mit dem er ihm den Schädel einschlagen konnte.

»Aaron.«

»Willst du wissen, warum ich's getan hab, Bobby? Ich hab's getan, weil mein Zellengenosse mir in der ersten Gefängnisnacht, als er mich sich vorgeknöpft hat, etwas weggenommen hat. Etwas, an das ich mich immer geklammert hab, um zu überleben. Das wurde ausgelöscht, als er mich gegen die Zellenwand gedrückt und eiskalt vergewaltigt hat. Ganz egal, wie oft ich versucht hab, es wiederzukriegen, um nicht verrückt zu werden, es war weg.« Er stieß sich vom Zaun ab und fing an, hin und her zu gehen. »Du hast immer zu mir gesagt, ich soll nicht so tun, als wäre ich wie sie. Dass das Tiere sind und ich mehr Selbstachtung haben soll, aber damals hab ich nicht gehört. Aber als ich aus der Krankenstation kam und die Brotherhood mich an ihren Tisch in der Cafeteria geholt hat, da hab ich gehört. Auf jedes verdammte Wort von ihnen.«

Oh mein Gott, was habe ich getan?

Aaron ging schneller auf und ab. »Als dieser Affe aus dem Dirty O uns nachlief, als er zu dir kam und ich gesehen hab, wie viel Angst du hattest, da war klar, was ich tun musste.«

»Tun musstest?« Der scharfe Ton seiner Stimme überraschte

Bobby, aber er redete weiter. »Der Motor des Wagens lief doch. Du hättest genauso gut einsteigen können, und wir wären weggefahren. Du hast den Jungen provoziert, Aaron. Du hast darauf spekuliert, dass er uns nachläuft. Das hättest du nicht tun müssen. Aber du wolltest es.«

Aaron trat nahe an Bobby heran. Bobby drückte sich mit dem Rücken in den Zaun. Ihre Gesichter waren nur wenige Handbreit voneinander entfernt. »Er hat gelacht, Bobby. Als ich um Hilfe gerufen hab. Als ich ihn angefleht hab aufzuhören. Er hat nur gelacht, und sobald er konnte, hat er es noch mal gemacht.« Sein Mund verzog sich zu einem verächtlichen Grinsen, aber über seine Wangen liefen Tränen. »Ja, du hast verdammt recht, ich wollte es. Du willst die Wahrheit, Bobby, die nackte Wahrheit? Es tut mir leid, dass ich ihn nicht umgebracht hab. Scheiß auf diesen Kerl. Scheiß auf meinen Zellengenossen. Scheiß auf sie alle.« Er ging rückwärts in Richtung Küche. Im Gehen richtete er den Zeigefinger auf Bobby. »Und ich scheiß auch auf dich, Bobby. Ich hab nur das getan, was du immer von mir gewollt hast.« Damit zog er die Tür auf.

»Du *hast* ihn umgebracht!«

Aaron blieb stehen, drehte sich aber nicht um. Schließlich ging er hinein, und die Tür fiel hinter ihm zu.

Als Aarons Gesicht so dicht vor seinem gewesen war, hatte Bobby, ohne es zu merken, den Atem angehalten. Jetzt stieß er geräuschvoll die Luft aus, beugte sich vor und stützte die Hände auf die Knie. Er hatte alles komplett verbockt und das nicht mal mitgekriegt. Als Isabel ihm und Grandpap die Wahrheit über seinen Vater erzählt hatte, hatte sie eine Atombombe gezündet, aber Bobby hatte gedacht, der Fallout erwische nur ihn. Es betreffe nur ihn allein, dass er als weiß durchging. Das hatte er sich jedenfalls immer eingeredet. Jedes Mal wenn Aaron und er getriezt worden waren, jede Beleidigung, die sie hatten einstecken müssen, hatte

Bobby tiefer in seine Illusion verstrickt. Aber mit Aaron war er nicht mehr allein gewesen. Er war ein beinahe perfekter Freund, bis auf den Makel, dass er all das sein wollte, was Bobby an sich selbst hasste. Er hatte Aaron wegen seiner Anbiederei Vorwürfe gemacht, ohne zu ahnen, dass er damit eine Saat, eine Art Mutantengen in ihn einpflanzte, das nur darauf wartete, dass seine bösen Superkräfte aktiviert wurden.

Allerdings geschah das in keinem Comicheft.

Der Gedanke, dass Aaron wieder ins Gefängnis musste, tat weh, aber noch schmerzlicher als die Vorstellung, was dort mit ihm geschehen würde, war für Bobby, dass Aaron den Jungen willentlich umgebracht hatte. Dieser Gedanke belastete ihn mehr als der Umstand, dass er, wenn er Aaron anzeigte, wohl auch in den Knast kam. Wäre er stur geblieben und nicht ins Dirty O mitgegangen, wäre das alles nicht passiert. Wenn er dem verletzten Jungen geholfen hätte, käme nur Aaron vor Gericht, er nicht. Wenn er Moms Schnapsflaschen ausgekippt hätte, statt die Schlafende nur in eine Stellung zu rollen, in der sie nicht an ihrer Kotze erstickte, wäre es vielleicht auch bei ihnen anders gelaufen. Seine ganzen Ausflüchte türmten sich zu einem Haufen Scheiße, nur dass der Gestank jetzt nicht mehr allein an ihm klebte. Er musste reinen Tisch machen, und vielleicht war er dabei nicht mehr allein. Jetzt war sein Vater da und konnte ihm womöglich helfen, eine Lösung zu finden.

Robert würde ihm helfen.

Bobby ging zur Vorderseite des Restaurants. Am liebsten wäre er gleich weiter zur Bushaltestelle gelaufen und nach Hause gefahren, um Mom beim Aufräumen zu helfen, ihr alles zu erzählen und zu beratschlagen, wie sie es Robert beibringen konnten. Aber die Miete war weiter fällig, und jetzt war es völlig ausgeschlossen, dafür Aarons Geld zu nehmen. Er musste eine Möglichkeit finden, es ihm zurückzugeben, egal wie. Die Hostess am Eingang sah ihn verwirrt an, als sie ihm die Doppeltüren öffnete und sich fragte, woher er kam, nachdem er vor ein paar Minuten doch drinnen gewesen war. Michelle stand an ihrem Servicecounter, sortierte die Rechnungen und zählte das Wechselgeld ab. Bobby ging zu ihr.

»Ach, auch schon da?«, sagte sie. »War's schön? Ich krieg einen Anschiss, weil Russell angepisst ist.« Sie sah auf und hörte auf zu sortieren. »Hey, Mann, bist du okay?«

Bobby vermutete, dass er ziemlich angeknockt aussah. »Ob du's glaubst oder nicht, mit mir ist alles in Ordnung.« Er sah den Stapel Rechnungen an. »Wo stehen wir?«

In den nächsten paar Stunden konzentrierte Bobby sich voll auf die Arbeit. Er und Michelle fertigten einen Tisch nach dem anderen ab und becircten die Gäste, um ihnen möglichst viel Geld abzuknöpfen. Bobby lachte sogar hin und wieder und vergaß seine Situation für kurze Momente. Auch wechselte er sich mit Michelle ab, Bestellungen aus der Küche zu holen. Aaron stand an der Fritteuse und nicht an der Ausgabe, aber selbst wenn Bobby etwas direkt bei ihm holen musste, wich er nicht aus. Er sah ihm sogar in die Augen. Zu wissen, dass es fast vorbei war und er alles in Ordnung bringen würde, war eine Befreiung.

Bobby fürchtete sich vor dem, was folgte, wenn er zur Polizei ging. Er hatte keine Ahnung von der Gesetzeslage, aber ihm war klar, dass man nicht nur streng ermahnt wurde, wenn man vom Tatort eines tätlichen Angriffs floh. Bei dem Gedanken, dass es ihm so gehen könnte wie Aaron – dass er nach seiner ersten Woche dort landete, wo Aaron gelandet war –, wurde ihm der Mund trocken. So viel Angst er auch hatte, fürchtete er sich zum ersten Mal seit Tagen nicht mehr vor Aaron, und das hob seine Stimmung ein wenig.

Als der Rush der Abendessenszeit zu Ende war, hatte er die nächste Monatsmiete beisammen, doch Bobby wollte mehr. Michelle war einverstanden. Nachdem er die Bedienungen zweier anderer Bereiche gefragt hatte, ob sie für heute Schluss machen wollten, übernahmen sie auch deren Tische. Die Küche hatte ebenfalls die Belegschaft reduziert, und Bobby sah, dass Aaron mit einer Flasche Bud und einem Schnaps an der Bar saß. Er ließ ein Zippo aufschnappen und schnippte es an, dann schloss er es wieder, und nach einem Schluck Bier wiederholte er das Ganze. Michelle und Bobby ließen auch die Hostess Feierabend machen und übernahmen abwechselnd die Aufgabe, neue Gäste zu begrüßen und an einen Tisch zu führen. Viele kamen nicht mehr, aber jeder weitere Tisch brachte mehr Geld für Isabel, wenn Bobby ins Gefängnis musste. Eine Doppelschicht weniger für sie. Und damit vielleicht mehr Zeit, um zu den Anonymen Alkoholikern zu gehen. Er würde ihr das Versprechen abnehmen, egal, ob er einfuhr oder nicht.

Immer wenn Bobby die Tür machte, beobachtete er Aaron. Innerhalb weniger Minuten zählte er mindestens drei Bier und ebenso viele Schnäpse, bis Paul die leeren Gläser abräumte und eine neue Runde brachte. Paul hatte Aaron nie gemocht, und jetzt hatte er kein Problem damit, ihm Geld abzunehmen. Wie dicht musste Aaron sein, bis er ihm nichts mehr gab? Bobby sah ihn schon Schlangenlinien fahren und von einer Brücke in den Monongahela River stürzen. Er wollte Aarons Tod nicht, auch wenn das möglicherweise die Konsequenz war, wenn er ihn wieder ins Gefängnis brachte. Aber vielleicht bekäme er ja Hilfe? Bobby würde berichten, was Aaron im Gefängnis widerfahren war, und vielleicht erhielt er psychologische Betreuung oder so was. Das ständige Hin und Her machte ihn fertig. Während er mit sich rang, gingen die Außentüren auf, und Bobby öffnete die Innentüren. Herein traten Darryl und ein weiterer junger Schwarzer. Als Darryl Bobby sah, schlug er seinem Freund auf die Brust und lachte.

»Da ist ja schon einer von denen«, sagte Darryl zu seinem Freund. Der atmete geräuschvoll ein und musterte Bobby ebenso von Kopf bis Fuß wie umgekehrt. Sie gingen zur Bar. Dort angekommen, machte Darryl seinen Freund auf Aaron aufmerksam, und erneut durchfuhr Bobby Furcht. Wenn sie wegen Aaron und dem, was er über Darryls Cousin gesagt hatte, hier waren, dann hätte Aaron es vielleicht verdient. Aber vielleicht hatte sich ja Darryls Cousin über Aaron hergemacht. Vielleicht hatte es Aaron ihm nur irgendwie heimgezahlt. Auch wenn das nicht okay war.

Wäre dieser Abend nur endlich vorbei.

Noch eine Stunde, bis das Restaurant schloss.

Aaron hatte Darryl und seinen Freund nicht bemerkt oder war vielleicht zu betrunken, um sich darum zu scheren. Weil alle ihre Tische die Bestellungen erhalten hatten, stellte sich Bobby zu Michelle an den Counter. Sie nickte in Richtung Darryl.

»Sieht nach Stress aus«, sagte sie.

»Ja, das ist nicht gut«, sagte Bobby.

»Glaubst du, die sind wegen dir und Aaron hier?«

»Zum Essen sind sie jedenfalls nicht da«, sagte Bobby. »Darryl weiß, dass die Küche um diese Zeit dicht ist.«

Michelle schnaubte. »Die Tische sind fast alle fertig mit Essen«, sagte sie. »Ich geh mal und bring die Rechnungen.« Sie war weg, ehe Bobby widersprechen konnte. Tische, die nicht sofort zahlten, winkten ihr, als sie anderen das Wechselgeld oder die Kreditkartenbelege brachte. Kurz danach waren alle Zechen beglichen. Es war ein guter Abend gewesen. Sie hatten zusammen mehr verdient als Bobby in einer Doppelschicht. Er nahm einen Zwanziger von seinem Stapel und schob ihn Michelle zu, aber sie lehnte ab. Zögernd steckte er ihn ein. Wieder warf er einen Blick auf Darryl und seinen Kumpel. Die beiden beobachteten Aaron, der zu dösen schien und sie offenbar immer noch nicht bemerkt hatte. Michelle nahm Schürze und Basecap ab und fuhr sich mit den Fingern durch die Haare.

»Noch ein Date?«, fragte er.

»Sammel deinen Freund ein und verschwinde«, sagte sie und wollte zu Darryl gehen. Bobby ergriff ihren Arm. Sie blieb stehen.

»Warum?«, fragte er. »Nach dem, was Aaron gestern zu dir gesagt hat. Und ich auch, mein Gott. Du bist uns nichts schuldig.«

»Weil's ziemlich schwer ist, das Richtige zu tun«, sagte sie. »Stimmt's?«

»Danke.«

»Dann bis morgen, oder? Wir sind echt ein gutes Team.«

Sie ging, stellte sich hinter Darryl und seinen Kumpel und legte beiden eine Hand auf die Schulter. Sie drehten sich um und wandten Aaron den Rücken zu. Bobby zählte schnell Pauls Trinkgeldanteil ab und ging zu Aaron an den Tresen. Der bestellte bei Paul gerade den nächsten Kurzen. Als Paul die Tequilaflasche aus dem Regal nahm, legte Bobby ihm seinen Anteil auf den Tresen und zeigte ihm »Schluss« an, indem er kurz mit der Hand über seine Kehle strich. Achselzuckend stellte Paul die Flasche zurück ins Regal, nahm das Geld vom Tresen und wandte sich anderen Gästen zu.

»Zeit zu gehen, Aaron«, sagte Bobby.

»Mir geht's gut«, murmelte Aaron. »Wo ist mein Kurzer?«

»Wo sind deine Autoschlüssel?«

Aaron deutete auf Darryl auf der anderen Seite des Tresens. »Schon unsere Freunde drüben gesehen?«

»Ja, Aaron. Hab ich. Die Schlüssel. Bevor sie uns sehen.«

»Weißt du, ich hab gar keine Ahnung, was mit seinem Cousin passiert ist.«

»Was?«

»Darryls Cousin. Den kenn ich nicht mal«, sagte er. »Vielleicht hab ich mal den Namen gehört. Ich hab das nur gesagt, damit er sich aufregt. Hat funktioniert, oder?«

»Und was ist mit dem Spinnennetz-Tattoo?«, fragte Bobby. Aaron stürzte den Rest seines Biers hinunter und wollte ein frisches bestellen, aber Bobby hielt seine Hand fest.

»Ich wollte das nicht«, sagte Aaron. »Was mit ihm passiert ist. Dem Jungen. Wirklich. Das bin nicht ich. Ich schwör's.«

Aaron stand auf, und der Hocker kippte, aber Bobby fing ihn auf, ehe er auf den Boden knallte. Aus dem Augenwinkel sah er, dass Darryl noch immer von Michelle abgelenkt wurde. Aaron glotzte Bobby an und stützte sich am Tresen ab. Bobby streckte die Hand aus und gab ihm zwei zärtliche Klapse auf die Wange. Aarons Stimme zitterte.

»Ich konnte nicht anders. Das glaubst du mir doch, oder?«

»Lass uns gehen, Mann«, sagte Bobby.

Aaron verzog den Mund und nickte, dann fummelte er in seiner Hosentasche nach den Schlüsseln und reichte sie Bobby. Seine Knie schlackerten und knickten ein, während Bobby hinter ihm ging und ihn mit den Händen stützte. Kurz sahen sich Michelle und Bobby über den Tresen hinweg an, und Darryl drehte sich um und folgte ihrem Blick. Bobby behielt eine Hand auf Aarons Rücken und führte ihn die Treppe hinunter. Als er sich noch einmal umdrehte, sah er, dass Darryl seinen Freund anstieß. Rasch drängte Bobby Aaron zur Tür hinaus in die eisige Nachtluft.

Es hatte zu schneien begonnen.

Röhrend sprang der Pick-up-Motor an. Beim Einbiegen in die McKnight Road schmierte das Heck kurz weg. Zu dieser späten Stunde war wenig Verkehr. Immer wieder wanderte Bobbys Blick zum Rückspiegel. Als weit hinter ihnen auf einer Anhöhe in der relativen Dunkelheit Scheinwerfer, klein wie Stecknadelköpfe, auftauchten, bekam Bobby Herzrasen. Er ging etwas vom Gas und wechselte auf die rechte Spur. Der Spurwechsel brachte Aaron neben ihm ins Wanken, und sein Kopf fiel gegen die Scheibe des Beifahrerfensters. Grunzend rutschte er auf seinem Sitz herum. Als er den Kopf zurücklegte, klappte sein Mund auf. Die Lichtpunkte im Rückspiegel wurden heller und größer, viel zu schnell für Bobbys Geschmack, bis sie nur noch wenige Meter hinter seiner Stoßstange waren. Er stieg aufs Gas. Er war langsamer gefahren, weil er gehofft hatte, der Wagen würde überholen, aber die Angst gewann die Oberhand. Der Pick-up vergrößerte den Abstand, und der Wagen hinter ihm blendete auf. Als die Ampel auf Gelb schaltete, hatte Bobby trotz seiner Panik einen klaren Moment, und er begriff, dass er mit überhöhter Geschwindigkeit viel eher angehalten würde und statt ein Geständnis abzulegen, erst einmal Entschuldigungen stammeln müsste, weil er erwischt worden war. Er blieb stehen. Als der andere Wagen hinter ihm hielt, wummerten fette Bässe.

Kapitel 18

Nachdem sie von Robert und Bobby weggelaufen war, wartete Isabel, bis sie im Auto saß und die Türen verriegelt hatte. Dann schrie sie aus Leibeskräften. Und ließ ihren Tränen freien Lauf. Schließlich lachte sie und hielt sich fest umschlungen, bis sie alles herausgelassen hatte, ihr Magen schmerzte und ihr Hals sich wund anfühlte. Danach startete sie den Motor.

Auf der Heimfahrt stellte sie das Radio an. Für gewöhnlich ließ sie es aus, sein Empfang war so schlecht, dass sie mehr Rauschen als Musik hörte, aber jetzt brauchte sie einen Soundtrack für ihre Jubelfahrt. Der Jazzsender brachte ein fetziges Miles-Davis-Stück, und sie drehte so laut, wie sie es aushielt. Nach wenigen Momenten fiel ihr auf, dass sie immer noch nicht gerne Jazz hörte. Es war nur eins von den Dingen, die sie Robert zuliebe machte, sogar nach all den Jahren. Lachend schaltete sie das Radio aus und trommelte wild auf dem Lenkrad herum, einen Rhythmus, den sie permanent neu erfand. Beim Nachdenken über ihre Freude stellte sie überrascht fest, dass sie sich wirklich freute, wenn auch nicht für sich selbst.

Robert würde sich genauso in Bobby verlieben, wie sie es getan hatte. Er würde ihm ein Vater sein wollen, und Bobby würde ihn als Vater haben wollen. Es würde viele Fragen geben, sehr viele Fragen, und auch Bedauern, vielleicht sogar Wut, aber sie würden diese unvermeidlichen Probleme und Phasen durchstehen und irgendwann einfach Vater und Sohn sein. Mehr als einmal dachte sie dabei, dass Bobby sie nun vielleicht nicht mehr brauchen würde, aber eigentlich war das schon länger so. Die Erinnerung daran, wie er sie vor ihrem Weggang angefahren hatte, ließ sie vermuten, dass es sowieso keine Frage des Brauchens, sondern des Wollens war. Wenn er beschloss, zu gehen, sich näher an Robert anzuschließen und neu anzufangen, dann hatte er das verdient. Die beiden hatten es verdient. Es wäre in Ordnung.

Bobby würde die nächsten Stunden nicht nach Hause kommen, und die Wohnung sah aus, als hätte eine Bombe eingeschlagen. Was wohl eher die Regel war, dachte Isabel. Aber heute sah sie das Chaos in einem ungnädigeren Licht. Sie wusste nicht, warum, aber sie wollte, dass alles perfekt war, wenn er nach Hause kam. Die Spritzdüse ihres Badreinigers war von der langen Zeit der Missachtung verkrustet und der Glasreiniger zu blauer Melasse auf dem Flaschenboden geliert. Sie schraubte die Spritzdüse ab und presste ein wenig davon heraus, um die Küchenflächen mit einem stockfleckigen Lappen abzuputzen, den sie um die Zuleitungen des Wasserhahns gewickelt hatten, damit sie nicht tropften. Sie kehrte den Linoleumboden, schrubbte die Wanne, wischte den Kühlschrank aus, machte das Bett, brachte den Müll weg.

Sie versuchte, die ganze Wohnung auf Hochglanz zu polieren, und hoffte, dass sie wenigstens nicht mehr nach Schäbigkeit roch.

Sie öffnete das Gefrierfach und erinnerte sich, dass sie die letzte Wodkaflasche in der Nacht ausgetrunken hatte, in der sie Robert begegnet war. Deswegen ging sie zum Schrank über der Küchenspüle und öffnete das Einmachglas, um dreißig Dollar abzuzählen. Nur dreißig. Sie hatten die Miete ja beinahe beisammen, und Bobby arbeitete heute Abend. Sie hatten es verdient zu feiern. Vielleicht würde er sogar mit ihr anstoßen. Morgen würden sie sich alle zuprosten. Isabel ging zur Tür, blieb aber abrupt stehen. Mit dem Geld stimmte was nicht. Hatte sie sich verzählt? Sie ging zurück, zählte die Scheine noch einmal und stellte fest, dass es mehr als genug für eine Monatsmiete war. Hatte er noch weitere Schichten eingelegt, ohne es ihr zu sagen? Mein Gott, hatte er sich einen zweiten Job gesucht?

Was machst du da, Izzy? Du willst feiern? Bildest du dir ein, der Alk, den du kaufst, ist für jemand anderen als dich? Nein. Du torpedierst die ganze Sache, nichts weiter, und du weißt, dass du das tust, aber damit muss Schluss sein. Wenigstens für heute Abend. Wenigstens bis morgen. Gib der Sache, gib Bobby, gib den beiden diese Chance, sie verdienen sie. Glaubst du etwa, Bobby verzeiht dir, wenn du besoffen bist und kein grades Wort rausbringst? Vergiss es. Vermassel ihm das nicht. Wen willst du denn feiern?

»Ihn«, sagte sie.

Sie kehrte in die Küche zurück und steckte das Geld wieder ins Einmachglas, ging ins Schlafzimmer und schlüpfte unter die Bettdecke. Die Fotos mit ihnen beiden lagen noch auf dem Nachttischchen. Sie nahm sie und drückte sie an ihre Brust. Wieder fast ein ganzer Tag ohne einen Drink. Sie schloss die Augen und bemühte sich, das Pochen in ihrem Schädel zu ignorieren.

Kapitel 19

An jeder Ampel, die auf Grün umschaltete, wurde Robert angehupt. Er konnte sich nicht konzentrieren. Er befürchtete, den langen Arbeitstag nicht durchzustehen, nicht mal eine Stunde zu schaffen, ganz zu schweigen von der Begegnung mit Marcus' Eltern so kurz nach dem Tod ihres Sohns. Das Allerletzte, was sie brauchten, war ein Gespräch mit einem Arzt, der mit dem Kopf woanders war. Nach der nächsten übersehenen grünen Ampel und dem nächsten wütenden Hupkonzert bog Robert von der Fifth Avenue ab und parkte den Wagen. Er stellte das Radio aus und ließ die letzten vierundzwanzig Stunden Revue passieren.

Nachdem Izzy ihm verkündet hatte, dass das sein Sohn sei, war er außer sich vor Wut gewesen. Er war nach Tamaras Fehlgeburt gleich wieder arbeiten gegangen, doch das war zu früh gewesen. Er und Tamara waren finanziell nicht schlecht aufgestellt, sie hätten es sich leisten können, beide zu Hause zu bleiben. Doch trotz seiner Größe fühlte sich das Haus eng an. Tamara igelte sich ein, und Robert fühlte sich allein. Er hatte ihr jeden Tag Essen vorgekocht, es in Glasgefäßen in den Kühlschrank gestellt und war abgehauen.

Tamara und er hatten Tausende Dollar für Tests ausgegeben, ihre Ernährung umgestellt, das Schlafverhalten geändert. Robert hatte nur noch Boxerhorts getragen und nicht mehr heiß geduscht. Für ihren Sex hatten sie die Uhr gestellt und nur in bestimmten Positionen miteinander geschlafen, je nachdem wo sie in ihrem Zyklus war. Nie zweimal hintereinander und auch nicht nach Alkohol. Sie waren so sehr auf eine Schwangerschaft fixiert, dass sie sich als Paar verloren. Daher war es nicht so verwunderlich, dass sie sich nach der Fehlgeburt trennten. Es gab nichts mehr, was sie zusammenhielt.

Robert und sein Vater hatten sich oft ausgiebig darüber gestritten, dass Robert für seinen Vater nicht »schwarz genug« war, während für Robert das Schwarzsein seines Vaters nur darin bestand, sich anzupassen und einfach die Erwartungen zu erfüllen. Aber für sich lehnte er das strikt ab. Soll ich etwa irgendeiner Studentenverbindung beitreten und mich bei der Aufnahme zur höheren Ehre des Vereins mit so was Dämlichen wie einem überdimensionierten Holzpaddel verprügeln lassen, wo unsere eigenen Leute auf der Flucht vor Schlägen sogar in den Tod gegangen sind? Da kann ich genauso gut stepptanzen und den Spazierstock schwingen, mit dem Arsch wackeln und weiter den grinsenden Tanzneger spielen.

Wie kannst du nur so was von mir verlangen?, fragte Robert.

Jetzt war es doch so gekommen, und eine Weiße warf ihm vor, er habe ihr einen dicken Bauch gemacht.

Ob sein Vater jetzt stolz auf ihn wäre?

Er zählte für sich alle Gründe auf, warum er abhauen sollte, solange es noch ging. Aber er wollte nicht so sein wie die anderen Schwarzen, die er peinlich fand, Typen, über die er und Tamara sich bei einem Glas Wein lustig gemacht hatten, weil sie als Jugendliche wie als Erwachsene von ihnen verspottet worden waren. Er wollte nicht Gegenstand von Witzen sein, die Weiße sich nach einem kurzen Blick über die Schulter erzählten.

Robert hatte ein schlechtes Gewissen, weil Marcus' Eltern nur mit dem Neurologen und dem Oberarzt gesprochen hatten. Er fühlte sich schuldig, weil sie ihm dieses Gespräch erspart hatten. Obwohl er von ähnlichen Gesprächen zuvor ein dickes Fell hatte, war er froh darüber, weil er nicht wusste, ob er auch diesmal so abgebrüht gewesen wäre. Dieser Fall ging ihm zu sehr an die Nieren. Er war zu aufgewühlt.

Für die restliche Nacht war in der Notaufnahme quälend wenig zu tun. Es war eine Schicht mit verschleppten Grippen, unerklärlichen Schmerzen und Brennen beim Wasserlassen – und zu großen Pausen dazwischen, mit zu viel Zeit zum Nachdenken. Fast eine halbe Stunde glotzte Robert auf ein und dieselbe Seite in einer Krankenakte, weil er keine Informationen, sondern Antworten suchte. *Was hieß diese Neuigkeit für sein Verhältnis zu Isabel? Schuldete er ihr Alimente? Würde Bobby bei ihm leben wollen? Würde er mit Bobby leben wollen?*

Er schlug die Krankenakte zu, nahm die nächste zur Hand und hoffte auf Antworten für den kommenden Tag.

Kapitel 20

Sie erwachte in völliger Dunkelheit. Das Pochen ihrer Schläfen war zum Hämmern geworden. Wie sie das Ausnüchtern hasste. Sie knipste die Nachttischlampe an, setzte sich auf die Bettkante und wünschte die Gnade eines Katerkopfschmerzes herbei, der viel erträglicher war als Kopfweh in nüchternem Zustand. Es war zwei Uhr morgens. Sie konnte es kaum glauben, aber die Aufregung des gestrigen Tages hatte sie so erschöpft, dass sie von Nachmittag bis jetzt geschlafen hatte. Bobby lag bestimmt auf der Couch und schlief, und sie wusste, dass sie ihm die Ruhe gönnen sollte, aber sie konnte nicht bis zum Morgen warten, um mit ihm über sein Gespräch mit Robert zu sprechen. Schlafen kannst du, wenn du tot bist, hatte sie zu ihm gesagt, wenn er morgens nicht für die Schule aus dem Bett wollte.

Im Gang brannte kein Licht. Auch im Wohnzimmer nicht, nur der orange Schein einer Straßenlaterne fiel durch das kleine Souterrainfenster, knapp unterhalb der Decke. Isabel tastete sich durch den Gang, bis sich ihre Augen an die Dunkelheit gewöhnt hatten. Im Wohnzimmer setzte sie sich auf die Couchlehne und wollte nach Bobbys Bein greifen, aber es war nicht da. Das Kissen lag auf der zusammengefalteten Decke.

Bobby trank nichts. Er hatte Angst, dass Isabel ihm mehr vererbt hatte als ihre Locken, sodass er nie bis so spät ausging. Er gab auch ungern Geld aus, schon gar nicht, wenn die Miete fällig wurde. Sie stand auf, um das Licht anzuschalten, und wollte im Restaurant anrufen, vielleicht war noch jemand dort. Vielleicht war ein Tisch über die Öffnungszeit hinaus geblieben, hatte gefeiert oder sich geweigert zu zahlen. Aber so spät?

Noch ehe sie am Lichtschalter war, blitzte rotes und blaues Licht von einem langsam fahrenden Streifenwagen ins Zimmer. Streifenwagen waren in dieser Gegend und um diese Uhrzeit nichts Ungewöhnliches, doch Isabel verspürte plötzlich einen Druck auf der Brust, und ihre Arme wurden so schwer, dass sie den Telefonhörer nicht abheben konnte.

Der Wagen kroch an ihrem Fenster vorbei.

Noch immer konnte sie den Hörer nicht abheben. Sie würde das Licht im Zimmer erst anschalten, wenn das andere weg war. Aber es ging nicht weg. Das Blau und das Rot wurden schwächer, je weiter der Wagen sich entfernte, doch es blinkte, bis der Wagen anhielt.

Es war ausgeschaltet worden, nicht verschwunden.

Die Polizisten hatten geparkt.

Sie sagte Nein.

Jedes Geräusch donnerte in der dunklen Küche wie eine kleine Explosion. Das weiße Rauschen des empfanglosen Fernsehers aus der Nachbarwohnung, das Klicken des anspringenden Aggregats des Kühlschranks, das Schlagen einer Autotür vor dem Haus. Gleich darauf das einer zweiten. Ihr Atem, das Rauschen ihres Bluts in den Ohren, die Schritte vor ihrer Wohnungstür, viel zu langsam für einen Notfall, zu langsam für jemand, der daran vorbeiging. Das leise Klopfen, das besagte, man wolle nichts von ihr, man wolle zu ihr.

Sie flüsterte Nein.

Kapitel 21

Bobby sah direkt in die Halogenscheinwerfer im Rückspiegel, und als er den Blick abwandte, tanzten kleine hellorange Flecken über sein Gesichtsfeld. Der wummernde Bass rumorte durch den Pick-up bis in seine Brust, aber er war langsamer als sein Pulsschlag. Der Fahrer ließ den Motor aufheulen und hupte.

Aaron sagte mit halb geöffneten Lidern: »Ist Grün, Mann.«

Bobby hatte es nicht bemerkt. Er nahm den Fuß von der Bremse, und wieder ließ der andere den Motor aufheulen, scherte scharf nach links aus und zog an ihnen vorbei. Das Rot seiner Rücklichter lag wie ein Kometenschweif auf der McKnight Road, bis sie in der Nacht verschwanden. Er rechnete jeden Moment damit, dass der Wagen wenden würde und er durch die getönte Scheibe Darryl und seinen Kumpel sähe, und trat wieder auf die Bremse. Aber bis auf ein anderes Auto, das hupend links an ihnen vorbeifuhr, blieb die Straße leer.

»Was is'n los?«, fragte Aaron, gereizt und betrunken nuschelnd. Bobby hob zur Entschuldigung eine Hand und fuhr über die gelbe Ampel weiter. Er lachte leise.

Danke, Michelle.

Auf der Weiterfahrt nickte Aaron immer wieder ein und fiel in den unruhigen Schlaf eines Betrunkenen. Bobby vermutete, dass Aaron nicht dieselbe Erleichterung über ihr beiderseitiges Geständnis verspürte wie er. Hin und wieder wandte er den Blick von der Straße, um Aaron zu mustern. Immer wenn er eingenickt war, wirkte er ruhig, seine Schultern entspannt, das Kinn nicht mehr vorgeschoben, die Wut zumindest für den Moment gedämpft. Bobby fragte sich, ob er seit seiner ersten Nacht im Gefängnis überhaupt richtig geschlafen hatte. Er war sich nicht sicher, dass er den Weg zu Corts Wohnung fand. Bei seiner ersten Fahrt dorthin war er in Panik gewesen, doch womöglich erinnerte sich sein Unterbewusstsein daran. Wie anders war die jetzige Fahrt als die in jener Nacht. Jetzt, da die Bedrohung durch Darryl und seinen Freund verschwunden war, empfand Bobby eine ruhige Gelassenheit, weil er die Lösung, die er für sich gefunden hatte, aus freien Stücken gewählt hatte.

Diese Nacht würde ein anderes Ende nehmen.

Wieder waren die Straßen von Oakland leer. Bobby überkam ein Déjà-vu, auch wenn seine Erinnerung klar und konkret war und nicht im Geringsten so wirkte, als wäre sie Teil einer fremden Vergangenheit – auch wenn das, was geschehen war, sich danach oft so anfühlte. Das Dirty O ignorierte er, als sie daran vorbeifuhren. Er warf nur einen kurzen Blick auf Aaron, um zu sehen, ob er mitbekam, wo sie waren, doch sein Kopf lehnte wieder gegen die Scheibe und schaukelte bei jeder Unebenheit hin und her. Hinter sich sah Bobby den Streifenwagen vor der Polizeistation, in der zwei Polizisten im grellen Neonlicht saßen. Er widerstand dem Impuls, aufs Gaspedal zu steigen.

Er kam an die Ampel. Niemand folgte ihnen.

Ein paar Minuten später bremste er vor dem Stoppschild an der Ecke vor Corts Straße. Er blickte nach rechts, fuhr an, um abzubiegen, doch als er nach links in die Straße sah, stieg er hart auf die Bremse. Vor Corts Haus standen zwei blinkende Streifenwagen. Bobby erstarrte, und er packte das Lenkrad fester. Vier Polizisten machten sich auf den Weg zu dem Wohnblock. Bobby drehte sich zu Aaron, um ihn zu wecken, und erschrak, weil Aaron aufrecht dasaß und ihn mit weit aufgerissenen Augen anstierte.

»Was hast du getan?«

»Aaron, ich schwör's, das war ich nicht. Es war in der Zeitung. Da stand was von Überwachungskameras. Die haben alles aufgezeichnet.«

»Fahr weiter. Langsam.«

»Aaron.«

Aaron öffnete das Handschuhfach und holte die 45er heraus. »Fahr, hab ich gesagt.«

»Herrgott noch mal, ist ja gut, verdammt«, sagte Bobby. Er ging von der Bremse und fuhr langsam über die Kreuzung. Dabei sah er die Polizisten an, bis er sie aus dem Blick verlor. Er kam ans Ende des Straßenzugs, ohne Sirenen oder quietschende Reifen zu hören.

»Bieg hier ab«, sagte Aaron.

Bobby schlug das Lenkrad ein und fuhr um die Ecke. Als er in den Rückspiegel sah, entdeckte er einen Streifenwagen am Ende des Straßenzugs, den sie verlassen hatten.

»Scheiße, Scheiße, Scheiße«, sagte Bobby.

Aaron drehte sich um, sah durch das Heckfenster und fluchte. Er beugte sich vor, klemmte den Kopf zwischen die Hände, ohne die 45er wegzulegen, und stöhnte. Dann schlug er sich mit dem Pistolengriff gegen die Stirn.

»Warum?«, sagte er. »Warum hast du das gemacht?«

»Verdammte Scheiße, Aaron, ich war's nicht. Ehrlich!«

Der Streifenwagen war jetzt hinter ihnen und ließ kurz die Sirene aufheulen.

»Fahren Sie rechts ran!«

Bobby zuckte zusammen und gehorchte. Blaues und rotes Licht erhellte die Fahrerkabine des Pick-ups. Nach ein paar Sekunden befahl ihnen der Polizist, die Fenster runterzulassen und beide Hände hinauszustrecken. Bobby wollte nach dem Knopf greifen, doch Aaron fauchte.

»Lass die Pfoten von dem Scheißknopf.«

Bobby hob beide Hände und legte sie aufs Lenkrad. Sie waren schweißnass. Aaron blickte auf die Waffe in seiner Hand und flüsterte.

»Warum? Warum tust du mir das an? Uns? Hast du eine Ahnung, was mit mir passiert, wenn ich wieder einfahre? Hast du eine Ahnung, was sie mit *dir* machen?«

»Aaron, jetzt hör mir zu! Ich schwör, dass ich das nicht war. Ich hab das nicht getan.« Er sah in den Seitenspiegel. Beide Vordertüren des Streifenwagens gingen auf, und die Polizisten stützten ihre ausgestreckten Arme oben auf die Türen. Beide hatten ihre Waffe gezogen. »Oh fuck, Aaron. Mein Gott, sie haben ihre Knarren gezogen, Mann. Bitte, mach keinen Scheiß!«

Aaron öffnete das Handschuhfach, nahm das Magazin heraus und schob es in den Griff. *Klick*. Bobbys Hals zog sich zusammen, seine Stimmbänder schienen alle weiteren Worte abzuwürgen. Wenn er die Tür öffnete, erschossen ihn entweder die Cops oder Aaron.

»Aaron, bitte, mach das nicht, bitte, bitte. Mann, die erschießen uns. Ich will nicht sterben.«

Aaron brach in hysterisches Schluchzen aus. Er wiegte die Waffe in beiden Händen. Eine Träne fiel auf den Lauf. Er holte tief Luft und wischte sie weg. Bobby blickte wieder in den Spiegel und sah die Cops langsam näher kommen.

»Aaron, jetzt leg endlich die Scheißknarre weg, die knallen uns ab!«

»Nein, das werden sie nicht. Es tut mir leid, Bobby. Ich liebe dich.«

Aaron drückte den Lauf auf Bobbys Auge. Er war kalt.

Ein Donnerschlag erfüllte die Fahrerkabine. Ein grelles Licht, dann ein gellendes Kreischen. Bobbys Gesicht fühlte sich nass an, aber er konnte die Hände nicht heben, um das Nasse abzuwischen. Nichts konnte er bewegen. Das grelle Licht verblasste, auch alle anderen Lichter in der Kabine wurden trüber. Bobby sah, wie Aaron den Mund aufmachte. Er schrie, aber der Druck in Bobbys Ohren dämpfte den Schrei.

Während die schwarzen Ränder um sein Gesichtsfeld immer weiterwucherten, sah Bobby, wie Aaron sich die 45er in den Mund schob.

Ein weiterer Pistolenschuss erschütterte die Kabine. Aarons Kopf wurde hart nach hinten geschleudert, dann deckten die schwarzen Ränder alles zu.

Kapitel 22

Der nächste Morgen brachte Robert keine Antworten, nur neue Fragen. Seine Unruhe war kaum mehr zu ertragen. An jeder Ampel überlegte er, ob er umdrehen und zurück zu seinem Haus fahren sollte, statt nach Homewood. Doch er fuhr weiter. Er kannte den Block in der Frankstown Avenue, dessen Adresse Isabel ihm genannt hatte. Je mehr er sich ihm näherte, desto überwältigender wurde seine Traurigkeit. Obwohl Autos Stoßstange an Stoßstange parkten, wirkte der Block, nur wenige Minuten von seinem Elternhaus entfernt, verlassen. Seine Mutter hatte für sie eine eigene Welt erschaffen, um sie vor der hier zu schützen. Der kleine Rasenfleck vor ihrem Haus war immer akkurat geschnitten gewesen, in den Blumenkästen am Fenster blühten immer Petunien. Hinten im Garten, kaum größer als ein Handtuch, baute sie Okras an, die sie briet und deren Duft das Haus erfüllte; Robert empfand das nach der Rückkehr aus der Schule immer wie ein zartes Streicheln. Dennoch war er bei der ersten Gelegenheit aufs College geflohen und hatte Mama mit dieser nur wenige Minuten entfernten Ödnis, die sie mühsam von sich ferngehalten hatte, alleine gelassen. Dabei hatte ein Junge, ihr Enkel, die ganze Zeit versucht, inmitten dieser Welt ein Mann zu werden, obwohl ihm nur wenige Blocks entfernt eine andere Schutz geboten hätte. Robert parkte.

Der Eingangsbereich von Isabels Wohnhaus roch nach Verfall, und der Zustand von Boden und Wänden entsprach dem Geruch. Ein Fernseher plärrte in voller Lautstärke. Robert stand vor ihrer Tür und klopfte. Er strich seine Hemdbrust glatt und wischte sich über den Mund. Er war tatsächlich nervös und überlegte, welche Begrüßung angemessen wäre, wenn er sich gleich mit seinem Sohn zusammensetzte, um über die verpassten Jahre zu sprechen. Das Licht hinter dem Türspion blieb unverändert, und er klopfte fester. Allmählich kam er sich etwas albern vor, und er wurde ungeduldig.

Sie war nicht da.

War das nur ein Bluff? Wollte sie ihn manipulieren, um bei ihm Erinnerungen wachzurufen, die zu vergessen er sich alle Mühe gegeben hatte?

Er schlug mit der flachen Hand gegen die Tür. »Isabel!«

Hinter ihm wurde eine Tür geöffnet. Ein Weißer mit fettigen Haaren, in einer Jogginghose und einem zu engen T-Shirt mit graubraunen Flecken unter den Achseln erschien. Misstrauisch beäugte er Robert.

»Geht's vielleicht ein bisschen leiser? Schon den ganzen Tag kommt ein Höllenlärm aus der Wohnung«, sagte er.

»Was für ein Höllenlärm? Was war los?«, fragte Robert.

»Gestern spätnachts oder frühmorgens, wie man's nimmt. Bin aufgewacht von dem Geschrei.«

»Hat Isabel geschrien?«

»Heißt die so? Dann ja, vermutlich. Ich schau zur Tür raus, und da stehen die Cops.«

Robert kniff sich in den Nasenrücken. Also doch irgendein Bluff. »Wurde sie verhaftet?«, fragte er.

»Nicht dass ich wüsste, weil im nächsten Moment kamen zwei Sanitär raus, mit ihr auf der Trage. Ganz jämmerlich hat sie geheult.«

Roberts Magen krampfte sich zusammen.

»Ich hoff, es geht ihr gut«, sagte der Mann. »Die hat die ganze Zeit nur ›Nein, nein, nein‹ gesagt.«

Doch kein Bluff, dachte Robert. Sie wollten ihn nicht reinlegen. Nur was in Gottes Namen war hier los?

»Wo war ihr Sohn?«

»Hab niemand gesehen außer ihr.«

Robert bedankte sich und lief zurück zum Eingang. Zurück zu seinem Wagen. Auf der Frankstown Avenue fuhr er so schnell wie möglich zu dem einzigen Ort, der ihm einfiel, wo jemand wissen konnte, wo sie war.

Das Lou's hatte zu, aber durch die Glastür sah Robert, dass Nico hinter dem Tresen stand und Zitronenschnitze schnitt. Robert klopfte gegen die Scheibe, und Nico sah auf. Als er Robert erkannte, machte er ein anderes Gesicht als vorgestern Abend. Zwar war darin wieder Ablehnung zu erkennen, doch auch etwas anderes. Er sperrte auf und ließ Robert herein. Nachdem Robert sich auf einen Barhocker gesetzt hatte, verschränkte Nico die Arme vor der Brust und lehnte sich mit dem Rücken gegen den Tresen.

»Okay, Sie mögen mich nicht«, sagte Robert. »Ich weiß zwar nicht, warum, aber ich hab da so eine Ahnung. Ich weiß auch nicht, was Izzy Ihnen erzählt hat und was nicht, aber wenn Sie seit gestern Abend nicht mit ihr gesprochen haben, dürfte das meiste von dem, was Sie glauben, nicht stimmen. Daher bitte ich Sie, wenn Sie was wissen, mir zu verraten, wo sie ist und was passiert ist.«

Nico ließ die Arme sinken und stieß ein langes lautes »Puh« aus.

»Wir haben uns gestern getroffen, Izzy und ich und Bobby«, fuhr Robert fort. »Heute wollten wir uns wieder treffen. Ich bin zu ihrer Wohnung gefahren, aber keiner von beiden war da. Bobby hat mir gestern erzählt, er müsse was erledigen. Könnte das was damit zu tun haben?«

Nico holte ein Whiskyglas aus dem Regal und stellte es vor Robert. Der winkte ab, aber Nico nahm eine Flasche Glenfiddich und schenkte großzügig ein.

»Glauben Sie mir«, sagte er, »den werden Sie brauchen.«

Robert nippte an dem Whisky, während Nico die Unterarme auf den Tresen stützte und erzählte, was er von der Polizei gehört hatte.

Robert blickte an ihm vorbei auf sein Spiegelbild im fleckigen Barspiegel.

»Vor zwei Tagen kam's nachts zu einer Schlägerei«, sagte Nico. »Wie's scheint, geht sie auf das Konto des tätowierten Monsters, mit dem Bobby im Pick-up war. Er hat einem jungen Kerl vorm Dirty O in Oakland mit einem Ziegel den Schädel eingeschlagen.«

Oh Gott, der Junge von der Intensivstation.

»Das Ganze wurde von Überwachungskameras aufgezeichnet«, sagte Nico. »Laut den Cops waren sie zu zweit, weil dieser muskelbepackte Irre auf der Beifahrerseite in einen roten Pick-up gestiegen ist, der dann wie ein geölter Blitz abgerauscht ist. Die Aufnahmen sind wohl etwas unscharf, und wegen der Spiegelung auf der Windschutzscheibe ließ sich der Fahrer nicht identifizieren, aber das Nummernschild war zum Teil erkennbar. Die Cops wollten auch mit dem anderen Typen reden, der mit dem zusammengeschlagenen Jungen dort war –«

»Er ist tot«, sagte Robert.

»Oh Scheiße«, sagte Nico. »Das ist echt abgefuckt. Jedenfalls wollte der andere nicht mit den Cops reden. Nicht mal für seinen Kumpel. Das ist doch der Hammer, oder?«

Robert sah Nico böse an, aber das schien der nicht zu bemerken.

»Na ja, schließlich stellt sich raus, dass das Nummernschild zu einem Wagen gehört, der auf diesen Irren zugelassen ist, und der ist grad auf Bewährung draußen. Von seinem Bewährungshelfer kriegen sie die Adresse der Wohnung, wo er lebt, und fahren mit zwei Streifen hin. Die Cops sind grad ausgestiegen und wollen zum Haus, als – das gibt's echt nicht – dieser rote Pick-up um die Ecke biegt.« Nico schenkte sich ebenfalls einen Drink ein und nippte daran.

»Dachten sie, dass Bobby in der Nacht der Schlägerei gefahren ist?«, fragte Robert.

»Im Moment ist alles Spekulation. Aber vermutlich schon.«

Robert schüttelte den Kopf so heftig, als könnte er dadurch die Geschichte loswerden. Bei ihrer Begegnung hatte Bobby ihn so innig umarmt. War es möglich, dass er zu so etwas fähig war? Trug er so viel Hass in seinem Herzen?

»Warum ist er weggefahren?«, fragte Robert. »Warum hat er den Jungen einfach liegen und sterben lassen?«

»Bobby war ein guter Junge, Mann. Nur mal so, bevor Sie ein Urteil fällen.«

»Das hab ich nicht gemeint.«

»Ach Scheiße, Mann, vielleicht hatte er einfach Angst? Mit seinen zweiundzwanzig hatte er so was garantiert noch nicht gesehen. Stellen Sie sich mal vor, Sie müssten das mitansehen. Ich hätte mich garantiert auch dünngemacht.«

Sie atmeten beide gleichzeitig laut aus.

»Wo ist Isabel jetzt?«, fragte Robert. »Ein Nachbar von ihr meinte, sie wurde weggebracht.«

»Sie sind doch Arzt, oder?«, fragte Nico. »Was ist gleich der Code, wenn sie einen abholen, weil man durchdreht?«

»Drei null zwei.«

Nico schnippte mit den Fingern. »Genau. Sie haben sie wegen einem Drei-null-zwo in die Psychiatrie vom County Hospital gekarrt. Was wahrscheinlich das Beste war. Wenn Isabel wieder aus dem Loch rauskommen soll, muss sie trocken bleiben und ihre Sinne beieinanderhaben. Der Junge war ihr Ein und Alles. Er mochte mich zwar nicht besonders, aber er hat sich um sie gekümmert, wenn sie das selbst nicht hinbekam.« Robert meinte, ein leises Zittern in Nicos Stimme zu hören. Nico bemerkte, dass Robert ihn ansah, und räusperte sich. »Na, jedenfalls zieht sie erst mal zu mir, wenn sie rauskommt.«

Robert legte den Kopf in die Hände. »Oh mein Gott«, sagte er.

Nico hob sein Glas und streckte es in Roberts Richtung. Sie stießen an.

»Amen«, sagte Nico. »Darf jetzt ich Sie was fragen?«

Robert nickte.

»Als Isabel im Krankenhaus aufgewacht ist«, sagte Nico, »hat sie was von Bobbys Dad erzählt.«

Robert schluckte und senkte den Blick. Er starrte in sein Glas und ließ die Eiswürfel kreisen.

»Sie hat dauernd davon geredet, dass Bobby ihn getroffen hat. Zu der Zeit stand sie noch ziemlich unter Medikamenten, und nach meinen Informationen ist Bobbys Dad tot, daher dachte ich, das fantasiert sie einfach zusammen. Dass die beiden sich endlich getroffen haben und so. Ich fand's die allertraurigste Geschichte, die ich je gehört habe, aber irgendwie hab ich's verstanden.« Er trank sein Glas leer und spülte es aus. »Aber jetzt tauchen wieder Sie auf, nachdem Sie vor zwei Tagen wie aus dem Nichts reingeschneit kamen.« Er stellte das Glas auf das Abtropfgestell und baute sich wieder mit verschränkten Armen vor Robert auf. »Da hat sie von Ihnen gesprochen, oder?«

Das ständige Schlenkern hatte Roberts Eis im Glas schmelzen lassen, und die Außenwand schwitzte. Nico schien die Antwort bereits zu kennen und nur auf Roberts Bestätigung zu warten.

»Ja.«

Das unterschwellige Grauen, das Robert vor Isabels Wohnungstür beschlichen hatte, drängte empor und drückte sein Herz gegen den Brustkorb, bis jeder Schlag bis in die Knochen zu spüren war. Erst jetzt, nachdem Nico ihm berichtet hatte, dass Bobby tot war, verstand er Tamara, begriff ihren Schmerz und wollte eine Gelegenheit finden, ihr zu sagen, wie leid es ihm tat. In gewissem Sinne war das Kind, das sie verloren hatten, nie seines gewesen. Weil es in ihr gewesen war, war sie mit ihm viel inniger verbunden gewesen als er. Sie und das Kind waren eins gewesen, und auch wenn Robert es damals nicht begriffen hatte, neidete er ihnen das. Aber in diesem Moment wusste er ohne Zweifel, dass Bobby sein Sohn war, weil in dem kurzen Augenblick, in dem Nico gesagt hatte, er sei nicht mehr, Robert auch tot sein wollte.

»Schon verrückt, wie sehr er Ihnen gleichgesehen hat«, sagte Nico. »Obwohl er so hell war. Ich kann's gar nicht glauben, dass mir das vorher nicht aufgefallen ist, aber ich schätze, ich hab nicht richtig hingeschaut.«

Tränen liefen über Roberts Wangen.

Dann holte er tief Luft und wischte sie weg. »Was soll ich jetzt machen?«

Nicos Schultern sackten nach unten, seine Miene entspannte sich. Wieder stützte er die Ellbogen auf den Tresen.

»Bleiben Sie weg von ihr. Sobald sie Sie sieht, sieht sie ihn.«

Robert schloss die Augen und ballte die Fäuste. Am liebsten hätte er Nico am Hemdkragen gepackt und ihn wegen seiner albernen Eifersucht über den Tresen gezerrt, aber etwas an seinen Worten ließ ihn innehalten. Wieder dachte er an Tamara und fragte sich, was sie empfunden hatte – ob sie bei seinem Anblick jedes Mal an das erinnert wurde, was sie verloren hatten.

Er öffnete die Hände, legte sie flach auf den Tresen und erhob sich.

»Bitte sagen Sie ihr, wie leid mir das alles tut«, sagte Robert. Er griff in die Jacke, um seine Brieftasche herauszuziehen, doch Nico winkte ab und klopfte sich mit der Hand auf die Brust, um Robert zu bedeuten, dass das auf ihn gehe. Robert erwiderte die Geste dankend und drehte sich im Hinausgehen noch einmal um. Nico nickte ihm zu und wandte sich wieder den Vorbereitungen für den Tag zu.

Draußen schien es ein bisschen wärmer geworden zu sein, aber der Wind fegte in eisigen Böen durch die Straßen. Große Flocken fielen aus einem aschgrauen Himmel, in der Ferne grollte Donner. Ein nächster kleinerer Sturm war vorhergesagt, ein letzter Ausläufer des Wintersturms, der Pittsburgh auf dem Weg in den Norden streifte. Wie betäubt ging Robert zu seinem Auto. Es war, als stünde er außerhalb seiner selbst. Nur sah er dabei nicht allein sich, sondern alles, ein Blick von einer anderen Zeit aus: wie ihre Leben auf unterschiedlichen Straßen dahinfuhren, zuerst beinahe parallel zueinander, um an einem Punkt doch aufeinanderzutreffen. Als er einstieg und die Tür zuschlug, kamen diese Leben alle zusammen wie Autos, die eine Kreuzung gerade noch bei Gelb überfahren wollten und dabei zusammenstießen.

Robert begann zu weinen, heftiger als je zuvor, er weinte um alle, um all ihre Leben zugleich, und als keine Tränen mehr kamen, ließ er den Motor an und fuhr nach Hause.

Danksagung

Ich beginne mit dem üblichen Hinweis, dass es keine Absicht ist, falls ich hier jemanden vergessen haben sollte. Mir haben so viele Menschen großzügig Zeit, Liebe, Rat und Hilfe zuteilwerden lassen, dass ich vielleicht den Überblick verloren habe. Das ist wirklich ein schönes Problem.

Unendlichen Dank schulde ich meiner Lektorin Chantelle Osman dafür, dass sie etwas in dieser Geschichte gesehen hat und sich ihrer und meiner angenommen hat. Auch auf die Gefahr hin, dass es nach Klischee klingt, ich hätte mir keine bessere oder geduldigere Lektorin wünschen können und freue mich auf viele weitere Jahre der Zusammenarbeit.

Ich danke meinem Verleger Jason Pinter. Ich habe größte Hochachtung vor seiner Vision, Agora zu gründen, und freue mich über sein Vertrauen, mich in das erste Programm von Agora aufzunehmen. Auf eine lange und fruchtbare Partnerschaft!

Meine Agentin Michelle Richter hat mit mir den Sprung gewagt – meinen allergrößten Dank dafür. Auf weiteres gutes Gelingen in der Zukunft!

Meine Geschichte hätte sich nie so entwickelt, wie sie es hat, ohne den unschätzbaren Rat und die Hilfe von Paula Munier. Ich hoffe, auf unserer schriftstellerischen Reise kreuzen sich unsere Wege auch in Zukunft.

Mom und Dad, ich habe eine Weile gebraucht, bis ich rausfand, was ich tun sollte und wollte, aber mit eurer Hilfe hab ich's geschafft. Ich liebe euch beide.

Mein guter Kumpel Ted Flanagan. Am ersten Tag des MFA-Programms haben wir uns schnell gefunden, und jetzt sind wir dickste

Freunde. Und nicht nur das, er ist auch mein hochgeschätzter Zweitleser, Prüfinstanz und Therapeut, wenn das Angebersyndrom sein hässliches Haupt erhebt. Der Tag, an dem wir zusammen in Diskussionsrunden und Lesungen sitzen, kommt rasend schnell näher. Danke dafür, dass du jeden meiner Schritte begleitet hast. Möge es so weitergehen.

Diane Les Becquets und Richard Carey. Danke dafür, dass ihr an meinem Schreiben Gefallen gefunden habt. Ein Telefonanruf hat mein Leben auf den Kopf gestellt.

Merle Drown, Chinelo Okparanta und Mitch Wieland danke ich für ihren Rat, ihr Verständnis, ihre Freundschaft und das Wissen um das Handwerk des Schreibens. Ohne euch hätte ich niemals meine eigene Stimme gefunden.

Gabino Iglesias und Matt Coleman. Eure frühe und anhaltende Unterstützung für eine Zufallsbekanntschaft auf Twitter ist für mich noch immer ein Wunder. Ich bin stolz, euch zu meinen Freunden zu zählen und Teil eurer Community zu sein.

Ein großes Danke geht an Kellye Garrett und alle anderen Mitgliedern in der Community der Crime Writers of Color, die schon zu groß ist, um alle beim Namen zu nennen, was natürlich ganz großartig ist.

Danke an das Team bei Cognoscenti, insbesondere Kelly Horan, Frannie Carr Toth und Kathleen Burge. Ihr habt meinen Worten ein Forum geschenkt, das werde ich nie vergessen.

Euch beiden, Bob Shaffer und Sharon Brody von WBUR Boston, zu begegnen und die Chance zu bekommen, mit euch zu arbeiten, war eines der beeindruckendsten Erlebnisse in meinem Leben. Ich bin euch beiden zutiefst dankbar, dass ihr mir diese Chance gegeben habt.

Und schließlich Michelle Vercher. Deine unerschütterliche Liebe und Unterstützung bei der Verwirklichung dieses Traums haben mir durch unendlich viele Phasen des Selbstzweifels und der

Unsicherheit geholfen. Du bist meine beste Freundin, Partnerin-in-Crime, eine unglaubliche Mutter und die beste Ehefrau, die man sich wünschen kann. Ich kann mir keinen Tag vorstellen, an dem die Räume unseres Hauses nicht von Lachen erfüllt sind. Ich hoppel dich auch, Hase.

»Was hat dich hierhergebracht?« Über John Verchers *Wintersturm*

Ein Nachwort von William Boyle

John Verchers *Wintersturm* ist ein Roman wie ein Donnerschlag. Er ist nur kurz, aber er hat mehr Wucht und Kraft als viele 900-Seiten-Wälzer, die mir einfallen. Vercher hat alles Fett davon weggeschnitten und nur das Wesentliche stehen gelassen, damit sich der Plot rasant entfalten kann. Es ist eine jener Geschichten, in denen sich die Sünden der Vergangenheit auf die Gegenwart auswirken. In diesem Fall ist die Gegenwart das Pittsburgh von 1995. Hier wird der zweiundzwanzigjährige Bobby Saraceno, der der Sohn einer weißen Mutter und eines schwarzen Vaters ist, in der Gastronomie arbeitet und noch bei der Mutter Isabel lebt, mit seiner Vergangenheit konfrontiert. Bobbys bester Freund Aaron wird aus dem Gefängnis, wo er zum radikalen weißen Suprematisten geworden ist, entlassen. Am Abend ihres Wiedersehens schlägt er einen jungen Schwarzen nieder und verletzt ihn schwer. Bobby ist geschockt und bekommt Angst vor Aaron. Denn er verbirgt Aaron etwas: dass er selbst einen schwarzen Vater hat. Isabel hat ihm dies lange verschwiegen, weil sie ihrerseits Angst vor ihrem bigotten Vater und Bobbys Großvater hatte, bei dem er die ersten Jahre aufgewachsen ist. Außerdem hat Isabel Bobby belogen und behauptet, sein Vater sei tot. Doch sein Vater Robert lebt und arbeitet als Arzt in einem Krankenhaus. Roberts und Bobbys Lebenswege kreuzen sich erstmals indirekt und auf tragische Weise. Als Isabel zufällig Robert begegnet, fasst sie den Entschluss, die beiden endlich miteinander bekannt zu machen. Trotz seines beruflichen Erfolgs steckt Robert ebenfalls in einer Lebenskrise, weil er und seine Frau ihr Kind bei einer Fehlgeburt verloren haben und ihre Ehe darüber zerbrochen ist. Diese Figuren treffen auf schicksalhafte Art und Weise aufeinander, und für keines ihrer Probleme gibt es eine einfache Lösung. Als alle ihre Lügen ans Licht kommen, bleibt am Ende nur die nackte Wahrheit übrig. Ihre Leben sind in einem unentwirrbaren Knäuel verstrickt. Sie alle sind angstgetrieben und handeln vor allem im Hinblick auf das eigene Überleben, bis schließlich ihr Selbstbild zerbricht und sie jedes Gefühl für sich verlieren. Wie Vercher diese Figuren einander umtanzen lässt, ist doppelbödig, aufrüttelnd, schonungslos und zugleich voller Mitgefühl.

Der Roman spielt zu einem aufregenden Zeitpunkt in der amerikanischen Geschichte. Nach der brutalen Polizeigewalt gegen Rodney King in Los Angeles und den Unruhen, die sich daran entzündeten, sah es so aus, als würde sich Amerika seiner furchtbaren Geschichte stellen und eine so notwendige wie aussichtslose und dabei völlig verzerrte Debatte über Rassismus beginnen. Die Konflikte kochten über. Bisher zum Schweigen verurteilte Stimmen erhoben sich. Einem vom Glauben an die Überlegenheit der weißen Rasse zutiefst geprägten Land wurde die Maske heruntergerissen. Informationen zirkulierten auf neuartige und gefährliche Weise. Unheil lag in der Luft. Zum Zeitpunkt des Prozesses gegen O. J. Simpson schien eine Art Massenhysterie um sich zu greifen. Es war wie Amerika unter dem Brennglas – ein Vorfall, der die schwierige Vergangenheit des Landes wie in Großaufnahme erscheinen ließ und in das grelle Blitzlicht von Prominenz und Exzess tauchte. Der Simpson-Prozess ist der zeitgeschichtliche Hintergrund zu *Wintersturm* und veranlasst gut und weniger gut informierte Figuren, über Rasse und Rassismus zu philosophieren. Vercher handhabt das sehr geschickt, statt den Leserinnen und Lesern eine spezielle Botschaft aufzudrängen, tragen der Simpson-Prozess und die Reaktionen darauf nur zur Romanatmosphäre bei.

Das Buch spielt nicht nur in den 1990ern, es transportiert auch einiges vom Geist der für mich besten künstlerischen Werke jener Zeit, der geprägt ist von großer Entschiedenheit und Menschlichkeit. Dazu gehören die Filme Spike Lees, aber auch mutige kleine Independent-Juwelen wie Nick Gomez' *Laws of Gravity* oder ein Buch wie Denis Johnsons *Jesus' Sohn.* Durch Hin-und-Her-Springen zwischen den Figuren, die man bei der Auseinandersetzung mit ihren Versäumnissen und Erinnerungen beobachtet, erhält der Romanaufbau eine ansprechende Musikalität. So klar Ethnizität und Identität im Vordergrund stehen, geht es in dem Buch auch um soziale Klassen, den Kampf ums tägliche Überleben und toxische Männlichkeit. Vercher gelingt es hervorragend, in uns Sympathien für Figuren zu wecken, die alles tun, um sich irgendwie durchzuschlagen. Charaktere wie Bobby und Isabel sind durch ihr Umfeld geprägt. Gesellschaftlicher Druck lässt das Gute, das in ihnen steckt, nicht richtig hochkommen. Selbst der Romanbösewicht Aaron erscheint als jemand, bei dem eine andere Entwicklung möglich gewesen wäre. Auch er war ein Junge mit Träumen, Wünschen und Interessen. Verdammt, er hat sogar Comics geliebt! An dieser Art von Menschlichkeit entzündet sich Verchers Erzählen. Für das Monster, zu dem Aaron geworden ist, empfindet man keine Sympathie, aber man fühlt mit dem verlorenen, gehänselten, verunsicherten Kind mit, das er einmal war. Jede Figur blickt zurück auf den einen Moment in der Vergangenheit, in dem sich ihre oder seine Hoffnungen in Luft auflösten und der Bau eines Lügengebäudes notwendig wurde, um das eigene Überleben zu sichern. Doch diese Lügen schwären und zersetzen die Seelen.

Wintersturm ist die mir liebste Art Krimi, ein Roman, der ins Innerste der Gesellschaft blickt und allen Lug und Trug beiseitewischt, welche die Wahrheit verschleiern sollen. Er erinnert mich stark an das Debüt eines meiner Lieblingsschriftsteller, an *If He Hollers Let Him Go* (1945) von Chester Himes. Er ist genauso stark geschrieben und großartig aufgebaut und reißt unserer Zeit den Schleier vom Gesicht. Er ist zugleich packend, überzeugend, ergreifend und aufschlussreich. Das Allererstaunlichste ist der Hoffnungsfaden, den Vercher in seine Geschichte einwebt. Klar gibt es darin Momente der Wut, des Abscheus, der Gewalt, aber Vercher weiß, dass uns Geschichten Rettung in Aussicht stellen und neue Sichtweisen eröffnen können, und seine Empathie stößt in der Tat Türen auf. Was nicht heißen soll, dass *Wintersturm* ein Roman mit einer simplen Botschaft ist, ein Thesenroman; statt die Dinge einfach nur zu benennen, illustriert Vercher durch eine komplexe Darstellung seine komplexen Themen. Als Bobby in der zweiten Buchhälfte Aaron aus dem Weg zu gehen versucht, sieht er einen Obdachlosen in einem Bus und denkt: *Was hat dich hierhergebracht? War's deine Entscheidung oder war es nur ein Fall von Entropie?* Diese Fragen stellt Vercher allen seinen Figuren. Und deswegen, wegen des so unvoreingenommenen und menschlichen Blicks, können auch wir diese Figuren – und die verzweifelte Lage, in die sie sich selbst manövriert haben – mit grimmigem Mitleid betrachten.